邦斯舅舅

（法）巴尔扎克　著

李红展　译

百花洲文艺出版社

图书在版编目(CIP)数据

邦斯舅舅／(法)巴尔扎克著；李红展译. —南昌：百花洲文艺出版社，2014.5
ISBN 978－7－5500－0952－3

Ⅰ.①邦… Ⅱ.①巴… ②李… Ⅲ.①长篇小说－法国－近代 Ⅳ.①I565.44

中国版本图书馆 CIP 数据核字(2014)第 072329 号

BANGSI JIUJIU
邦斯舅舅
(法)巴尔扎克 著 李红展 译

出版人 姚雪雪
总策划 杨建峰
责任编辑 刘 云
美术编辑 松 雪
制 作 王 进
出版发行 百花洲文艺出版社
社 址 南昌市红谷滩世贸路 898 号
邮 编 330038
经 销 全国新华书店
印 刷 大厂回族自治县正兴印务有限公司
开 本 787mm×1092mm 1/16 印张 17
版 次 2014 年 7 月第 1 版第 1 次印刷
字 数 228 千字
书 号 ISBN 978－7－5500－0952－3
定 价 26.00 元

赣版权登字 05－2014－94

邮购联系 0791－86895108
网 址 http://www.bhzwy.com

前　言

呈现在读者面前的这部译作，是法国伟大的文学家巴尔扎克的代表作之一。

谈到巴尔扎克，真可称得上是家喻户晓，他小说中塑造的各种人物，也已脍炙人口。他以现实主义的手法精微细致地刻画人物，足以称得上是具体的现实社会中不同类型性格人物的典型，正因为这个原因，巴尔扎克的文学作品一直受到广大读者的喜爱。

本书的主人公——邦斯，是一个真诚善良的音乐家，他热衷于收藏各种各样的名画，为了这个目的，他不惜付出一切代价，挖空一切心思。这部小说设立了两种对立性的人物。邦斯本来是默默无闻的小人物，但当人们了解到他拥有艺术品这一无价之宝后，各式各样的人物便千方百计想得到，各种手段层出不穷。同样是想得到珍贵的艺术品，但就邦斯而言，这是一种精神上的追求喜乐，是灵魂的一种寄托；而对于其他人而言，那只不过是象征着金钱而已，两种截然相反的态度，形成鲜明的对比。

巴尔扎克在这部小说中，仍然保持原有的精炼简洁的语言，自然淡雅的风格，相信读者一定能够从中领略到一种朴实淳厚之美。我们可以又一次对各种类型的人物，进行一场深刻透彻的认识。虽然巴尔扎克所处的时代与我们相距甚远，现代读者恐怕一时之间会感到陌生，但永恒的人性，无论在何时何地，从根本上来说是不会变化的。

二〇一四年三月

目　录

[一]

骄傲的帝国遗老

一八四四年十月的一天下午，三点钟光景，沿着意大利大街走来一个六十多岁的男人，事实上他显得更老些。他那猎狗般的鼻子正四下寻找猎物，双唇间流露出抑制不住的伪善。看起来，这像是个刚大捞了一笔路易①的批发商，又像一个刚离开某位贵妇的小客厅，满面春风的单身汉。

在巴黎，这种表情意味着某人正处在好运之中。街旁边有一排椅子，上面坐着的都是那些整天无所事事，专以琢磨路人为消遣的闲人们。远远的，一看见那位老人走过来，他们的脸上都露出了那种巴黎独有的、意味深长的微笑。它意味着嘲讽、戏弄，还有些可怜与同情。不过，要知道巴黎人个个见多识广，早就对一切见怪不怪了。能让他们脸上露出一点儿表情的，除非是最古怪的玩意活灵活现地出现在他们面前才行。

关于这位老人，他身上的考古学价值以及引得众人眉开眼笑的原因，恐怕只要"一言"就能"蔽之"了。曾经有人问雅桑特，那位以逗乐出名的演员："阁下的那些惹人大笑的帽子是在哪儿定做的。"艺人是这样回答的："这可不是我定做的，而是我储藏下来的!"没错，其实巴黎上百万的大众没有一个不在戴着面具生活，或多或少总会碰上几位雅桑特。某个时代特有的引人发笑的东西，全都集于他一身了，于是就像活灵活现的一个时代在巴黎大街上行走。就算你正因旧友的背叛而心灰意冷，他也能让你破涕为笑。

---

① 路易：法国货币单位，一路易等于二十法郎。

这个路人的穿着让人回想起第一帝国时期，从每一个衣角或线缝中仍能看见鲜明的“一八〇六年制造”的字样，可是并未显出漫画里那种夸张。在观察入微的人眼里，这些细微之处使得一些勾人记忆的风物显得愈发值得珍爱。可是只有那些悠闲无事的行家用上他们观察路人的那份认真，才能将这些细微之处一一辨明。因此，那位路人老远就能赢得如许笑声，必然得有其异乎寻常之处了，就如俗语讲的“引人注目”。演员们费尽心思苦苦追求的不正是这种效果吗——一登台便赢得满堂彩。

这位老人又干瘪又瘦弱，穿着一件暗绿色的上衣，上面缀着白色金属扣，在外面又套上了一件栗色的斯宾塞！……在一八四四年，一个穿斯宾塞的人可以与拿破仑重生引起同样大的轰动效应。

斯宾塞，从名字便可推断出，这一发明出自某位英国勋爵。估计此君颇以自己的好身段为傲。连亚眠和约都尚未签订时，这个英国绅士就已经解决了上半身的穿着难点，不像那种加利克外套死死地压在身上，又依然能把上半身遮住。现今，这种外套只能在那些上了岁数的马车夫的肩头看到了。不过，毕竟不是人人都以自个儿的身材为傲，尽管斯宾塞是从英国引进的，在法国也没有风靡太久。

如果某位先生穿着一件斯宾塞上街，四五十岁的男子便会在脑中自动给他配上一双翻口长筒靴，一条扎着饰带的淡青色开司米短裤，就像看到了自个儿年轻时的潇洒样子！徐娘半老的妇人们则会回忆起当年那一个个跪倒在石榴裙下的爱情俘虏！说到年轻人，他们准会纳闷，这个亚西比德[①]般的老东西，怎么割了自己外套的尾巴。这件斯宾塞与这位路人身上的一切配合得那么天衣无缝，将他称为帝国时期人物肯定不会有一点踌躇，这就仿佛人们指着某些家具说那是“帝国时期的”一样。不过，会觉得他是帝国时代的象征的人，都必须是那些熟悉，起码必须是眼见过那个盛世的人。只有具备精确记忆的人，才能记清曾经时兴过的服装样式。帝国时代对我们来说实在太遥远

---

① 亚西比德：雅典政治家。

了，并不是每个人都具有那样的想象力，能想见当时那种高卢希腊式的宏伟气派的。

这个人把帽子扣在后脑勺上，于是差不多整个前额都一览无余，向世人宣扬着此人的无所畏惧气概。这种气概正是当年国家与人民与军队的横行霸道相抵制的凭借。另外，这是一顶十四法郎的可怕的丝帽，帽檐里边那两个灰白色的印子，是被他那两只大招风耳印上去的，用刷子也刷不干净。

丝质面料与帽形的纸衬总是没法协调服帖，所以即使每天早晨用手抹一遍，仍然有些地方可怜兮兮地皱着，活像得了麻风病。

那顶帽子总让人觉得摇摇欲坠，它底下的那张脸，大概只能在中国人创造的丑怪小瓷人里才能找到，既丑陋又可笑。

脸又宽又大，坑坑洼洼，布满了或深或浅的麻点，就像一张罗马人戴的面具，从这上面看不到一点与解剖学规则有关的东西。乍一眼，那张脸好像并没有什么骨架作支撑，按着脸的轮廓，该是骨头的地方，却只看见一团软绵绵的肉；而本该凹下去的部分，却偏偏鼓起软绵绵的肉疙瘩。这张脸看上去怪里怪气，扁得像只笋瓜，眼睛灰秃秃的，上方该长眉毛的地方只留下两条红道，真是好不凄凉。那只唐·吉诃德式的大鼻子雄霸在脸的中央，就像平原上突兀而起的一块冰川巨石。塞万提斯估计早已发觉了，这是一只体现着献身禀性的鼻子，但到头来只落得空欢喜。如此丑陋的面孔却无法让人笑得出来，尽管它丑得滑稽。因为，任何一个冷酷的嘲讽者，看到这可怜人眼里流露的忧伤，也会把溜到嘴边的讥笑咽回肚里。人们立刻会想到，这个老人被造物主剥夺了表现温情的机会，要不，女人见了他不是发笑，就是觉得难受。无法讨人欢心，这是法国人眼中最让人无法忍受的灾难，面对如此大的悲伤，谁都要缄默不语了！

这个被造物主嫌弃的可怜人，看其装束挺像个出身贫寒却颇富教养的饱学之士，于是富人们常常有意像他那样穿着。帝国禁卫军式样的长筒鞋罩整个儿地遮住了他脚上穿的鞋子，这样能让他省下好几双换洗袜子。泛着灰红色闪光的黑呢裤，发白或叫发亮的裤线……不管裤线的褶还是过时的样式，全都在昭示着这条裤子的三年历史。

尽管这身衣裤又宽又大，但仍遮不住他那又瘦又干的身材。这种瘦可不是按照毕达哥拉斯鼓吹的形式节食的结果，只能说是他自身体格的缘故。因为老头儿的那只嘴巴满是肉，厚厚实实的嘴唇，一咧嘴就露出一口可与鲨鱼的牙齿比美的白牙。同样是黑呢质地的交叉式圆翻领背心，里面衬着一件白色的背心，白背心的下面又露出了一件红色毛线背心的滚边，让人自然想到了那位里外套了五件背心的加拉。领结是白色平纹细布的，按照一八〇九年那阵子的打法打得甚是招摇扎眼，那可是一个俊秀小生为了勾引俏佳人而精心设计出来的。可是这领结也未免太大了，下巴不见了，面孔也好像陷进了一个无底深渊。怀表被一条穿过衬衫的发辫状丝带拴着，好像真担心有谁觊觎这块表似的！那件暗绿色的上衣看起来干净得异常，它可比裤子还要长上三岁！可你瞧瞧，那黑丝绒的翻领，还有那崭新的白色金属扣！衣服的主人对它的爱护显然精细到了无以复加的地步。

这种帽子只扣住后脑勺的方式，里外三层的背心，淹没了下巴的领带，长筒鞋套，还有那件暗绿色上衣上的白色金属扣——所有这一切都是帝国时代服饰的珍贵留存。它们与当年那批标榜新潮的浪荡子们风流倜傥的遗风相映成趣，同时也跟衣缝皱褶里透出的那种只可意会的精妙，以及整体装束的呆板和庄重融为一体。看着它们，你会不由地回味起大卫①的画风，还有那些雅各布②风格的狭长家具。一眼就可以看出，此人颇富教养但有某种隐癖，而且正深受此种嗜好之苦。不然他就是一个小食利者，因为钱收进来的少，所以花出去时就显得格外紧巴，要是哪块玻璃碎了，哪件衣服破了个洞，或者是没躲开募捐施善的霉运，那就会把他整整一天的那点可怜的消遣给统统剥夺了。

如果你是在场者之一，估计你就怎么也想不通了，微笑是如何溜

① 大卫（1748—1825）：是法国新古典主义的重要画家。一七九九年拿破仑掌权后，他成为拿破仑一世的宫廷首席画师。

② 雅各布（1739—1814）：法国著名的家具工匠，曾为波拿巴及皇后约瑟芬制作家具。

到这张怪里怪气的脸上的。就像所有为了挣一小块黑面包而终日劳苦的最底层人们一样，这张脸平日里只瞧得见一片愁云惨雾，要不就是木无表情。可是，如果你发现了这位与众不同的老人的右手，它带着一种母性的谨慎，小心翼翼地捧着一件显得极为珍贵的东西，还用两件外套的左衣襟遮着、护着，唯恐有丝毫的损伤；特别是你注意到他那样的行色匆匆，就像眼下那些给悠闲的人们当差的忙碌相，那你或许会猜测；他八成是找到了某位侯爵夫人走失了的卷毛狗之类的东西，正兴冲冲地带着这件宝贝去见那位美人，一如帝国时代人物特有的那般急切献媚。尽管那位娇娘已过了六十岁，但仍春心未灭，非得每天都见到她的心上人上门探访不可。

在这个世界上，你只有在巴黎这座独特的城市里，才能欣赏到这么有趣的景象。一条接一条的大街上，一出连续不断的好戏正在上演，法国人慷慨地请人观赏，这对艺术是挺有帮助的。

[二]

罗马大奖获得人的沦落

尽管身穿一件引人注目的斯宾塞，但瞧他这一副枯瘦如柴的样儿，谁都难以把这人想象成巴黎艺术家之流的人物。那些艺术家可都是有固定化了的特色的，他们宛若巴黎街头的顽童，能让最平庸的人产生充满快意的想象，要是拿现在那句因复古而流行的俏皮话来说，那是最最稀奇古怪的快意。

可话说回来，这位行人倒的的确确获得过荣誉。自罗马学院恢复以来，第一支获得学士院奖的康塔塔[①]，就是由该人创作的。一句话，

① 康塔塔：原指声乐曲，现泛指声乐与器乐相结合的乐曲。

他就是西尔凡·邦斯先生！……从他笔下流出的不少著名的浪漫曲，我们都曾听母亲们深情地哼唱过，他创作的两三部歌剧，曾在一八一五和一八一六年间公演过，此外他还拥有几首未曾发表的乐曲。到了后来，这位先生成了一家通俗剧院的乐队指挥。同时，由于他的容貌所赐，有几所女子寄宿学校也让他去教课。这些薪水和授课报酬，就是我们的邦斯先生的全部收入了。这把年纪的人，还得为一点儿酬金而四处奔波！……这样的处境并没有浪漫的成分存在，但却像一团扑朔迷离的迷雾！

这个现今唯一的一位斯宾塞的穿着者，不仅是帝国时代的投影，同时还义务告诉人们一个教训，从他那里外三层的背心上处处可见这一教训的烙印。这烙印是如此刺眼地告诉人们：百年以来，那种名曰为会考的可恶制度是如何将许多人坑害致死的，眼前便是一个活生生的例证！那制度在法兰西大地上横行了百年而毫无裨益，却仍要继续施行下去。这架榨干人类聪明才智的机器，发明人为布瓦利·德·马利尼先生，蓬巴杜夫人的同胞兄弟。因这发明，他在一七四六年前后登上了美术署署长的位置。

可是，一个世纪以来，在那些获得了桂冠的人中间，究竟产生了几位了不起的人物呢？读者尽可以掰着指头数一下。因为，首先的一点是，在行政方面或是学制方面作出再大的努力，也无法取代了不起的人物产生的那种蕴含着神意的条件一现。在生命延续的过程中，奥秘无穷，只有这些条件是我们用尽了所谓科学的现代分析法也无法破译的，雄心对此亦无能为力。其次，我们曾听说埃及人发明了烤炉来孵小鸡，可如果孵出了小鸡却又不立刻给它们喂食，任其自生自火，你对此会有何感想呢？可是，这种情形恰恰正在法国上演，她创制了会考这只大暖炉，并用它孵出了许多雕塑家、雕刻家、画家、音乐家……但这些艺术家一旦脱壳而出，她就立刻将这些孩子们遗忘了。这就像是到了夜晚，花花公子们就根本不记得那些插在他们衣服饰孔里的鲜花了。

真正的天才又是谁呢？他们是格勒兹，华托，弗利西安·大卫，帕尼西，德冈，奥贝尔，大卫（德·昂热）或是欧仁·德拉克洛瓦那些人。他们睥睨一切大奖，在天命这轮无形的太阳照耀下，作为大地的儿子而长大。

当初，国家把西尔凡·邦斯派到罗马，是想让这伟大的城市将他造就成一名了不起的音乐家。可他在那儿却染上了对古董和美妙艺术品的痴迷。

不管是对有形的佳品还是对精神的杰作，他都同样在行，让人羡慕不已，就连如今俗话所讲的“老古董”，他也是个行家里手。

这位欧忒耳珀[①]之子在一八一〇年前后回巴黎时，俨然是个疯狂的收藏家。他带回的油画、小塑像、画框、象牙雕、木雕、珐琅、瓷品等不计其数。这些东西都是他在罗马学习时期购买的，加上运费，他父亲的大部分遗产都花费于此了。

罗马留学三年期满后，他到意大利周游了一趟，于是他母亲的全部遗产仍以相同的手法流进了形形色色的卖主的钱包里。

他很愿意过这种悠闲自在的生活，像逛逛威尼斯、米兰、佛罗伦萨，或是到布洛涅和那不勒斯消磨几天时光。他在这每座城市里都小住几日，像梦游的人，像哲学家，也像艺术家一般心无牵绊，快活自在，凭自己的才华度日，就像妓女赖于其美貌谋生一般。

邦斯在这样一次美妙的旅程中，可以说是无比幸福的——对于一位善良而敏感多情，可偏偏因为长相不好，套用一八〇九年的那句流行话，无法取得女人的青睐的人来说，这样的幸福的确已是达到了最高峰的。在他看来，生活中的物品总比不上他头脑中的完美形象；不过，他倒也逐渐学会了不去在意他的心声和现实之间的差距。而那些又纯洁又热情的美感永久地保存在他的心中，无疑地就成了那些奇妙的、动听的和于细微处见深情的乐曲的源泉。在一八一〇至一八一四年之间，这些乐曲给他带来了一定的荣耀。

在法国，像邦斯这类的人物是建在流行和痴迷之上的，他们的名

① 欧忒耳珀：希腊宗教中的九位缪斯女神之一，主管悲剧和音乐。

声随潮流而建立，建一阵子又被另一股潮流冲走。对于伟大严苛，对于卑微却宽容又轻视，这世界上没有哪一个国家会比法国做得更为成功了。很快地，德国的和声与罗西尼的创作便将邦斯拉入了音乐的海洋。要是说，邦斯在一八二四年还是位讨人欢心的音乐家，而且，他最后的那几支浪漫曲还为他挽留了一点名气的话；那么，请想象一下，到了一八三一年的他会陷入怎样的一种境地呢！就这样，邦斯在一八四四年开始了他默默的悲剧，他就像是一个挪亚时代大洪水袭来之前的小音符，已经没有什么价值了。虽然他还给自己所在的那家剧院和附近几所剧院上演的戏配配乐，挣几个小钱花，可已经没有一个音乐商对他注目了。

话说回来，对于我们这个时代的那么名声显赫的音乐大家，这位老人还是令人相当敬佩的；几首绝妙的乐曲，如果演奏又天衣无缝，那常常会让他感动。可是他的这种拜服还未曾达到像霍夫曼小说中的那位克莱斯勒那种几乎走火入魔的境地，他更像是吸食大烟或麻醉剂的人，心中悠然得意，外在却看不出一点表现。

评价的能力和领悟的能力，这是普通百姓唯一可以跟大诗人相媲美的品质，可惜在巴黎很难发现。在这儿，各种各样的思想就像是只在旅店里打个招呼的人，匆匆而逝。因此，人们还真应该对邦斯敬佩呢。这位老人在事业上没有建树，这一点或许让人觉得惊奇，但他却坦率地承认了自己在和声方面的不足，因为对位法他没有多加研究；要是重新努力的话，他绝对能够被称为现代作曲家而当之无愧，当然不是作为罗西尼，而是当个埃罗尔德。遗憾的是，现代配器法的发展已经到了失控的程度，他觉得自己实在无法初窥门径。

尽管得不到显赫的名声，但最终收藏家的乐趣给了他一些安慰。无论你是否同意，要是让他在自己收藏的宝贝与罗西尼的盛名之间作出选择的话，他保准会挑他那琳琅满目的可爱藏品，这位老音乐家一直以施纳瓦德，那位博学的珍贵版画收藏家的公认名言来指导自己的生活。此人曾断言：对于一幅画，不管它是出自雷斯达尔、霍贝玛、霍尔拜因之手，还是属于拉斐尔、牟利罗、格勒兹或塞巴斯蒂亚诺的真迹，或是乔尔乔涅、丢勒的杰作，如果你不是只掏了五十法郎买来的，那么欣赏它就根本谈不上。

邦斯从来不买一百法郎的物件；而想让他心甘情愿掏出五十法郎，那这件东西估计得值三千法郎才行。在他眼里，值得上三百法郎的世间珍品已经找不到了。机遇固然难求，可取得成就的三个要素他一个不缺，那就是：雄鹿般健壮的腿、浪荡子的空闲时间，以及犹太人的惊人耐性。

于是，这套在罗马和巴黎施行了四十年的方法已经产生了丰硕的成绩。自从罗马归国后，邦斯每年花费近两千法郎，将各种珍藏的宝贝归于一屋，藏品目录已达到了令人目瞪口呆的一千九百零七号。

他在一八一一年至一八一六年间在巴黎各处寻找猎物，当时掏十个法郎到手的东西如今可以值一千到一千二百法郎。这当中，有他从巴黎每年展卖的四万五千幅油画中挑选出来的珍品，也有从奥弗涅人手中买来的塞夫勒软瓷；那些奥弗涅人可都是些黑帮的手下，他们经常从各地一车车地推来蓬巴杜式的法兰西圣品。

一句话，他收罗了那么十七、十八世纪的遗物，对于当时那些风格独特，才华出众的法国派艺术家们相当欣赏。正是那些不为人知的大艺术家们，如勒波特、拉瓦莱——普桑之类的人物，创造出了路易十五风格、路易十六风格。当今艺术家们的所谓创作，正是从这些宏伟的作品、这些免费的原版中偷窃而来的。他们整天猫着腰，盯着制图室里的那些杰作，绞尽脑汁，李代桃僵，偷梁换柱，剽窃了前人的成果，还敢大言不惭地称之为创新。此外，邦斯还通过交换得到了许多藏品；交换收藏可是收藏家们难以形容的乐事啊！

花钱搜罗奇品的乐趣还不算是最大的，第一位癖好当数进行古董买卖了；可是邦斯在玩古董的这一行中却名不见经传，虽然他是第一位收集烟壶和微型肖像的收藏家，甚至早于多斯纳和达布朗先生。原因在于，邦斯既不常去拍卖行，也不在那些著名的古董店露头露脸。也正因为这样，所以他那些宝贝在市场上究竟价值几何，他自个儿也没有底。

这位老音乐家曾是已故的杜·索姆拉德先生生前费尽心思想套上交情的人，可惜这位老古董王子至死也没有踏入邦斯的收藏馆一步。而唯一能与大名鼎鼎的索瓦热藏品一较高低的，也唯有邦斯所收藏的那些东西了。

邦斯与索瓦热先生的确颇有相似之处。后者跟邦斯一样，也是音乐家，财产同样不多，收藏的手段、方法也几乎一模一样；俩人对艺术都充满了热爱，对那些一大柜一大柜收罗珍品的商人们同样的深恶痛绝，与狡诈的古董商们进行针锋相对的竞争。与这位对手、敌人、竞争者一样，邦斯对任何一件工艺品，任何一样奇妙的制品，都有一种永难满足的激情与欲望，这是一种只能从一位深恋着美丽的情人的男士身上才能找到的情感。所以，在他看来，在守斋者街的拍卖行里，那一下又一下的叮当击锤声实在是亵渎珍品的魔鬼的钟声。他拥有个人的收藏馆，是为了能每时每刻都享受艺术的芬芳；那些生来就对伟大作品有崇尚敬畏之心的人们，心里都具有始终如一的恋人的高贵情操。不论过去或是现在，他们永远都兴致勃勃，从不厌倦，幸好艺术品本身也是永葆青春的。由此可见，此时他像珍爱孩子的父亲一样护着的那件东西，无疑是件费尽心力而得来的珍宝。他携带时心里所怀的那份挚爱，想必收藏家们都曾有过类似的体会吧！

刚把这个传记的纲要勾勒完，想必大家都会惊呼起来：“嗨！这人相貌虽丑，却是世界上再幸福不过的人了！”的确，一个人一旦拥有了某种心爱的行为，就好像给自己的心灵加设了一道防护网，所有的烦恼与忧愁都无法侵袭你的内心了。既然人们再也无法痛饮古人所说的欢乐之盅内的美酒，那么尽管每个人都收藏点东西算了，不是曾有收集招贴吧！那么，你肯定能从细微的快乐中汲取所有的幸福。

何谓癖好？就是快乐的结晶！可是，请别把邦斯先生当成你艳羡的对象吧。如果你真的产生了羡慕，那么跟很多相似的冲动一样，都是因误解而生成的。

邦斯温柔敏感，感情真挚。他那颗热情洋溢的心灵静静地欣赏着人类创造的一切伟物，欣赏着手工的创作与造物天然生成之间异彩纷呈的竞争，永无疲惫之意。可是，他却染上了七种原罪之一，尽管上帝对此所作的惩罚可能是最为宽大的，这就是贪馋。他手头不宽裕，却又醉心于古董，便不得不在饮食方面有所节制，这可真苦坏了他那张如批评家般挑剔的嘴巴。而刚开始的时候，这个光棍汉天天都去别人家里吃请，倒也不觉得吃是件麻烦事了。

帝政时代的人们跟我们相比，对名人要狂热得多，或许是因为当时的名人数量少，物以稀为贵，而且也极少有政治野心的原因吧。想成为一名诗人、作家或者音乐家之类的，还真不用费心思！而在那时代，邦斯的身价可被认为是与尼科洛、帕埃尔和贝尔顿之流相提并论的呀。请帖如雪片般飞来的盛况，到了必须像律师登记案子一样逐一记在日记簿上的程度。更何况，不管是谁请他吃饭，邦斯都以艺术家的风度献上自己创作的几首抒情曲子，在主人家中弹上几段；他还经常在别人府上组织音乐会；有时甚至还在亲戚家里拉一下小提琴，来个即兴演奏会。

在那个时期，法兰西和同盟国的那些英俊勇士们正在剑来刀往，身处于刀光剑影之中；根据莫里哀在著名的埃利昂特唱段中颁布的伟大法则，邦斯的丑脸可以称得上是别具一格了。当他给某位美貌夫人效了劳。倒也时不时地能听到有人夸他是位“可爱的男子”，可是，除了这句空泛的夸奖以外，就再也捞不到更多的幸福了。

从一八一〇年到一八一六年，这六年左右的好时光养成了邦斯的坏习惯：他已经习惯于吃香的喝辣的，习惯于看到邀他做客的人家不吝金钱，桌上摆的是时令的东西，杯里盛的是好酒，还有制作精美的点心，香醇的咖啡，以及可口的饮料，将他奉为上宾。帝政时期的待客之道便是如此的，当时巴黎城里的国王、王后和王子并不鲜见，不少人家都仿效着王家显耀的气派。那时候的人们一心追求的是尝到身为帝王的滋味，正如现在的人们爱好模仿国会，于是设立了包括会长、副会长、秘书长等一长串名目繁多的职位的协会，就像亚麻协会、葡萄协会、蚕种协会、农业协会、工业协会……甚至还有人千方百计找寻社会创伤，就为了能设立一个社会治理良医协会！像这样一只精心调教出来的胃，自然会影响到它主人的骨气问题了，而且，烹调知识越是高深，人的骨气也就损耗得越厉害。嗜好这种欲望悄悄在人的心中潜伏着，它每时每刻都在那里大叫大嚷，指挥着每一根神经去击溃意志和荣誉组成的大堤，无所不用其极，只要能使其得到满足。人活着就必须吃喝，所以对于人嘴的贪婪，人们都疏于描绘，文学批评也未能将这条漏网之鱼捕住。但是，有多少人就毁于吃喝之时，人嘴一张一闭之中，却是谁都想象不到的。从这一点上来看，在巴黎，吃喝与嫖妓是天生的仇敌；而从另一个角度来看，前者是由外入内，后者是从内向外。

作为艺术家的邦斯已江河日下，由主人热情招待的座上常客沦落为闲人地步了。可是这时他已经没有办法从那一席席佳肴中抽身而退，而却屈就于小餐厅提供的那种四十苏一餐的斯巴达式的清羹了。呜呼！每次只要一想到为了求得人格独立竟要付出如此巨大的代价，他就不寒而栗，心里只剩下了一个念头：只要自个儿能继续痛痛快快地过日子，能尝到所有的时令菜蔬，能敞开肚子吃个饱（语言虽俗，表现力却极佳），美味佳肴吃个饱，那还管它什么下贱事呢？

邦斯就像一只四处搜寻的麻雀鸟，填饱了肚子便拍拍翅膀飞走，啁啾上几声就算作谢礼了。他觉得这样活得挺痛快，由那些上流社会的人物去掏腰包，还有几分味道。至于那些上流社会的老爷太太们呢，也需要他予以回报，求些什么呢？无非就是几句客套话罢了。没有哪个单身汉不害怕独自待在家中的，邦斯亦不例外地老赖在别人家里打发日子。至于交际场上的那些客套话，那些缺乏真情的虚伪演出，他早已烂熟于心了。恭维拍马的话一套接一套，就像花几枚小钱一样顺溜；至于对象嘛，他只要不认错人就行，才不好奇地去追究人家的底细来历。

勉勉强强地，这个阶段倒也混过去了，拖拖拉拉地又过了十年。可那是些怎样的日子啊！根本是个多雨的寒秋！在那段时间里，不管到谁的府上邦斯都费尽心思地讨好，就为了在人家的饭桌上得到一个白吃的位置。到了后来，他终于干上了当差跑腿的活儿，老替人家看门、当佣人。因为常被人指使着四处跑，他无意间便成了这家派往那家的奸细，而且一丝不苟。可惜的是，尽管他的腿都快跑断了，下贱的差使也干了那么多，到末了连一丁点的感激也得不到。

人家众口一词：“单身汉邦斯嘛，他可不知道如何消磨时间，帮我们做点事是他唯一的乐事……要不他怎么过日子呢?”

没过多久，他身上便充满了四处散发的老年人的暮气，自然这暮气总得影响人的感情热度吧，更别提他还是个又穷又丑的老头儿，岂不是寒上加寒了吗？他步入了人生的冬天，一个鼻子通红，脸颊煞白，满身冻疮的寒冬。

从一八三六年到一八四三年间，邦斯已经很难得获得别人的邀请了。谁家都不像从前那样求他来赴宴了，人们都无可奈何地给这个白吃者勉强留下一个角落；没有人记过他，就算曾真的帮过忙，也早就抛到九霄云外去了。

在从一家饭桌到另一家饭桌的奔波中，邦斯尝到了世态炎凉。这些人家里没有哪家对艺术存有一丁点的崇敬之心，他们追求的是出人头地，认为最重要的东西只有自一八三〇年以来所争得的一切：巨额的财产或者显耀的社会地位。作为既无非凡才情，又无优雅谈吐，同时没有能令人肃然起敬的天赋的邦斯，其身价最后自然是值不了几个小钱了，不过倒还没沦落到一无是处的境地。

这样的一个社会让邦斯觉得痛苦万分，可是跟每个怯懦的人一样，他只能把这种苦楚咽进肚子里。后来，他慢慢地学会了不露声色，将自己的心灵作为一个归宿。许多自以为是的人管这种现象叫做自私。而寂寞和自私在一个人的外在表现上又确实颇有相似之处，所以那些对生性内向的人妄加非议的长舌夫或长舌妇们振振有词，似乎很合情理一样。而这在巴黎表现得尤为突出，因为社交场上的一切犹如面临解散的政府，波流涌动，根本没人去细加深究。

于是，担着自私自利的恶名，邦斯舅舅背后遭人戳脊梁骨，简直无地自容了。欲加之罪，何患无辞呢！但是，人们可曾知晓：无缘无故受人非难，对于生性怯懦之人来说，是如何沉重的一个打击啊！又有谁描绘过由于胆小而造成的苦痛呢？

情势一天比一天恶劣，这说明了音乐家为何总是愁眉苦脸；在人屋檐下，不得不低头，他如今的日子是很悲凉的。但是，嗜好一旦产生，其人就难免有丢人现眼的情况发生，这就像是一个个绳圈，嗜好越强烈，绳圈勒得就越紧；所有的牺牲被它变成了一座消极但符合心意的宝库，巨大的财富就蕴于其间。

每当邦斯被人蔑视，看到哪个一脸蠢相的有钱人投来仿佛救主恩主般骄横的目光时，他品呷波尔多葡萄酒就更加有滋有味，刚尝出味来的脆皮鹌鹑也嚼得更加起劲，仿佛这样才能宣泄怨气，他在心里对自己说道：

“这没有吃什么亏！”

他的这种生活在道德家看来千疮百孔，但有许多值得宽恕的地方。是的，活着就得有所满足。一个无欲无求的人，一个真正的谦谦君子，那是个可怕的东西，是个翅膀还没长出来的半吊子天使。在天主教的神话中，天使只拥有一个脑袋。而人世间的谦谦君子，就是那个讨厌的家伙格兰迪逊。用他的眼光来看，大概十字街头的美人儿也没有丝毫吸引力。

但是，对于邦斯来说，除了他在意大利的时候，可能因为气候的因素有过的那几次少有的庸俗透顶的艳遇外，从来就没有哪个女人肯冲着他笑一下。这种不幸很多男人都曾经遭遇到过。邦斯天生就面目丑陋。他父母晚年得子，于是与世不合的印记便牢牢地刻在了他身上，宛若死尸一般的肤色，就像是从科学家为保存怪胎而使用的酒精瓶中跳出来的。

这个天生多愁善感，幻想力丰富的艺术家，无奈地接受了那张丑脸硬塞给他的脾性，因为从来都得不到爱而伤心。过单身汉的生活对他而言并不是因为爱好，而是无可奈何的选择。正因为这样，嘴馋——这项连有钱的僧人也难以抗拒的诱惑，便向他张开了欢迎的双臂；他忙不迭地投入其中，就像他投入对艺术品和音乐的怀抱时一样热切。对他而言，美食与古董就是美女的化身；至于音乐，既是用来赖以生活的行当，又有谁会喜欢糊口的活儿呢！工作就像是婚姻，长久的沉淀之后，人们对它的唯一感觉就是麻烦了。

布利亚·萨瓦兰曾经以片面的方式为美食家们恢复名誉；但就连他也可能没有把人们在吃喝中所享受到的东西充分强调出来。

对于那些嗜好吃喝的人来说，消化构成了人体内的一场搏斗，它对体力的消耗能带来如同做爱一般的快感。他们感到，生命的能量在无休止的扩大，横膈膜之中的第二个大脑取代了身体上端那个活动体的地位，人体的所有机能都停止了运转，迷醉的状态由此产生。巨蟒吞吃了公牛以后就是处于这种状态，任人宰割而沉醉不醒。年过不惑的人，有哪个还敢吃饱饭后立即工作的？……所有伟人的饮食都是有节制的，原因也正在于此。人们总是控制那些大病初愈的人的饮食，数量越少越好；而他们一旦吃到了一只鸡翅，就能陶醉上好一段时光。

邦斯很聪明，他的一切快乐都在胃里产生，他总是处在正在恢复的病人的那种陶醉状态之中：美味佳肴被他充分地利用，到现在为止，每天里倒也能得偿心愿。天底下的人哪一个勇敢地与习惯一刀两断呢？很多一心求死的人往往接近死神时停住了脚步，因为他们无法舍弃每晚都去玩多米诺骨牌游戏的那家咖啡馆。

［三］

一双榛子钳

一八三五年，命运出人意料地为遭受女人白眼的邦斯出了口恶气，将一根俗语所称的老人拐棍赐给了这个生下来就是小老头的老人。邦斯获得了足以作为人生依靠的友情，他娶了亲，这也是社会唯一允许他结的一门亲：“他娶了一个男人，一个年纪很大的音乐家。”

如果不是因为这篇拙作写就之间已经有了拉封登的那篇神奇的寓言，这本书可以命名为《两个朋友》的。可是，这样做岂不是对文学的践踏，令任何真正的作家都羞耻的卑劣行为吗？我们伟大的寓言家的那篇杰作，是他灵魂赤裸裸的宣告，也是他梦幻经历的忠实写照，因此对那个题目便自然拥有了永久不可侵犯的特权。榜额刻下了《两个朋友》的那篇佳作是文学的神圣宝藏，是一座辉煌的殿堂，只要还存在印刷品，任何时代的人都会到这座殿堂来朝圣，瞻仰它的人来自世界各地。

邦斯的这位朋友是位钢琴教师，他与邦斯的生活习性是如此的一致，使这位音乐教师感慨万千，说实在是恨不能早日相识。因为，一直到一八三四年，他们才在一家寄宿学校的颁奖典礼上首次相识。在由上帝创造又违抗他的意志的茫茫人海之中，或许从未有过如此相似的两个生灵。他们一见如故，没过多久就离不开彼此了，他们全心全意地信任对方，竟在一个星期之内变得比亲兄弟还亲。一句话，施穆克简直不敢想象这世上还有一个邦斯，邦斯也没想到造物主竟在世间给他留下了一个施穆克。

这番描述对于这两个老实人恐怕已经绰绰有余了。可惜并非所有的聪明人都对简明扼要的叙述方式感兴趣的，对于那些很难相信事情的人，还是不得不再作一番更为具体的介绍的。

像所有的钢琴家一样，这位钢琴家也是德国人，就像伟大的李斯特和伟大的门德尔松是德国人，施泰贝尔特是德国人，莫扎特和杜塞克是德国人，迈耶是德国人，德勒是德国人，塔尔贝格是德国人，还有德赖肖克、希勒、利奥波德·梅耶、克拉默、齐默尔曼和卡尔克布雷纳是德国人，以及赫尔兹、沃埃兹、卡尔、沃尔夫、皮克西斯、克拉拉·维克……全都是德国人！话说回来，虽然施穆克是个大作曲家，但他只是一个演奏家而不能称之为音乐天才，因为天才必须有无比的勇气来辅佐，但钢琴教师的性格却与这种勇气所需的胆略背道而驰。

大多数德国人到一定时候，身上那纯洁的禀性就消失殆尽了，不能长期保持。如果到了一定岁数，仍有几分天真未曾消退的话，那就像人们从河渠中引水一般，这纯洁必然来自他们仍然青春的心灵；而他们总是能充分地将这点纯洁加以使用，赢得人们对他们的信任，使他们能方便地走向科学、艺术或金钱等方面的成功之路。而在法国，巴黎市侩的愚蠢则被某些狡诈的家伙用来取代德国人的天真。但是，施穆克身上的这份天真却是完整无缺地保存下来的，与儿时没有丝毫差别，就像邦斯无意间在身上保存了帝国时代的遗迹一样。这位真正的德国贵人，他自己演奏，也自己欣赏；既是演员，又是观众。他独自住在巴黎城中，就像一只孤独的夜莺栖息在林中一样，二十年来独自婉转歌唱，一直到遇到了邦斯，遇到了另一个他。

邦斯和施穆克的精神与禀性中都同样拥有一种幼稚的成分，这种脾气在德国人身上表现得尤为突出。例如对花、对自然景观的热爱到了痴迷的程度，迷到了在自己的花园里插上一只只大瓶子，把面前的景致微缩成精巧的小景观来欣赏。他们那种凡事一究根底的性格也是一模一样的，这种性格常常让一个日耳曼的学者绑上护腿套，翻山越岭去察寻某个事实，却根本不知道那个事实就安安稳稳地在院子里素馨花下的井沿上跷着腿，把他当个傻瓜来嘲笑。同时，对于任何一种不足挂齿的创造都非得给它硬安上个精神意义不可。也正是因为这样，才出现了让—保尔·里克特的那些不知所云的作品，霍夫曼那些印刷成册的呓语，还有德国那些围着最简单的问题用书本堆砌而成的密密麻麻的护栏。于是，那些原本一眼能看透的问题就被挖掘成了一个深不见底的洞穴，而那底下呢，保准是个德国人在耍宝作怪。

两个人都信奉天主教，结伴去做弥撒，按教义规定的义务去行动；他们从来没跟忏悔师说过话，这只有纯洁的孩子才能做到。两个人坚信，对于思想和情感来说，来自天国的语言——音乐能使人们进行无穷无尽的交流，并进行各种问题的讨论，这一点就像思想和情感之与语言的关系相同。他们如同一对恋人，用音乐来向自己也向对方表明：信念永存。

俩人的性格又是互补的：施穆克的漫不经心正好遇上了邦斯的全

神贯注，如果把邦斯看成一个收藏家，那么施穆克就是一个思想家；一个抢救物质中的佳品，一个发掘精神中的闪光。邦斯捧起一个瓷杯想纳入藏品之中，而施穆克则擤着鼻涕，满脑子都是罗西尼、贝利尼、贝多芬、莫扎特的某一灵感来源，并在感情的领域内寻找何处或许是此一乐句的翻版。两个人在处理金钱的方式上截然不同：施穆克漫不经心，邦斯则大肆挥霍。但结局却相同——每年的最后一天，钱袋里谁也找不出一个子来。

倘若没有这份友谊的滋润，邦斯大概早已抑郁而终；但一旦有了它的抉择，日子倒也能马马虎虎地过下去。当邦斯首次将心中的痛楚倾诉给这位好朋友听时，施穆克就对他好言相劝：到别人家去吃几顿饭竟要付出如此大的代价，还不如搬来和他一起过活，和朋友一起吃面包和奶酪。遗憾的是，邦斯怎么也难以向这位善良的朋友启齿的是：他的心与胃背道而驰，心痛苦的时候，胃却十分舒坦。再怎么着他也必须吃顿好的，就像一个风流男人非得有一个能解解闷的情人。

德国人的观察力是远远比不上法国人的敏捷的，而施穆克正是一个地道的德国人，所以了解朋友的这个缺点花了他很长的一段时间，但一旦发现了他却又对邦斯添了几分怜爱。如果想让友谊坚如磐石，那最好就是其中的一方认为是另一方的保护天使。当施穆克了解邦斯的胃口有这么好，不由高兴得难以自制，这种表情就算见了天使也是无可指责的。果然，第二天善良的德国朋友便亲自打理吃食，弄出一顿丰盛的午餐，而且从这以后每日如此，花尽心思就为了让他的朋友能吃些新鲜花样。因为自打这段婚姻缔结后，俩人的午饭都是在家里用餐的。

巴黎从来也不是一个可以轻看的地方，它一向对任何东西都是公正严厉的，两个朋友自然也无法逃脱众人的嘲讽。邦斯和施穆克的结合是两颗心灵的结合，与此同时，他们的财富和苦难也结合到了一起。俩人想到了要勤俭度日，就干脆在马莱区僻静的诺曼底街的一座清静的房子里合租了一套住房，住到了一起。因为俩人经常形影不离地在那几条大街上走来逛去，于是便由居民区的那些无所事事的家伙那儿获得了一个雅称：一对榛子钳。这个绰号倒让我省了不少笔墨来描写施穆克的相貌了，他和邦斯，就像梵蒂冈的那尊著名尼俄柏慈母像和那尊立在神殿的维纳斯像一样。

这对榛子钳家庭之所以能顺利运转，是离不开那幢房子的门房茜博太太。不过，由于在这对老人最终遭受的命运悲剧中，她所扮演的角色至关重要，因此我打算等她正式登场时再作一番详细描述吧。

还有一点必须特别说明的是这两个老人的心境，而这恐怕是一八四七年的读者群中有百分之九十九的人都很难明白，原因恐怕在于金融由于修建铁路而获得了长足进步。这事儿虽小，但却很有说服力，因为它可以让我们对这两颗过分敏感的心灵有一个初步了解。

让我们借用铁路来作比喻吧，权当它当初欠下的钱，咱们让它还债吧。今天，铁轨上的列车飞驰，将许多细小的沙粒压碎，这些看不见的粉尘一旦被旅客吸入了肾脏里，那么最可怕的肾结石病便向他们招手了，疼痛无比，直至最后死亡。而我们这个像列车般飞驰的社会呢，它哪儿会在意那种不断被吹进两个灵魂的看不见的沙尘，是如何无休无止的使他们的心灵受到结石病似的侵袭呢？

两个人的心肠都特别软，看到别人的痛苦，就会为自己的无能为力而忧伤，而对于自己所承受的痛苦，他们更是有些神经质式的敏感。不管是年岁的增长还是巴黎那一幕幕司空见惯的悲剧，都无法使这两颗天真纯洁的心灵变得冷硬。于是活得越久，内心就越痛苦。可怜啊，这不正是那些神圣的善人、那些伟大的思想家和那些从来没有极端行为的真正的诗人的真实写照吗？

自从结合以来，两位老人的作为风格越来越相似，逐渐地形成了巴黎街头那些套在出租车上的马儿所特有的那种休戚与共的情形。

不管春夏秋冬，早上七点是他们的起床时间，然后一起用早餐，去各自的学校上课，有时也因需要为彼此代课。如果中午戏院排戏需要邦斯，他就上戏院去。剩下的那些空闲时光呢，他全都消磨在马路上了。然后，晚上俩人又相聚在戏院，施穆克能进戏院是通过邦斯的路子，下面就把事情的原委交待清楚。

邦斯初遇施穆克时，手中刚刚握住了一根指挥无名作曲家的权杖，一根乐队指挥棒。这并非由于他的恳求而得来的位置，而是由当时的大臣博比偌伯爵赐给他的。事情是这样的，当时这位由七月革命而发迹的资产阶级英雄正好把一家戏院许给了他的某位朋友，这是个暴发户见了也得脸红的。某一天，伯爵坐在马车里，正好碰见了一位年轻时候的老朋友，那朋友看上去好像忙着去找几笔大生意做，只可惜身上没什么钱，身穿一件褪得不知道原来是啥颜色的礼服，脚上光光的，连个鞋套也没有，实在狼狈凄惨得很。

这个朋友叫戈迪萨尔，原本是个商人，曾经全力推动了博比偌大商行的发达。尽管博比诺今非昔比，成了博比诺伯爵、贵族院的议员，还当过两任部长，但他可没有忘了这位能干的戈迪萨尔。不仅如此，他还让这个跑生意的旧友换了新衣，又让他的钱袋重新鼓了起来；因为政治和平民宫廷的虚荣，倒并未使这位老药品商的良心变坏。戈迪萨尔见了女人就挪不开步，因此他请求博比诺将一家倒闭的戏院特许给了他，大臣让他如愿以偿，而且还不忘给他派了几个相当有钱的老风流，他们的资产合起来足够办一家一流的大戏院，但他们心里想的却只是被紧身戏服遮住的东西。而作为博比诺府上的吃白食的闲人，邦斯便成了这家戏院的嫁妆。

戈迪萨尔公司果然赚了大钱，到了一八三四年，它甚至还想在大街上造一座大众歌剧院。由于芭蕾舞剧和梦幻剧都得有音乐伴奏，这就要求有一个不算太寒碜的乐队指挥，此人还必须能写点曲子。因为戈迪萨尔接管的那个剧院经理部早在倒闭边缘挣扎了，所以自然付不起抄谱员的工资。

于是邦斯便向剧院推荐了施穆克，让他专门做抄谱员的工作，这活儿辛苦又出不了名，但却要有真正的音乐知识方能胜任。通过邦斯的点教，施穆克与喜剧院管乐谱的头目处得甚为融洽，于是就免掉了那些机械性的工作。施穆克和邦斯，这对搭档的合作果然效果非凡。像所有的德国人一样，施穆克在和声方面有极为精湛的造诣。邦斯写的曲子便由他精心做总谱的配器，曾有两三部走红了的戏，其中某些新颖的段落很受行家们的好评，可一切都被归功于进步，作者的名姓从来无人理会，因此，伟大的荣耀将邦斯和施穆克整个淹没了，就像有人溺死在自家的浴缸中一样。在巴黎，如果谁不殚精竭虑[1]，用铁腕手段挤垮众多的竞争对手，那就永无出头之日。所以，心肠一定要像铁石般坚硬，只可惜两位老朋友的心里都长了结石，所以做不出任何有非分之想的举动来。

通常，邦斯上戏院的时间都是晚上八点钟，一般好戏都在这个时候开始，而戏的序曲和伴奏对指挥的要求很高：必须十分严格而内行。由于大多数的小剧院在这个方面的管理都较为宽松；而邦斯与经理部的关系因为他无所求所以相当不错，因此他的时间很自由。再说，反正有施穆克在，万不得已可以由他代替。

日子一天天过去，施穆克在乐队的根基也扎实了，能干的戈迪萨尔也认识到了邦斯这位合作者的用处和价值，只不过没说出口罢了。那时候，他们不得不像大剧院一样给乐队添架钢琴。钢琴就放在乐队指挥台的边上，施穆克乖乖地在这个临时座位上坐了下来，义务为乐队弹钢琴。当乐队的每个音乐师都知道他既无野心，又不骄傲，只是个老实善良的德国小老头了后，所有的人也就接纳了他。凭一点微薄的薪酬，施穆克又被经理部指派去摆弄那些街上的小剧院里不常见，但却又经常少不了的乐器，像钢琴、七弦琴、英国小号、大提琴、竖琴、西班牙响板、串铃，还有那些萨克斯人发明的乐器。自由的伟大器具德国人是甩弄不动的，但他们却个个生来对乐器无不精通。

在剧院里，这两位老人走到哪儿都备受尊敬。在任何一个剧团都难以避免的纷乱复杂之中，他们犹如哲人，无欲无求，眼睛像是镀上了一层厚膜，对所有的混乱都视而不见，例如：因为收入的需要，剧院的芭蕾舞团里总有一大帮男女戏剧演员混杂其中，这种可怕的大拼盘自然会使麻烦接连不断地发生，使得经理、编剧和音乐家们头痛不已。而邦斯又善良，又谦逊；既很尊重他人，也非常洁身自好，众人

---

① 殚精竭虑：原文为拉丁文。

自然而然地对他产生了敬重。再者说，不管在什么阶层当中，不管那个人心灵有多么邪恶，看到如玉石般完美无瑕的生活与品德时，他也会肃然起敬的。

因为稀少，所以在巴黎，完美的道德就像一颗闪光的大钻石，或一颗璀璨的珍珠般令人啧啧称奇。再无礼的演员、编剧或舞女，都不敢在邦斯和他的朋友面前使心眼、耍手腕或进行嘲讽。邦斯有时还会到演员休息室去看看，可施穆克除了戏院门外通向乐队的那条地下甬道之外一无所知。有时，当某场演出的幕间休息时间，善良的德国老人也会鼓起勇气，向剧院的观众席看上几眼。他常常向乐队的首席笛手，一个生于斯特拉斯堡但出自德国凯尔镇的小伙子打听，为什么那些几乎永远拥挤的包厢中的观众看上去会这么古怪。

笛手给施穆克上了很多节社会教育课，渐渐的，那个天真的脑袋终于接受了原本一无所知的那些怪事。例如：戏界美人的传奇生活、奇形怪状的非法婚姻，当红演员的纸醉金迷，还有剧院中引座女子的私下勾当等。这位可敬的人认为，巴比伦的堕落正是因为这些所谓无关大节的罪行。所有的稀奇事都只引起他一个反应：笑一笑，当成天方夜谭来记住。机灵人当然知道，套句时髦话，邦斯和施穆克是被剥削阶级。可是，他们被夺去了金钱，却又赢得了爱戴，别人对他们真心诚意的敬意。

由于一出芭蕾舞剧的走红，戈迪萨尔公司一下子就发了大财。经理部于事后将一组银质的雕像送给邦斯，说是切利尼①的作品，价值令人咋舌，一时间成了演员休息室中最津津乐道的热门话题，这可花了足足一千一百法郎哪！可怜的老头儿哪儿敢接受如此贵重的礼物！不知道费了多大的劲，戈迪萨尔才让他收下了这件礼物。

“啊!”戈迪萨尔告诉合伙人，“可能的话，尽量招些像他这样的演员!”

表面上看来，两位老人的生活像水面一般宁静无波，可私下里，

---

① 切利尼：意大利佛罗伦萨金匠，雕刻家，一五四二年由法国国王批准入了法国籍。

邦斯那个强烈的癖好却将一切都弄得乱七八糟，外出用餐的欲望如波涛般汹涌而来，他根本无法抵挡。所以，要是邦斯正换外出服时碰上了在家待着的施穆克，后者准会摇头叹息，为这种不良嗜好慨然长叹。

“唉，如果吃了能长肉，那倒也还值得！”他经常这样说道。

于是，施穆克在梦里都想着，如果能有一个方法可以治好邦斯的这种毛病，那该多好啊！要知道，真正的朋友心灵相通，对对方的思想了然于心；他们能切身地体会朋友的悲哀，找出悲哀的原因，并牢记于心。

邦斯右手的小指上至今仍戴着一只钻石戒指。在第一帝国时代，这是可以的，可现在还这样做，就只能让人觉得滑稽可笑了。他是个纯粹的法国行吟诗人，施穆克与他不同，由于眉宇之间有一股与世无争的安详，所以德国老人虽然丑得可怕，但并不扎眼。而邦斯脸上却总是满脸的忧伤，他的朋友看到这种神情，便知道他的境况是越来越困难了，吃白食这个行当也越来越难混了。一点没错，到了一八四四年，邦斯能去吃白食的人家已经少得可怜了。到了最后，我们可怜的乐队指挥能活动的范围也就只有亲戚家了。不过，下面我们就能看到，他对亲戚这个词定义的范围也未免太宽泛了些。

曾获过罗马大奖的邦斯是在布尔道德街上做丝绸生意的富商卡缪佐先生的前妻的堂兄弟。身为独生女的邦斯小姐的父亲是宫廷丝绸商，大名鼎鼎的邦斯兄弟中的一个。而音乐家邦斯的父母亲则是这家刺绣行的合伙老板。这家刺绣行于一七八九年大革命以前创建，而到了一八一五年，卡缪佐的前妻将它转卖给了利维先生。十年前，富商卡缪佐离开了商界，他于一八四四年当上了厂商总会委员、国会议员。由于一直受到卡缪佐家的热情款待，邦斯老先生自然也就把丝绸商第二个妻子所生的孩子当成了亲外甥，虽然他们之间连一丁点亲属关系也没有。

因为卡缪佐的后妻是卡尔多家的闺女，于是作为卡缪佐家亲戚的老邦斯，自然也成了卡尔多家的亲戚。这可是个人丁兴旺的大家族啊，他们通过联姻的方式，简直形成了自己的一个社会，势力绝对能与卡缪佐家相提并论。卡缪佐的舅兄、后妻的兄弟卡尔多是个公证人，他与希弗雷维尔家结了亲。而希弗雷维尔是鼎鼎大名的化学大王，与药材批发业联了姻，昂塞尔姆·博比诺早就是这个行头的大人物了；后来众所周知，他又被七月革命抛进了充满了浓厚的王朝色彩的政治中心里。就这样，邦斯跟着卡缪佐和卡尔多进了希弗雷维尔家，然后又在博比诺家登堂入室，他所打的金字招牌一直是“舅舅”的身份。

我们了解了老音乐家的上述亲戚关系之后，就很容易搞懂为什么老邦斯到了一八四四年仍能有几家的饭厅向他敞开着了：给予他亲热招待的首先一位人物便是博比诺伯爵，法兰西贵族院议员，前农商部部长；第二位是卡尔多先生，前公证人，现任巴黎某区区长，众议员；第三位是老卡缪佐先生，众议员，巴黎市议会会员，厂商总会委员，未来的贵族院议员；第四位是卡缪佐·德·玛维尔先生，老卡缪佐前妻的儿子，所以他也是邦斯唯一的真正的堂外甥。

这位卡缪佐先生为了与他的父亲及他同父异母弟弟区别开来，便在自己的姓氏后头又加上了他所拥有的那处地产的名字：玛维尔。一八四〇年时的他，是巴黎国家法院下属的庭长。

后来，老公证人卡尔多将自己的女儿嫁给了他的接班人贝尔迪埃，邦斯自然作为陪嫁的一部分也跟了过去，在这个家庭里他的饭碗是捧得很稳的。用邦斯先生的语言来说，这地位可是经过公证了的。

而这个资产者的圈子，也就是邦斯舅舅的所谓亲戚，他千辛万苦，费尽心思，总算让这些家庭勉强在饭桌上给他空出了一个座位来。

在这十个家庭中，按照道理卡缪佐庭长家应该是给予老艺术家最殷勤招待的地方，邦斯对这家人尽的力也最多。但老天总是跟人过不去，庭长夫人却从来没有善待过这位货真价实的好舅舅。邦斯想尽方法，想让这铁石心肠的外甥媳妇，路易十八和查理十世执政官的女儿，已故蒂利翁家的这位千金能有所感动。就为了这一点，他用了不少时间教卡缪佐小姐音乐，而且是免费的。遗憾的是，想将这位头发有点发红的姑娘培养成音乐家，邦斯显然也无能为力了。

而这个时候，邦斯用手护着珍贵的宝物，要去的正是庭长外甥的府上。每次一进外甥屋里，他就觉得杜伊勒利宫的气息扑面袭来，那庄重的绿色帷幔、淡褐色的墙饰、割绒地毯、还有所有一本正经的家具，让整个屋子都浸在严苛之极的法官气味中，压得他的心几乎无法跳动了。

但让人惊讶的是，在巴斯杜朗巴尔街的博比诺府上的邦斯却显得相当自在，这大概是因为那些摆在屋子里的艺术品之故吧。自从这位前部长踏入了政界，他便也酷爱上了收藏美好的东西，或许这是与政治进行的一种暗地里的较量吧，因为政治在私下里总是寻找罪恶的基础。

［四］

收藏家的千种快乐之一

德·玛维尔庭长的家在汉诺威街，房子是庭长夫人在十年前买下的。她的父母去世后给她留下了近十五万法郎的遗产。

房子靠街道的那一面看起来阴沉沉的，正朝着北面，而靠院子的那一面正朝南，还有一座漂亮花园紧挨着院子。法官家住了整个二层楼，这里曾是路易十五时代最有权显赫一时的金融家的住所；第三层则租给了一位有钱的老年妇人。整幢房子看上去安详、气派，恰恰满足了一个法官身份所需要的特点。德·玛维尔所拥有的那份地产是当初他用尽了二十年的积累以及母亲的遗产方才置下的。地产相当丰富，还包括一个雄伟壮丽的古堡，现在还能在诺曼底看到；以及一个广阔的牧场，年收入达一万两千法郎。城堡周围是一望无际的，足有一百公顷的土地。像这样多的土地，如今可以说是只有王侯才能拥有的，管理它每年得消耗掉一千埃居。所以，照这样算来，整个田产每年也就九千法郎的进项而已。庭长每年的收入是由这九千法郎和他的薪酬组成的，差不多有二万多法郎，看起来这还是一笔很不错的收入了；更别提由于他母亲只生了他一个，所以他还有望能得到他父亲遗产中应该归他的那一半了。可是，由于身处巴黎，身份地位又不同一般，所以开销自然得配得上，不能丢了脸面，所以德·玛维尔夫妇几乎每年都要把他们的钱花个精光。直到一八三四年，他们还是紧巴巴地过着日子。

芳龄已经二十有三的德·玛维尔小姐，尽管陪嫁有十万法郎，而且还总是用各种方法来暗中表明以后可以到手的可观的遗产，但仍然无济于事，至今也没能被哪个求婚者拐掉。道理很简单，谁都会盘算。五年来，邦斯舅舅的耳朵里已经塞满了庭长夫人千篇一律的埋怨，她眼瞅着一个个代理法官都成了家，法院里来的新推事也都成了父亲。尽管她一再向年轻的博比诺子爵炫耀德·玛维尔小姐将来的丰富遗产，而子爵连一点动心的迹象也没有。说到这位子爵，他便是当年著名的药材大王博比诺伯爵的长子。用伦巴弟居民区那些嫉妒得眼红的人的话说，七月革命的利益全让博比诺家占尽了，起码跟波旁王朝的第二支所分得的好处一样惊人。

到了舒凡瑟尔街向汉诺威街的拐角处时，邦斯心里忽然产生了一种无以名状的惴惴不安，这感觉一把攫住了圣洁的心灵，并折磨得它无比痛苦，倒像是个作恶多端的强盗碰上了来抓捕他归案的宪兵一样。可是究其根源呢，其实是邦斯害怕庭长夫人又拿出什么手段来对待他而已。沙砾撕裂了心，棱角并未随时光而磨平磨光，反而愈加锋利了，而这家的下人们也借机来拉扯这沙砾上的根根尖刺。由于卡缪佐他人瞧不起邦斯，他们的下人自然也不把这地位愈来愈低的老东西放在眼里了，只当他是个吃白食的穷光蛋。

邦斯在这家里的第一个敌人是老姑娘玛德莱娜·威维。这个枯瘦的老女人是卡缪佐·德·玛维尔太太和小姐的女佣。

这个玛德莱娜的皮肤像在酒糟里浸过，估计也正是由于她的酒糟肤色以及蝮蛇般的长腰身的原因吧，她竟以为自己与邦斯是天造地设的一对。可是，尽管玛德莱娜拼尽全力在老单身汉面前炫耀她那足足有两万镑的积累，可到头来仍是一场空。可怜的邦斯讨厌酒糟味，连带着连这份幸福也不想接受了。这个狄多似的女仆眼见当不成主人的舅母，便反过来对她曾热切追求过的音乐家展开了处心积虑的狠毒报复。每次一听见老人上楼梯，她就故意扯着嗓子大喊，故意让他听个清清楚楚："哟！吃白饭的又来啦！"要是男仆不在，由她侍候用餐的话，那就更惨了。她总是往可怜人的酒杯里倒上一丁点儿酒，然后再掺上许多的水，简直快溢出杯子了，害得老头儿在举杯欲饮时，不得不费劲地把杯子往嘴边凑，生怕泼洒了。她还总是故意忘了给老人上菜，就想让庭长夫人提醒她（那是什么样的一种语调啊！……舅舅听了脖子都红了），不然的话，她就毛手毛脚，把调味汁碰洒在老人的衣服上。总而言之，这是一次由下而上的战争，宣战者知道自己是不会受到惩罚的。

玛德莱娜不仅是贴身女仆，而且是管家，自从卡缪佐夫妇结婚之日起便待在这个家里了。她知道主人在外有时过的那种苦日子，那时卡缪佐先生是阿郎松法院的法官；后来，先生在芒特法院当上了法院院长，并在一八二八年来到了巴黎，成为了预审法官。帮他们夫妇俩在巴黎过日子的也正是玛德莱娜。她在这个家里待得实在太久了，所以有一些让她暗中反感的事情是相当正常的一件事，更别说她的女主人是如此的傲慢无礼，野心勃勃了。玛德莱娜想成为邦斯太太，以庭长舅母的身份好好耍耍这个傲慢的女人。这种欲望恐怕就是由平时一点一滴隐藏在肚子里的怨恨促使的，而激起那些怨恨的小石子一旦聚集起来，足以形成一股强大的洪流。

"太太，你们的邦斯先生到了，身上还是套着那件斯宾塞！"玛德莱娜禀报道，"他还真得教教我，怎样才能把这么件衣服保存整整二十五年！"

这时，大客厅和她卧室之间的小客厅响起了一个男人的脚步声，卡缪佐太太看了女儿一眼，耸了耸肩。

“玛德莱娜，你的通报真是及时啊，搞得我都没有一分钟时间来考虑该怎么办了！”庭长夫人说道。

“太太，您知道，让不在了，家里就剩下我一个人。邦斯一打门铃，我就把门给开开了，他简直和家里人一个样嘛。他跟着我进了门，我怎么能阻止他呢：这会儿他正在脱他那件衣服呢。”

“噢，我的小猫咪，真可怜，”庭长夫人对着女儿说，“这下可完了！咱们只能在家用餐了。”她那亲爱的小猫咪看上去实在太可怜了，庭长夫人马上补充说，“你看，咱们是不是该让他彻底死心了呢？”

“唉！真是个可怜的家伙！”卡缪佐小姐答道，“那不是让他又少了混饭吃的场所！”

小客厅里有个男人在使劲咳嗽，很明显那是假装，那是在表示：“你们说的话我可正在听着呢。”

“好吧，那就让他进来吧！”卡缪佐太太无可奈何地耸了耸肩，吩咐了下去。

“舅公，您可来得真早哇。”塞茜尔·卡缪佐一脸假装的可爱样子，“我母亲正要准备穿衣服呢，真是出乎我们意料啊。”

邦斯舅舅的眼睛并没有漏掉庭长夫人扯肩膀的动作，这真是残酷的致命打击，他一时间竟找不到讨好的话儿来，只能语含深意地应了一句：

“你永远是这么可爱，我亲爱的小外孙女儿！”

说完，他转向她母亲，并招呼道：

“亲爱的外甥媳妇，请您别介意，我比平常要来得早了一点。我给您带来了上次您想要的东西……”

可怜的老邦斯啊，他怎么会知道，每当他唤外甥、外甥媳妇时，庭长一家是怎样的不能忍受啊。这时，他从上衣的侧口袋里，小心地掏出了一只长方形的小木盒子。这盒子雕工十分精巧，是圣卢西亚木制成的。

“噢！我倒把这事儿给忘记了！”庭长夫人毫无感情地答道。

这难道不是太冷酷了吗？只给一声“噢”！这位亲戚的好意就这样给你贬得毫无价值了？他有什么罪过呢？他不就是没有钱吗，不就是穷吗？

“您真是个好人，舅舅。”她接着往下说，“那我又该为这件小玩意付给您很多钱吧？”

这个问题好像是向邦斯舅舅的心猛地扔了一块大石头，他原本是想通过送这件珍贵的礼物，补偿以前吃饭欠下的人情。

“我以为您会赏脸收下它当做我送您的礼物的。”他声音颤抖着说。

“那怎么可以呢！那怎么行！”庭长夫人接着说，“咱们之间不是已经熟到亲如一家的地步了吗。谁也不会笑话谁的，您的情况我还不清楚吗，您也没钱，怎么能让您花钱呢。您费了好大的劲，花了这么多功夫到处去找这东西，这已经让您为难了？……”

“亲爱的外甥媳妇，要是真给这把扇子出个实价的话，我恐怕您就不会要它了。”可怜的老头也被激得忍不住还击起来，“这可是出自华托之手的一件杰作，两个扇面都是由他亲自绘制的；不过您尽管放心，我的外甥媳妇，我所出的钱都不足这把扇子艺术价值的百分之一呢。”

冲着一个富翁说“你没钱”，那等于是告诉格拉纳达大主教说他的布道一无用处。庭长夫人向来是以她丈夫的地位、玛维尔的田产，以及她自己经常受邀参加的那些宫廷舞会而自豪的。一个自以为了不起的人如今听到一个承受她眷顾的穷光蛋竟敢说出如此放肆的话，她听了不可能不觉得受了极大的侮辱。

“卖您东西的那些人，怎么会都那么笨？……”庭长夫人阴阳怪气地说道。

“巴黎可容不得不聪明的生意人存在！”邦斯的口气几乎是冷冰冰的了。

“那就是证明您非常聪明了呗。”塞茜尔插了进来，试图平息这场争论。

“是的，我的小孙女儿，我是聪明，我认得出朗克雷、佩特、华托、格勒兹的作品；可是我更加希望的是能够让你亲爱的妈妈开心起来。”

德·玛维尔太太是那种既没有修养又好装门面的女人，她是一百个不情愿别人知道她接受了食客送她的礼物的；而在这一点上，她的欠缺修养正好派上了用场，她压根儿没听过华托这个名字。收藏家拥有极强的自尊，恐怕也只有作家能与之作一抗衡了；可是要使一向吃人的嘴软的邦斯竟然敢跟外甥媳妇顶起嘴来，这份自尊真是厉害之极了！二十年来，邦斯可是第一次有如此大的胆量的，这一点连他自己都吃了一大惊。于是，他连忙回复到一贯的和颜悦色的表情，小心翼翼地将那把精美的扇子展开，将扇骨上的雕工精巧之处一一指点给塞茜尔看。可是，这还并不能完全解释老音乐家对庭长夫人心怀恐惧的原因；想将这团迷雾彻底拨开，我们就必须先来看一下对庭长夫人的描述。

年轻的德·玛维尔夫人个子娇小，头发金黄，长得珠圆玉润；而到了四十六岁时，个子并不见长，人却更加干瘦。她生来凸额、扁嘴，年轻时靠着柔嫩的肌肤，还有几分动人。而现今则由原来的神情傲慢变成了仿佛厌恶一切。在家里，她向来是说一不二的，这种霸道天长日久便成了习惯，于是面目显得更加冷酷了，谁看了心里都难受。年龄的增加让头发由黄色转成栗色，凶狠的眼睛却一成没变，向外射出道道寒光，将司法界人士因失意而更加强烈的傲气和内心的嫉妒一展无遗。在邦斯经常去吃饭的那些暴发户当中，庭长夫人可谓不名一文。首先，她就无法原谅那个药材商，原本是个小小的商业法庭庭长，后来竟慢慢往上爬到了众议员的位置，然后是当了部长，封了伯爵，甚至还进了贵族院。同样，她也不能饶恕她的公公，竟然把自己的长子作牺牲品，在博比诺进贵族院的当儿，让人给弄了顶区议员的帽子。而卡缪佐呢，他在巴黎已经当了十八年的差了！她一直都巴望看丈夫能爬上最高法院推事的椅子，可却抵不过法院上下知道他无能而将其排斥在外的一致决心。一八三四年，卡缪佐好容易才谋了个庭长的位置，可一直到了一八四四年，司法大臣还为自己当初颁布那项命令而后悔不已。不过，他们让他待的地方是检察庭，凭着多年的预审法官的经验，他还真在那里判了不少案子，出了不少力。

总而言之，德·玛维尔庭长夫人的心让这翻来覆去的失望伤透了，对丈夫的无用也洞彻无余，所以脾气是愈发可怕起来。她本来就是个暴烈性子，这下更是糟到了极点。她就像最最乖戾的老太婆一样，尖酸、刻薄、冷血，再加上毫不留情面，就像一把铁丝刷，让人见了就害怕。别人不愿意给她的东西，她偏要弄到手。这样极端可怕的性格，自然也就交不到几个朋友了。不过，因为她身边总有那么几个和她臭味相投的老太婆前呼后拥着，所以她还是非常厉害的。可怜的邦斯一见着这个女魔王，活像是老鼠瞧见了猫，所以，邦斯舅舅突然之间竟会如此放肆，庭长夫人实在有点疑惑不解，因为她根本就不明白这件宝贝的实际价值。

“您是从什么地方找到这个东西的?”塞茜尔仔细打量着那件珍宝，口中问道。

“是在拉普街的一家古董店里，古董商刚从德勒附近奥尔纳拆掉的那座城堡中把它弄出来的，从前梅纳尔堡尚未建好的时候，蓬巴杜夫人曾经在那儿住过几次。谢天谢地，人们把城堡里那些最精美的木制品给抢救了下来，真是美不胜收啊。知道那个赫赫有名的木雕家利埃纳尔吗？就连他也要了两个椭圆框架作模型，把那视为最经典的艺术。那儿的宝贝简直遍地都是！这把扇子是我从那位古董商的一张写字台的抽屉里找到的。那张写字台啊，是用细木镶嵌的叠橱式写字台，要是我收藏这类木器的话，我真想把它买回家去；可惜哪儿买得起啊……里兹内尔的家具单单一件就值三四千法郎！巴黎人已经开始认识十六到十八世纪那些木器的价值了，那些著名的德法细木镶嵌大家制作的木器，简直就是一幅幅精美的图画。收藏家的伟大就在于开创了某种风气。实话跟你们说，我二十多年来收集的那些弗兰肯塔尔瓷品，过不了五年，巴黎肯定会有人出高出比塞夫尔的软瓷器两倍的价钱。”

“什么是弗兰肯塔尔呀?”塞茜尔问道。

“它就是巴拉丁选侯瓷窑的名字;它比咱们的塞夫尔窑更古老,它的命运就像著名的海德堡公园一样,不幸比咱们的凡尔赛公园历史更悠久,被蒂容纳[1]给毁了。塞夫尔窑有很多地方是仿照弗兰肯塔尔窑的。……实在应该给德国人说句公道话,早于我们不少时间,他们就已经在萨克斯和巴拉丁这两个领地创造出了伟大的杰作。”

母女两个大眼瞪小眼,好像从邦斯口中说出的是十分难懂的外国语言一样。谁能够想象到巴黎人的小心眼竟到了何种地步呢。他们唯一所知的就是拾别人的牙慧;而且在这些东西中,又只有那些他们一时兴起想学习时所听到的才能侥幸被记住。

“您从哪个地方分辨出它是弗兰肯塔尔瓷器的呢?”

“标记!凭标记!”邦斯兴奋之情溢于言表,“每一件稀世的作品都有标记。弗兰肯塔尔瓷器的标记就是两个交叉在一起的C字和T字(即为Charles-Theodore的缩写),字母上面有一顶选侯冠冕。其他的也都有标记:老萨克斯瓷品以两柄长剑为标记,且为描金的编号。万塞纳陶瓷上则印有号角图案。而维也纳瓷器上则标着V字样,中间的那一横使其呈封闭型。柏林瓷器是两道红杠,美茵茨瓷器上标着车轮。塞夫尔瓷器的标记为两个L,专为王后定做的标着A字,代表安托瓦内特[2],上头还有个王冠。十八世纪时期的欧洲各国君主在瓷器制造方面的竞争非常激烈,彼此都想方设法要把对方的烧瓷专家挖到手。华托曾为德雷斯顿瓷窑绘制过餐具,那些经过他手的瓷制品如今可是昂贵得吓人哪!(不过必须有识货的行家才行,因为如今的德雷斯瓷窑出了不少仿制品、假冒品)那个年代造出的东西实在是美极了,现在根本不能比了……”

“真的吗?”

“当然是真的,外甥媳妇!有一些细木镶嵌的家具,还有那精美

① 蒂容纳:法国元帅,一六七三年率兵摧毁了海德堡公园的一部分。
② 安托瓦内特:法国国王路易十六之妻,死于断头台上。

绝伦的瓷品，现在是再也制造不出来了。就好像，如今是再也没有人能画出拉斐尔、提香、伦勃朗、冯·艾克、克拉纳赫的画了！……哦，中国人是非常聪明、非常细致的，他们现在也在仿制名曰御窑的精妙瓷器……可是由古代御窑里烧制出来的大花瓶，一对就值六千、八千甚至一万法郎，可现代的复制品呢，一件只不过值两百法郎！”

“你这是在说笑吧！”

“外甥媳妇啊，这种价钱让您惊奇，可它们还根本算不上什么钱哪。要知道，一整套十二人使用的塞夫尔软质餐具，甚至还不是瓷制的，开价就是十万法郎，而且还是发票上的明码标价。这样的一套东西在一七五〇年时在塞夫尔成交的价格是五万法郎。那张原始发票我可是亲眼所见的。”

“您还是讲一讲这把扇子吧。”塞茜尔看来看去，还是觉得这宝贝未免也太旧了点。

“您明白，自从我承蒙您亲爱的妈妈抬举，让我去找把扇子之后，我就到处寻找。我把全巴黎城的每个古董铺都细细搜寻了一番，可也没瞧见一把能入眼的扇子，因为我希望给亲爱的庭长夫人奉上的应当是一件珍品，应该是玛丽·安托瓦内特的扇子，那可是所有著名的扇子中最最美丽绝伦的一把了。可是昨天，当我第一眼看到这件宝物时，我就被它迷住了，那绝绝对对是路易十五亲自定做的。可是我怎么会到拉普街的那个奥弗涅人那儿去的呢，他那儿是卖铜器、铁器和描金家具的地方啊，我找扇子怎么会找到那儿去了呢？我估摸着，准是艺术品有灵性，它们知道谁是知音，会召唤懂得鉴赏的人们，向他们呼唤：‘来！来！……’”

庭长夫人朝女儿使了个眼色，可邦斯舅舅并没能注意到如此快捷的花样。

“我对那些贪得无厌的家伙可是知根知底的。我一进门就问那个古董商：‘莫尼斯特洛尔老爹，近来有什么新货色吗？有门头饰板那些东西吗？’这个老头每次收集到了什么东西，在和大商人成交之前总是先让我来看一下。我这么随口一问啊，莫尼斯特洛尔的话匣子就打开了。他告诉我利埃纳尔是怎样在德勒的小教堂里替国家雕刻了一些相当精美的东西的；然后又说起他在奥尔纳城堡的拍卖会上，是怎么样从那些只知道瓷器和镶嵌家具的巴黎商人手里抢救出一些好木雕的。‘您瞧，我这儿没有什么特别棒的东西，’他对我说，‘但仅凭这一样东西，我就能把来回的旅费给挣回来。’说着，他指给我看那张叠橱式的写字台，真是美不胜收！那嵌木细工将布歇的画表现得神韵俱佳，简直棒极了！……让人忍不住为之而倾倒！‘先生，对了，’他对我说，‘我刚刚从一个小抽屉里发现了这么一把扇子。您瞧，抽屉是锁着的，我又没有钥匙，所以是被我硬撬开的！您说我能把这玩意儿卖给谁呢……”他边说边拿出了这只圣卢西木雕的小盒子。‘您瞧！这是蓬巴杜式的扇子，与华丽的哥特体十分相仿。’‘啊！’我对他说，‘这个盒子可真美丽，这倒挺中我的意！至于扇子嘛，莫尼斯特洛尔老爹，我可找不到，可以把这个老古董送出去的邦斯太太；而且，现今都时兴新做的，也都非常好看。现在要找画这种扇面的高手，可是一抓一大把啊，手法出众，而且价格还公道。要知道，巴黎可有两千多个画家要吃饭啊！’说完，我随意地打开了扇子，极力控制住因激动而引起的兴奋，冷淡地看了两眼扇面上的图画。老天，画笔是那么洒脱自然，简直妙极了！在我手中的是蓬巴杜夫人的扇子，华托为了绘制它肯定没少花心血！‘写字台您出了什么价？’‘噢，一千法郎，已经有人向我开过了这个价。’我便给扇子报了个价，相当于他的旅费。我们彼此紧紧地盯着对方，我知道这个人已经被我拿住了，就把扇子收起来，重新装进盒子里，免得奥弗涅人忽然对它产生了兴趣，想仔细瞧上一眼；我入迷地盯着那只盒子，这做工真是精细极了，简直是件珍宝。我对莫尼斯特洛尔说道，‘我之所以买这把扇子，完全是为了装它的这只盒子，您知道，我可真对它动了心。要是提到这张写字台嘛，一千法郎的价实在太低了。瞧瞧这镶嵌铜的手艺，做工多细！完全可以作为一件样品……可以充分加以利用……您知道，这可不是什么复制品，它是专为蓬巴杜夫人制作的，是世界上绝无仅有的一件宝贝……”那个家伙为他那张写字台高兴得要命，把扇子忘了个一干二净，同时我又给他指出了那件里兹内尔家具的精妙之处，他就更加感激我了。于是，作为报答，这把扇子几乎是他白送给我的！这就是事情的经过！不过，要做成这么漂亮的买卖可非得经验丰富不可！那根本是在比谁的眼睛尖，要知道，犹太人和奥弗涅人的眼睛可是贼亮贼亮的。

老艺术家谈起自己凭机智打败了古董商人的见识浅薄时，那真是眉飞色舞，讲得生动逼真，活灵活现，再挑剔的荷兰画家，也愿意选他来做自己的模特儿。可是对庭长夫人及其女儿而言，这根本是对牛弹琴。她们不时地交换着傲慢而厌烦的眼神，仿佛在说：

“这老东西真是怪到了极点！……”

“这事您就这么好奇？”庭长夫人问道。

这当头的一盆凉水简直让可怜的邦斯凉透了心，他真恨不得破口大骂一通。

他接着往下说：“亲爱的外甥媳妇，您要知道，寻宝物就是一场狩猎，得跟对手展开面对面的较量，可他们死守着猎物不放！这时该怎么办呢？那就只有以智取胜了！一件宝物要是落到了诺曼底人、犹太人或是奥弗涅人的手中，那就无异于童话中的公主被关进了由妖龙看守的城堡里！”

“那您又是怎么知道那就是华……你说他叫华什么来着？”

“华托！我亲爱的外甥媳妇，他是十八世纪的法国绘画大师之一！瞧，您瞧瞧他的东西！”他指着扇面上画的一幅田园画，画里是一群伪装的农家女子与贵族老爷装扮的牧羊人在跳圆舞的热烈场景。“气氛多欢快！笔触多么热烈！还有那妙不可言的色彩！真像一气呵成的书法大师的签名一样，连一丝人工雕琢的痕迹也找不着！您再看另一面，是沙龙里的跳舞场面！两者是冬春呼应！看这装饰是多么精美啊！保存得竟如此完好无缺！您看，扇环是纯金的，两头还各镶嵌着一颗小红宝石，我已经非常仔细地将上面的积垢剔干净了。”

“这样说的话，舅舅，我就不能收下您这么贵重的礼物了。您还是自个儿留着去赚钱吧！”庭长夫人惺惺作态，其实一心巴不得立刻将这精美的古扇据为己有了。

“圣品早该由邪恶之手回归到至德至善的人手中了。您一定要相信我，就算在宫里，任何一位公主手中的扇子也不可能比您握着的这件宝物更美丽的了，因为相当不幸的，蓬巴杜夫人之流有人争先恐后地为其效劳，而一位真正贤德的皇后却无人理会！”

“您这么说我就不能再推辞了。”庭长夫人有了点笑容，“塞茜尔，我的小宝贝，快去看看玛德莱娜把饭备好了没有，千千万万别亏待了好舅公……”

庭长夫人迫不及待地了结这桩事情，她竟然如此高声下命令，实在有违于一般应有的礼节。这话让人听起来觉得，似乎是在结账之后又给了几个小钱的恩赐。邦斯的脸腾地红了，就像个干了坏事被当场抓获的小孩子。这颗辗人心灵的沙砾也未免太巨大了，在邦斯心里好一阵翻滚。棕红头发的塞茜尔，虽然还是个年轻姑娘，但早就学会了装模作样的那一套，于是既摆出庭长父亲的法官的尊严架势，又像她母亲一样透出冷酷的本性。她怏怏而去，也不管可怜的邦斯如何来应付可怕的庭长夫人。

[五]

食客难以逃脱的千种折磨之一

“她真是个讨人喜欢的姑娘，我的小莉莉。”庭长夫人说道，她总是爱用以前的小名来昵称她的女儿。

“真是魅力无穷！”老音乐家立刻竖起了大拇指。

“这个世道真是把我搞得头昏脑涨。”庭长夫人继续往下说，“有一个巴黎高等法院庭长的父亲，而且父亲最近又获得了三级荣誉勋位；祖父呢，是家财万贯的区议员，未来的贵族院议员，丝绸行业的巨子……可这些又有什么用呢?”

由于对新王朝的一片忠心，庭长新近获得了三级荣誉勋位。自然这也不乏妒忌之人，说他获得这个勋位完全是靠与博比诺的那点私人交情。上文中我们已经说过，尽管这位部长十分谦逊随和，但他还是被封为了伯爵。“那完全是由于我儿子的原因。”他对每个恭喜他的朋友都是这种说法。

“如今的人眼里只有钱。”邦斯舅舅回答说，“他们只瞧得起有钱人，更何况……”

“要是老天爷没有把我那可怜的小夏尔带走，那又该怎么办呢！……”庭长夫人的哀叹之声震耳欲聋。

“噢！如果有两个孩子让您带的话，您可就累坏了！”老舅舅殷勤地说，“那就意味着家产必须二一添作五了；不过，你尽管放宽心，亲爱的外甥媳妇，塞茜尔一定会找到好婆家的。这样毫无缺点的姑娘，在别处我可从来没遇见过。”

在他赖以吃几口白食的主子府里，邦斯的才智就干枯到了这样的程度：他只会像只应声虫一样对别人唯唯诺诺，说些无聊的溢美之词，嘴巴的一张一闭就像古时合唱队中的和声演唱者。他再也不敢表现艺术家们独特的个性了，要知道，年轻时的他可是经常语惊四座的。可是日积月累的谦虚与退让，几乎将他性格的棱角冲击得无影无踪了，即使偶尔还有几句妙语，也会像刚才这样立刻被封得死死的。

“可当年我出嫁时就只有两万法郎的陪嫁……”

“那是在一八一九年的事情了吧，我的外甥媳妇?”邦斯问道，“现在可不能和您那时候比，您那时又聪明，又年轻，而且还处于路易十八的保护下！”

“可话说到最后，我的小女儿人又机灵，心肠又善良，简直是个完美无缺的小天使。她不仅有十万法郎的陪嫁，而且将来还可以获得巨额的遗产，可她还是嫁出不去……”

德·玛维尔太太说起了自己的女儿，接着又讲起了自己的不幸，唠唠叨叨足足说了二十分钟，就像所有有好几个女儿等着嫁人的母亲一样，抱怨起来就没完没了。不管在何处，人家都把邦斯当做一条可以倾倒任何见不得人的垃圾的阴沟，可这条阴沟本身是否也有苦楚，却没有一个人关心的。老音乐家在他唯一的亲外甥卡缪佐府上吃白食前前后后也已经有二十年了，可从来没人问过一句他的情况，他的生活，他的健康。他是最最保险的倾倒机，人人都知道他从不乱说话，事实上他也不敢不嘴紧，否则，只要说漏一个字，人家就不让他进门。在别人向他诉说时，他不仅要耐心地专注地倾听，而且还必须不断地讨好人家；任何人说任何话他都赔着笑脸，既不说人的坏话，也不夸奖别人；不管哪个人，对他来说都是真理，所以，在人家眼里他已经不能算是个真正的人，而只能算是个无用的废物！庭长夫人絮絮叨叨说个没完，并且有一定保留地向舅舅透了下口风，说是如果有人上门求亲，她绝对眉头都不皱一样，立即把女儿嫁出去。甚至她已经认为，但凡是有两万年金的男子，即使已经四十八岁，也算是个好丈夫。

“塞茜尔今年都二十三了，要是不小心耽搁了，成了二十五六岁的老姑娘，那就没多少嫁出去的希望了。那个时候，人们就会窃窃私语，姑娘家的怎么老待在家里啊！关于这种情况的议论我们圈子里已经够多的了。所有可以言之成理，让人信服的理由，我们都已经说尽了。例如‘她还小着呢’、‘她太爱这个家了，离不开我们，’、‘她在父母身边非常快活’、‘她要求高，想挑一个称心如意的好人家’等等。人家就都笑话我们了，我觉察得出来。再者说，塞茜尔都等得心焦了，她非常痛苦，我可怜的孩子……”

“她干吗要痛苦？”邦斯这个问题显然问得挺傻的。

“哎，她面子上过不去啊，眼看着她的女朋友一个个地都嫁了人，她觉得没脸见人。”做母亲的说话的口气极似一个受雇给小姐做陪伴的老女人。

“我亲爱的外甥媳妇，我上次荣幸地在府上吃饭以后，到底发生了什么样的状况，使您竟把四十八岁的老男人都列入了考虑的范围呢？”老音乐家恭敬地问道。

“是这么回事来着，”庭长夫人回答说，“本来我们想跟法院的一位推事结亲家，他的儿子今年才三十岁，财产也很多。德·玛维尔先生可以出点钱让他在审计院当个审计官。原来那年轻人就是在那儿的临时职位上当差的。可几天前有人跑来跟我们说，那个青年不知怎么鬼迷了心窍，跟着他在玛比尔舞场结识的王妃跑到意大利去了。……这分明是搪塞，是回绝。他们分明是不想让我们家有这个青年做女婿，他母亲已经过世了，年收入三万法郎，还不算将来他父亲的遗产。亲爱的舅舅，我们的心情糟糕极了，您可得原谅我们；刚才您进来的时候，我们正伤心着呢。”

在他恐惧的主人家里，邦斯的脑筋总不灵光，恭维话儿怎么也冒不出来。他正搜肠刮肚，打算找出几句恭维话来迎合庭长夫人，玛德莱娜进屋了。她把一张小纸条递给了夫人，并站着等待回话。字条里写的是这些内容：

> 我亲爱的妈妈，您就把这张字条看成是爸爸从法院派人送来的，他让我们一起去他朋友家用餐，并商量关于我的终身大事。这样一来，舅公就只能走了，那我们的原定计划也就不必改变，可以去博比诺家了。

“是谁替先生送来这封信的?”庭长夫人立刻装出着急的样子，问道。

“是法院的听差，夫人。”玛德莱娜面无表情地回答道。

单说这么一句话，老侍女就已经告诉了她的女主人，这个鬼主意是她和塞茜尔共同策划的，塞茜尔已经实在没有耐心了。

“回来人的话，就说我和女儿五点钟准时到达。”

玛德莱娜刚退出去，庭长夫人立刻换上了一种令人不舒服的和颜悦色的表情来。那感觉就像一个非常挑剔吃喝的人，舌头突然碰上了拌了醋的牛奶一样。

“我亲爱的舅舅，饭已经吩咐备好了，您就一个人吃吧，我们必须告退了。因为我刚接到我丈夫派人从法院送来的信，说又要跟哪个人讨论一下婚姻大事，我们得去那儿用餐……您知道，咱们之间一向是用不着客气的，您就把这儿当成自个儿的家吧。您一向清楚，对您我向来是有啥说啥，从不保留一点秘密的……您总不想看到我们的小天使错过一桩好婚事吧？”

“我哪，我的好外甥媳妇，我真想能给她找个好丈夫，可在我这个生活圈子里……”

“是的，不太可能。”庭长夫人不耐烦地打断了他的话，说，“那您就留下？我去换衣服，塞茜尔会来和您做伴的。”

“噢！我的外甥媳妇，我还是换个地方用餐。”老人答道。

“可这是什么原因呢？饭菜已经齐全了，您不吃的话，会被佣人们吃了的。”

这句话可一点都没留给人下台的余地，邦斯仿佛受了直流电疗法一般，猛地站了起来，冷淡地朝庭长夫人鞠了个躬，然后就去穿他的斯宾塞。塞茜尔的房门正对着小客厅，门虚掩了一半，邦斯从他面前的一面镜子里看到，姑娘疯疯癫癫地笑个不停，朝着母亲晃脑袋，扮鬼脸。老艺术家忽然间恍然大悟，原来这是一场卑鄙的侮辱。他强忍住泪水，慢慢地走下楼梯：眼瞧着这家人把他逐出门外，可他却不明白究竟是什么原因。

“我已经太老了，”他心想，“世人最讨厌的东西不就是老和穷吗？这是两样最丑的东西了。以后如果不是别人邀请我，我再也不愿意到任何地方去了。”

这是何等悲壮的决心啊！……

一般房主自家居住的房子，厨房都在屋子的底层，正对着门房，但大门总是关上的。所以，邦斯可以听到厨娘和男仆的嬉笑声，他们正在听玛德莱娜绘声绘色地讲述如何捉弄邦斯的故事，老侍女没料到这老头走得会这么急。男仆对愚弄这位常客的行为非常赞赏，他说这老家伙过年时向来只给他一个小埃居。

“没错，但他要是气过了头，以后再也不登门的话，”厨娘说道，“那咱们以后每年也就少了三个法郎……”

“嗨！你说他又怎么可能知道这件事呢？”男仆对厨娘说。

“哼！”玛德莱娜接过话茬说，“早晚都一样，这跟咱们有什么要紧的？他上哪家白吃，主人都烦得不行，处处都遭人撵。”

老音乐家这时冲着女门房喊了一声：“请把门打开！”这痛苦的叫声让厨房里一下子静默了下来。

“他听到了呢！”男仆说道。

“活该，这真是再好不过了。”玛德莱娜回答道，“这回他算是完了，吝啬鬼！”

刚才厨房里的每句话、每一个笑声，都被这可怜人听得一清二楚；同样的，他也听到了这最后一句话。他沿着大街踉踉跄跄往家里走，看上去就像是一个刚和一伙杀人犯厮杀过的老太婆一样。他嘴里喃喃自语，两条腿直往前冲，自尊心正滴着鲜血，推着他向前，向前。此刻的他仿佛是一根麦秸，被自尊的狂风席卷而走。最后，五点钟的时候，他终于来到了坦普尔大街，这段路是怎么走完的他毫无概念。可最奇怪的是，他竟然没有一点食欲。

现在，为了让读者理解邦斯此时的回来给这个家造成了怎样的混乱，我们有必要遵照前面许下的话，对茜博太太说上几句。

[六]

门房的典型男性和典型女性

一走进诺曼底街，你就仿佛置身于外省的街道中：那里路边长满了杂草，有个路人经过就是件轰天动地的大新闻，街坊们全都叫得出彼此的名字。这里的房屋都是于亨利四世时期建造的，每条街都冠以一个外省的名字，居民区中心肯定有一座非常漂亮的大广场，题献给法兰西。如今打算修建的欧洲居民区就是对这个计划的仿效。这世上的一切都不断地翻版再翻版，人的思想也逃不过这个命运。两位音乐家住的房子是一座前有院子，后有花园的老宅，可临街的前屋却是在上个世纪玛莱区最繁华的时候修建的。两个朋友的活动空间是它的整个三层。这座由前后屋组成的房子属于佩勒洛特老先生的，他今年已经八十多岁了，这房子他交给了二十六年来一直为他看门的茜博夫妇来看管。不过，玛莱区的门房从主人那里是拿不到多少钱的；光靠看看大门，是很难维持门房的正常生活的。所以，除了拿百分之五的房租回扣和从每车木柴上抽点烤火的柴火外，茜博先生还得凭手艺再挣点钱：就像其他很多门房一样，茜博先生也是个裁缝。这么干的日子久了，居民区的那些小市民也慢慢相信了他的手艺，于是他就不用再为衣铺老板干活，而有了一份没人能夺走的差事。那就是专门负责附近三条街上的居民的缝补活儿，以及翻新旧衣服的生意。门房里相当整洁宽敞，他在里面隔出了一个房间来。正因为这样，人们公认茜博夫妇是玛莱区干门房的人中最快活的夫妻。

茜博先生个子不高，由于工作缘故，他终日盘膝坐在临时安了铁栅的窗台上，他的皮肤变成了橄榄色，他每天收入四十个苏左右。不过，五十八岁的好年纪可是干门房的人们的最佳时期。因为在门房里整天待着成了习惯，就像是牡蛎缩在壳里一样守着那儿。所以，每个居民都与他们熟悉。

原本是牡蛎美人①的茜博太太，曾经度过了风流的美好时光。她在二十八岁那年，因为爱上了茜博，所以把蓝钟饭馆的活退了。生长在贫寒百姓人家的美丽衰落得很快，而那些在饭馆门前沿墙根坐着干活的女了衰老得就更快了。脸上柔和的线条被厨房间射出的线条烤得强硬了；和跑堂倌们一起喝的剩酒渗进了她们的皮肤里，牡蛎美人凋谢的速度比任何一朵花都要快。值得庆幸的是，合法的婚姻以及随之而来的门房生活及时地抢救了茜博太太的容貌。她就像是鲁本斯的模特儿那样保持了一种具有男性气概的美，所以诺曼底街的那些冤家对

① 牡蛎美人：指专门在小饭馆剖牡蛎的漂亮女工。

头故意用很难听的称呼来喊她，叫她“肥婆”。说起她的皮肤，那简直跟大块的伊西尼牛奶一样诱人，简直像是透明的。再说别看她长得胖，可干起活来的那股利落劲儿没人能比得上。现在，她已经成了那些不得不刮胡刀的女人中的一员；也就是说她的年龄已经到了四十八岁。试想一下，对于房主来说，还有什么比一个长胡子的女门房更能成为秩序和安全的最有力的保障呢？要是茜博太太手执扫帚的样子能被德拉克洛瓦看见的话，那他保准让她的那股得意劲儿入画，画成一个贝娄娜[1]。

茜博夫妇——根据公诉状的行话——的地位竟然会在某一天影响到我们的两位朋友的生活，这真是匪夷所思的事情。所以为了表现出对历史忠实，书写者就应当就门房的详细情况再作一番深究。整座房子每年的租金约有八千法郎，前屋有三套完整的套间，房间的深度比旧宅大一倍，而且又临着街，院子和花院之间的旧宅也共有三个房，另外，有一间门面房被一个做废铁生意的雷莫南克给占了。这位雷莫南克最近又改了行，做起古董生意来了。他对邦斯收藏的那些老古董得价值相当了解，所以每当见到音乐家进进出出，他总要在铺子里面来个一鞠躬。根据房租的百分之五的回扣，茜博夫妇每年能收入四百多法郎，而且住房和柴火都是免费的，另外，茜博的那点裁缝活儿每年也可以给他们带来七八百法郎的进项，再加上年金，这对夫妇每年总共有一千六百法郎的进项，但他们到年底总是一个子儿也不剩，全被两个吃了个精光。与平民百姓家相比，这两口子的日子的确过得很滋润。“人就活这么一次！”这是茜博太太经常挂在嘴上的一句话。她生于大革命时期，所以对于基督教的教义压根儿一无所知。

这个看门女人长着一双橘黄色的眼睛，目光流露出几分自以为是。她以前在蓝钟饭馆干过活，所以做起饭菜来还真的有两下；因为这个，很多同行都妒忌她的丈夫。眼下，茜博夫妇已走完了人生的中年，即将迈入冬季，可手中连百来个法郎的积累都没有。他们吃得

---

① 贝娄娜：古罗马宗教信奉的女战神。

好，穿得好，二十六年来品行又毫无瑕疵，所以在居民区里是受人尊重的一对。他们一点家产都没有，用茜博太太的话说，从来没有图过哪别人哪的一个子儿哪，说话满口“哪”字是茜博太太的特点。她对着丈夫也同样是这么一种说话方式：“你哪，真是个宝贝儿哪！”原因何在呢？这跟她从来不重视宗教，道理是讲不清也说不明的。

光明磊落的生活，附近六七条街居民的敬重，再加上房主援手，他们可以管理房屋，这些都让茜博夫妇引以为傲；可是，私底下他们也会为没有钱而伤叹。茜博先生总是抱怨他的手脚都酸痛得不能动了；而茜博太太工作到这么大年纪了，自然也不能没有怨言，但凡居民区有哪个家伙夸夸其谈，告诉他们说：某某女佣人只做了八年、十年的活儿，主人就把她的名字写到了遗嘱上，给她设个三四百法郎的终身年金。那么，这消息立刻就会在门房与门房之间传开来，满城风雨。这儿就像是一个巴黎的缩影，那些终年从事卑贱差使的人是如何忍受嫉妒的折磨的，由此可见一斑了。

“这种事情哪！名字写上东家的遗嘱，这种好运是一辈子咱们也碰不到！咱哪来的这福气哪！可跟那些佣人相比，我们要能干得多了。我们都是忠实可信的，一心一意地帮他们守着家，管着财。可是，受到的待遇却和狗没什么区别，一点没错，就只有这么个结局！”

“就看运气好不好了。”每次茜博从外面拿了件衣服回来时，总要说上这么一句。

“当初要是我让茜博守门房，我跑去当厨娘的话，那我们哪，现在也有三万法郎的积蓄了。”每当茜博太太跟女邻居谈天时，她总是这个样子：两手往那粗腰上一叉，高声说道，“我哪，这辈子算是走错了路。就只图能有个安身的地方，在暖洋洋的门房里守着，能够生活就满足了。”

一八三六年，当两个朋友一起住进旧宅的三楼房间时，也影响了茜博夫妇的生活。事情的原委是这样的。施穆克和他的好朋友邦斯一样，也有一个固定的习惯，那就是不管住在何处，都让那儿的看门人，不分性别，须带给他做家务，两个音乐家在诺曼底街初落脚时，便已经合计妥当：一定要和茜博太太处好关系。就这样，茜博太太便当上了他们俩人的女佣，每月工资二十五法郎，两个朋友各出十二法郎五十生丁。这样干了一年，我们的好门房太太就自告奋勇地给两个老光棍当起家来了，就好像她掌握着管理博比诺伯爵夫人的舅公佩勒洛特先生的房子大权一样。他们的事情就是她自己的事情，说起两个人来她总脱口而出“我的两位先生”。到了最后，她看出这对榛子钳像绵羊一样温顺，为人极易相处，对别人相信得很，简直像对天真的孩子。于是，由于平民女子的善良天性使然，她开始保护他们，疼他们，服侍他们，全然是发自内心的真诚；有时，她甚至还要怪他们几句，因为不想让他们上别人的当，在巴黎，确实有一些家庭因为受人蒙骗，而白白地增加了开支。就这样，两个单身汉的一个月二十五法郎，竟给他们送来了第二位母亲，这实在是无意中碰上的好处。

看到茜博太太的这么多种好处，两位音乐家便天真地称赞她，感激她，并给她几个小钱作谢礼。这样一来，这个联合家庭就更加巩固融洽了。大家都知道，情义往往会赋予工钱双倍的价值，茜博在为他妻子的两位先生服务时，不管是做个邮差，或者缝补衣物，一律五折优惠。

第二年，一个新的因素又增加了进来，使门房和三楼住客的感情更加融洽了。出于天生的惰性和向往凡事无需自己操心的愿望，施穆克和茜博太太做成了一笔好交易。他每天付给茜博太太三十个苏，一个月也就是四十五法郎，这样就让好心的太太包了施穆克的中饭和晚饭，邦斯也认为他朋友的午饭很可口，于是也出了十八个法郎，让茜博太太包下他的一顿午饭。

因为用这种方法来供应伙食，门房的钱袋里每月便多加了几十个法郎的叮当声。于是，这两位房客就变成了天使、大天使、上帝！我们不禁怀疑，法国国王是否能享受到这对榛子钳所受到的侍候，尽管君主对这一套应该很在行。每天，他们喝的牛奶是从牛奶盒里倒出来的，绝对纯正；他们看的是二楼和四楼的报纸，不必花一个子儿，反正两层楼的房客都起得很晚，必要时也可以告诉他们报纸没送到。另外，房间、衣物和楼台都被茜博太太整理得井井有条，一尘不染，一进去还以为进了佛来米人的家。施穆克做梦也没有想到自己能过上这么幸福的日子：他的生活被茜博太太料理得停停当当。他每月再花上六个法郎，洗衣服、缝缝补补这些活也都由她包了。每个月他还抽烟抽掉十五法郎。每月这三种开销之和为六十六法郎，也就是说，一年为七百九十二法郎。再加上二百二十法郎的房租和税款，一年总计花费一千二百法郎。茜博负责料理施穆克的穿着，这一项的费用为平均每年一百五十法郎。

一年花费一千二百法郎，就能使这位有思想的哲学家过上幸福的生活。在欧洲，有多少人一生的愿望就是能居住在巴黎，如果他们知道，住在诺曼底区，靠着茜博太太的照顾，一年只要有一千二百法郎的收入就能过上快活的生活，那他们准会高兴得发了疯！

看见邦斯老人在晚上五点钟回家，茜博太太几乎惊呆了。不仅从来没有发生过这种事情，而且她的先生在经过时看都没看她一眼，连招呼都没打一个。

“哎哟，茜博，”她冲着丈夫喊道，“邦斯先生不是发了大财，就是成了个疯子！”

“我瞧着也是那么回事。”茜博答道，一边松开了手中正在做的衣袖子，用裁缝的行话来说，他正在给那只衣袖钩边。

[七]

《双鸽》寓言的活样本

在邦斯先生毫无知觉地走进家门时，茜博太太正好烧好了施穆克的晚餐。晚餐是一道荤杂烩，里面有清煮牛肉碎片，那是从一个多少有点短斤少两的熟肉店里买来的；还有洋葱头，被茜博太太精心地切成了薄片。两样东西和黄油放在一起炖，一直到黄油完全把牛肉和葱头炖透了，这时看起来门房做的这道菜就像是爆炒的一样了。这道为茜博和施穆克而精心烹制的菜——茜博太太也陪着一起吃——只要再配上一瓶啤酒和一块奶酪，就能让这个德国老音乐家心满意足了。诸君务必相信，即使是在全盛时期的所罗门王也不可能吃得比施穆克更好了。晚餐一会儿是葱头焖牛肉，一会儿又成了嫩煎仔鸡块，要不还有煎牛肉片和鱼，更别提调味的沙司是由茜博太太自己发明的，母亲也会忍不住把这沙司给自己的宝贝吃。要不然还有野味上桌……当然，这些都要视大街上的饭馆转卖给布舍拉街那家熟肉店的东西的数量和质量而定。对于这张日常菜单，施穆克是非常满意的，他对于好茜博太太给他端上桌的任何东西都赞不绝口。可是，一来二去，时间久了，好茜博太太就不知不觉地把这份菜单缩到了只花二十个苏就能应付的地步了。

“我哪，这就去瞧瞧，究竟他到底发生了什么事情，这个令人怜爱的家伙哪。”茜博太太对她丈夫说，“我已经把施穆克先生的晚饭准备好了。”

茜博太太在深色的瓷质菜盘上盖上了一只普通的瓷碗；虽说已经岁数不小了，她还是快步如飞，赶到两位朋友公寓门口时，施穆克刚给邦斯打开门。

“你出什么事啦，我的好朋友？”德国人看见邦斯满脸悲伤和烦恼，惶恐地问道。

“待会儿我们再说，现在我和你一起吃晚饭……”

“吃晚饭！吃晚饭！！”施穆克惊喜万状，放声大叫，“可是，这不行吧！”他忽然又想起了朋友的饮食爱好，不免又忧虑起来。

这时，德国人突然发现了正在聆听他们谈话的茜博太太，一个合法的女佣。顿时，他脑中灵光一闪，产生了一个只有真正的朋友才会想到的念头。他径直向女佣走了过去，将其拉到楼梯平台上，说道：

“茜博太太，我的朋友邦斯这个老实人想吃点好东西；您帮我从蓝钟饭馆叫份精致的晚餐来，要有鲤鱼、空心粉！总而言之，要一件吕基吕斯吃的那种晚饭！”

“什么？谁？”茜博太太听不明白。

“哦，”施穆克回答道，“我的意思是说，来份好吃实惠的小牛肉，再来个好点的鱼，还有一瓶波尔多！还有！要最可口的点心，比方说甜米团、熏肥肉！您先把钱垫着，什么也别说了，我明天早上就把钱还给您。”

施穆克眉开眼笑地重新回到了屋里。可是，随着他听到朋友谈起那桩桩件件突如其来的伤心事的增多，他的脸又渐渐变得忧郁起来了。施穆克千方百计地要让邦斯感到好受些，并且向他谈起了自己所认为的巴黎上流社会的实质。他觉得，巴黎就像一台忙忙碌碌的庞大机器，它把无数的男男女女都席卷于其中。千万别对上流社会抱什么希望，它向来都是以貌取人，“看不到人们精神的美丽。”接着，他谈起了那不知道重复过多少遍的陈年往事。他说，他这辈子最关怀的就是他的三个女学生，为了她们他甚至愿意自我牺牲。她们的心里也都记挂着他，每年他都能得到一份近九百法郎的养老金，那是由她们三人分摊的，可是随着时光的流逝，她们也全都被巴黎疯狂的生活洪潮给卷进去了，渐渐地谁也不来看他了。这三年来，每当他上门去看望自己的好学生时，甚至连接待的人也没一个（事实上，施穆克的确常常在上午十点钟的时候去这几位贵妇的府上）。他的养老金是由公证人按季度发给他的。

“但她们可都有一颗金子般高贵的心灵啊。”他继续往下说，“归根结底，她们每一个都是我那可爱的圣塞西利亚[①]；她们都是相当有魅力的女人：德·博当图埃尔太太，德·冯特纳太太，德·迪莱太太。我经常在香榭丽舍大街见到她们，不过她们没瞧见我……她们很爱我这个老师，我要是到她们府上吃饭的话，她们一定会非常热情的。我也可以去她们的乡间别墅做客；可是，我更情愿和我的朋友邦

---

① 圣塞西利亚：罗马人，活动时期为二世纪末三世纪初，是基督教女殉教士，音乐的主保圣人。

斯待在一起，因为当我想见他的时候，就能够看见他，每天我都可以和他见面。”

这番充满感情的表白让邦斯不由地拿起了施穆克的手，放在自己的手里握着，所有心灵的交流都在这个简单的动作中完成了。就这样，他们俩呆呆地互望了几分钟，就像一对爱人一样含情脉脉。

“在家吃晚饭，就这样！每天都在家里吃！……”施穆克接着往下说，心里不禁暗暗庆幸起庭长夫人的冷酷无情来了。“噢！我们俩可以一起玩古董，这样，我们家里就永远不会因为魔鬼来了而有麻烦产生了。”

“我们俩合伙的古董生意！”如果你知道施穆克对古董是如何的不感兴趣，就能明白这句话为何说得如此悲壮了，也能了解其中的含义是什么。要知道，施穆克的友谊已经达到了堪称无比的程度，这股力量才能使他做到不砸坏邦斯作为收藏室来使用的客厅和书房里的任何一样东西。施穆克是个自我欣赏的音乐家，他的全部身心都已经奉献给了音乐。让他来欣赏朋友的那一大堆不值钱的玩意儿，就等于发张请柬邀请一条鱼来公园里参观花展一样。他之所以看中这房子里的一切珍品，并不是因为知道其价值，而是因为他的朋友邦斯在给这些宝物掸灰尘时表现出来的那种敬意。当朋友发出全心全意的赞叹之时，他也会应声虫似的说：“是啊！真是漂亮得很！”就像一个慈爱的母亲为了回应自己还不会说话的孩子而喃喃自语，说的尽是些无意义的词语一样。自从两个朋友结合以来，施穆克亲眼瞧见邦斯换了七次时钟。每一次，邦斯都能换到更高点档次的。最后，他的客厅中挂上了最精美的布尔[①]钟，钟座是乌木做成的，黄铜镶嵌，饰有雕刻，是布尔的早期作品。

布尔有两种不同的风格，就像拉斐尔的三种风格一样。早期，他表现出了将黄铜和乌木完美地融为一体的手法；而后期，他则一改原态，将螺钿镶嵌发挥到了一个更高的水平。为了超过那位发明了贝壳

---

① 布尔：法国著名家具工匠，木镶嵌技艺高超，被人们称为布尔工艺。

镶嵌工艺的竞争者，他在这个行业创造了各种各样的奇观。

可是，尽管有邦斯这个专家作详尽的介绍，施穆克最终还是没明白布尔早期风格的那只精美座钟与其他六只座钟究竟有何高下之分。他爱惜这些古董，是为了让邦斯开心；为了这，他对所有珍宝的呵护程度甚至超过了邦斯。所以，这句毅然决然的悲壮之语能产生将邦斯从绝望的深渊挽救回来的力量，也就不值得稀奇了。德国人说这句话的意思是：“只要你愿意留在家里吃晚饭，我就愿意贴钱玩古董。”

“先生们，到用餐时间了。”茜博太太宣布道，神情比哪一天都要郑重。

人们不难猜到，当邦斯看到面前这份多亏有施穆克的盛情才获得的丰盛美味，以及随后他津津有味地咀嚼这些美食时，心中有多少惊喜流露啊，生活中实在缺乏这样的感觉了，如果两个彼此信赖的朋友，每天都肉麻说“有我的，就有你的，有你的，就有我的”，人们对此早就习以为常了的话，那就产生无动于衷的感觉。只有在人间生活的冷酷与朋友之间相处的温暖产生了鲜明的对比时，这种感觉才能被领悟。当两颗伟大的心因友谊或爱情而合为一体，一起跳动时，唯有外部世界才能使两位朋友或情人之间的感情更加深厚的。所以，邦斯擦去了两滴眼泪，施穆克也情不自禁去拭他那湿润的眼眶。相对无语，但他们之间的情谊就在这无声当中越来越亲密了。俩人点头示意，庭长夫人残忍地投进邦斯心里的那颗沙砾所造成的伤口，因这安详恬静的神情而愈合了。施穆克坐立不安地搓着双手，劲儿几乎快把皮都搓破了，因为他想出了一个使普通的德国人无法想象的主意。德国人惯于将君王的意志当做自己的意志的，此刻他竟能突发灵感，岂不令人好奇！

“亲爱的邦斯……”施穆克讷讷地开了口。

“我的朋友，不用说了，你是想使我们俩每天都在家里共进晚餐。”

“我真恨不得能够富有，可以让你每天都过这种生活……”善良的德国老人感慨地说道。

由于茜博太太经常从邦斯的手中弄到戏票，所以，邦斯先生在她心中的地位与她的房客施穆克的地位是不分伯仲的。于是，她便作了一个大胆的提议：

“嘿，不供应酒的话，只需三法郎，我就能每天都包你们晚餐，我哪，保管你们爱吃得把盘子舔得就像洗过的一样光亮。”

“千真万确，”施穆克帮腔道，“茜博太太供给我吃的菜哪，比那些皇宫内院的人尝到的都要棒……”

向来老实恭敬的施穆克，为了想把邦斯留在家中，居然也学起那些非议皇帝膳食价目的家伙们来了。

“没骗我吧？”邦斯问，“那明天我就开始！”

这声允诺一出口，施穆克高兴得立刻从桌子的这一头奔向另一头。桌布啊，盘子啊，水瓶啊，全被他带得摇晃了起来。他把邦斯搂得那么紧，简直就像两股同性的气体碰在了一起互相掺和了一样。

“太幸福了！”他高声嚷道。

“先生每天晚上都要在家里用餐！”茜博太太也感动极了，说得非常自豪。

我们的好心的茜博太太终于实现了自己的愿望，可她却并不知道促使其实现的原因是什么。她退下楼来，回到门房，进门时犹如《威廉·退尔》一剧中约瑟法上场的架势。她把盘碟一扔，大声吩咐道：

“茜博，快到‘土耳其咖啡馆’去要两个小杯的咖啡。记住告诉管咖啡炉的小伙计，说是算我的账！”

说完，她坐了下来，大手放在粗圆的膝盖上，眼睛看着窗子外面的那堵墙，自语道：

“今天晚上我要去封丹娜太太那儿请求一下指点！……”

封丹娜太太，她是玛莱区里所有的下等阶层遇事必去讨教的卜卦算命人。

“自打这两位先生在咱们这儿住下后，咱们在储蓄所的存款已经有了两千法郎了，前后一共才花了八年时间，真是福星高照！是不是应该免费把他留在家里用餐呢？封丹娜太太的卦一定会告诉我该怎么办的。”

因为眼见邦斯和施穆克都没有继承人，所以茜博太太三年来一直为自己的好运而暗喜，她觉得二位老先生的遗嘱上想必一定有她的大名。贪欲驱使热情倍增。她在这以前向来是个正直的人，直到了这长胡子的年纪，忽然间压抑不住贪心了，实在是为时太晚了。女门房满脑子里打的都是如何捆住她的这两位先生的主意。可是，邦斯每天都在外面用晚餐，她的蛛网自然束缚不了他。这位收藏家兼行吟诗人像个游牧之人一样悠闲地过活。茜博太太时不时地总有一些将他抢过来的念头，对他的这种生活方式颇为不悦。不过自从这顿富有纪念意义的晚餐之后，她脑子里原来那些蠢蠢欲动的模糊念头很快组织起来，形成了一个惊人的预谋。一刻钟之后，小饭厅里又出现了茜博太太的身影，她手里端着个托盘，上面有两杯上等的咖啡，旁边还放着两小杯樱桃酒。

“伟大的茜博太太！”施穆克欢呼了起来，“她真把我的心思全都摸清楚了。”

知道家鸽是怎么样想方设法成为信鸽的吗，就像此刻的施穆克对待邦斯那样，不断地施以情谊，终于让美食家邦斯不再发牢骚了。两个好朋友便一起出了门。施穆克了解邦斯受了卡缪佐家恶主凶仆的气，说什么也不会让这位心境不好的朋友独自待着的。他非常明白，登上乐队指挥台的邦斯很可能被一些极度伤悲的情绪所笼罩，进而将浪子归家的美好效果毁于一旦的。半夜时分，两个朋友又一起回家，施穆克挽着邦斯的胳膊，如同父亲对待他可爱的儿子那样关怀备至。哪儿是台阶，哪儿是人行道，他一一指点给邦斯看；一看见水沟，就提醒他小心。如果按照施穆克的设想，天应该是蔚蓝清澈的，街面应该是由海绵垫底的，邦斯的身边应该有众天使围绕演奏音乐，供他享受。原本，邦斯心中还有一片不属于施穆克的王国，如今他终于把这最后一块领地也攻克了！

前前后后大概有三个月的时间，每天邦斯都跟施穆克一道吃晚饭。这样的生活让他付了不少代价。首先，他必须从每月购买古董的预算中抽出八十法郎来，因为他必须支付三十五法郎的酒钱和四十五法郎的饭钱。其次，尽管他的德国朋友对他体贴入微，变着法子说笑话逗他开心；可是，他还是忍不住怀念过去做客吃饭时那些精美的菜肴，那小杯的美酒，上等的咖啡，以及没完没了的家常话，虚情假意的客套，还有那一位位食客和不负责任的闲言碎语。人近迟暮，突然要改掉三十六年来的老习惯是不可一蹴而就的。更何况，一百三十法郎一桶的酒，说什么也舍不得给一个贪杯的人斟满酒杯的；所以，每当邦斯举杯欲饮时，他总要痛苦万分地回忆起以前在那些主人府上喝到的美酒。就这样，经过了三个月的苦苦煎熬，那股曾经撕裂邦斯那颗敏感的心灵的巨大创伤渐渐缓和了下来，现在他满脑子想的只有那些令人心旷神怡的往事。这就像是一个老风流怀念一个因屡次不忠而被舍弃的情妇一样！虽然他想尽办法来掩藏心中的那份巨大的创伤，可无济于事，人人都发现他得了一种说不清楚的疾病，病根深植在脑子里。想弄清楚由于习惯被打破而导致的这种痛苦，只需要举一个小例子就能明白了，而这样的小事犹如挡护网上那些密密麻麻的铁丝，牢牢禁锢住了人的心灵。在邦斯过去的那段生活中，他所感受到的最大的快感，也就是说一个吃大户最大的幸福，莫过于——惊喜了；在富有人家的府上，为了让晚饭更增添点盛宴的气氛，女主人往往保留着一道称之为“惊喜”的菜肴，比如说：添一道特别精美的菜肴或加一份可口之极的点心等；而这，就是胃的最大快感！可是，邦斯如今却再也找不到这种惊喜的感觉了，茜博太太她总是自豪地从头一道菜到最后一道菜全都报给他听，生活中那种曾经有过的周期性的刺激荡然无存了。他的饭桌上没有能令人喜出望外的东西，看不到我们的祖父母时代那种“上桌方能掀盖的菜”！而这一点，施穆克永远也无法了解。邦斯的自尊心很强，不想说出抱怨的话来；可如果说这世上还有事情比怀才不遇更令人悲哀的话，那就是空有一只能鉴赏美味的胃却无人理解。我们总是把失恋的痛苦随意扩大，但心灵对爱的渴望是一种虚假的需要的产物而已；因为人若不爱我，我们还可以热爱上帝，他永远也不会缺乏可以赐给我们的真爱。可是，胃能怎么办！……任何一种悲伤都无法与胃的痛苦相提并论：因为，人首先必须活着！邦斯是多么追忆过去的那些美好的东西啊！有的乳油，难道不是优美的诗歌么！有的白色沙司，难道不是伟大的杰作嘛！有的块蔬烩肉，难道不让人爱到心坎里去么！尤其只有在巴黎贵人的餐桌上才能一睹尊容的有名的莱茵鲤鱼，用的作料是怎样的无与伦比啊！有些时候，邦斯突然之间想起了博比诺伯爵的厨娘，于是忍不住大喊一声："噢，索菲！"如果哪位行人听到了这充满感情的呼喊，准以为这家伙在想念他的情人呢。其实不然，实际上他是想到了更加美好、更加稀有的东西，想到了那肥美的鲤鱼！那鱼配着上好的沙司，那沙司在缸里时看起来晶莹剔透，在嘴里时觉得舌头上滋味颇浓，完全应该获得蒙迪翁奖！因为总是挂念着过去的美味晚餐，乐队指挥的胃患了严重的相思病，人居然更比黄花瘦了。

到了第四个月初，也就是一八四五年一月的时候，乐队指挥的状况让戏院里的同事都感到不安了。那位年轻的笛师——几乎跟所有的德国人一样，名字叫威廉；为了与其他的威廉有所区别，他姓施瓦布，可这也还不能跟所有姓施瓦布的区分开来——认为有必要指点一下施穆克，让他对邦斯的情况多加注意一下。正好那天有一出戏首场演出，得使用由德国老乐师演奏的乐器。

威廉·施瓦布朝着闷闷不乐的邦斯指了一下，他正往指挥台上走去，说：

"这老人看上去怎么一天不如一天了，不会有什么大碍吧，你瞧，他那茫然无神的目光！还有，他甩胳膊的动作也不如以前那么有劲了。"

"到了六十岁，人都是这个样子的。"施穆克给了他这么个答案。

知道《坎农盖特轶闻》一书中的那位母亲吗，原本是想多留儿子一天时间，结果反而葬送了爱子的性命。施穆克此刻就是那位母亲，为了能拥有每天与邦斯共进晚餐的乐趣，他连邦斯的同情也顾不上了。

戏院里的每个人都很担心，正如咱们的头号舞女爱洛依斯·布利兹图讲的那样，他擤鼻涕的声音都快听不到了。

因为老音乐家有个大号鼻子，鼻子既长，鼻孔又大，当他用毛巾捂着鼻子擤鼻涕时，乐队仿佛听到了小号的伴奏声。同样的这种声音，因为过于洪亮常常引来庭长夫人的奚落。

“我情愿为他做任何事情，只要他脸上能露出微笑，”施穆克说，“他心里实在太闷得慌了。”

“老实说，”威廉·施瓦布接下了话茬，“我一直认为邦斯先生比我们当中任何一个人都要好上百倍，可他这样我简直不知道该不该请他参加婚礼了。我马上要结婚……”

“结婚？怎么办呢？”施穆克问。

“噢！当然是光明正大的了。”威廉回答道，他总觉得施穆克提的这个怪问题似乎含着些讽刺的意思。可他转念一想，再怎样这位虔诚的基督徒也不会产生嘲弄别人的念头的。

“喂，各位先生，请各就各位！”戏院经理的铃声响了起来，邦斯一听到这声音，环视了一遍乐池里的那一小队手下，提醒道。

《魔鬼的未婚妻》的序曲响了起来，这出戏是梦幻剧，在这之前已经演出了二百场。第一次幕间休息铃声响起后，乐池里的人全都走了出去，只剩下威廉和施穆克两个人还留在那儿。他们忍受着剧场里高达摄氏三十二度的高温的煎熬。

“您能跟我讲一下关于您自己的故事吗？”施穆克向威廉请求道。

“噢，您看，坐在包厢里的那位年轻人……您认出他是谁了吗？”

“毫无印象……”

“啊！那是由于他现在戴着黄手套，浑身都金光闪闪的原因；可他确实就是我的朋友弗里茨·布鲁讷，一个美因河畔的法兰克福人……”

“难道那个常来乐池，坐在你身边看戏的小伙子就是他？”

“一点没错。经过这种脱胎换骨，完全认不出来了吧！”

下面将给我们讲故事的这位主人公是如此一个人物。从这个德国人的身上，你既能看到歌德笔下的那位梅非斯特那种冷漠苛刻，又能看到奥古斯德·拉封代纳小说人物所闪烁的纯朴善良的光芒。他是狡猾与纯洁的混合体；既像客店老板那样贪得无厌，又像赛马俱乐部成员那般洒脱自然。但是，在他身上最为明显、最为重要的那种气质，是我们都熟悉的那种逼得少年维特饮弹自尽的那种厌世心情。不过，他所憎恶的并非夏洛蒂，而是把矛头直指向德国的君主们。从这张脸上，我们可以看到狡猾与纯朴、愚昧与机智、胆怯和勇敢并存：这就是一张典型的德国人的脸。对他而言，知识越多，烦恼也就越多；而所拥有的经验的，只要一碰上孩子气就毫无用武之地了。他既嗜酒，又贪烟；而那双疲倦的漂亮大眼睛则闪现出如狼似虎的狠毒光芒，让他身上那所有的习性都更明显了。

弗里茨·布鲁讷的穿着看上去像一位银行家那样优雅别致。秃脑袋明晃晃地露在外面，看起来就像提香的画中人那样的肤色。秃脑袋的每一侧都长着几根金光闪闪的黄头发，耀眼极了，放浪和困苦毕竟还是在他身上留下了印记的。这也让他等到重新迈进银行家行业之时，尚有权利付给理发匠一点小费。想当年，他可是个漂亮的小伙子，肌肤很滋润，跟画家笔下的耶稣基督颇为相似。可现在呢，脸色是已经干枯不堪了，尤其是在红唇胡髭的映衬下显得阴森恐怖得厉害。原本那双如天空般蔚蓝纯净的眼睛已经变成了一片浑浊。而在巴黎城里所遭遇的种种羞辱和磨难折磨得他的眼睛和眼眶全都变了形。可这原本是怎样的一双美丽眼睛啊，母亲曾经常常望着这张眼睛出神，那是她自己眼睛的奇妙翻版啊。这是一位过早成熟的哲人，是一个未老先衰的年轻人，而这一切全都是恶毒后母对他的刻薄的成就。

以下将要讲述的是一个在美因河畔出生的一个法兰克福浪子的离奇故事。作为在一座虽地处中心却相当开阔的城市里，这样的故事可是闻所未闻，最具离奇色彩的。

[八]

只要生在美因河畔的法兰克福，浪子也终能当上银行家、百万富翁

弗里茨的父亲格代翁·布鲁讷是美因河畔法兰克福那些著名的旅馆老板之一。这些老板们向来与银行家串通，尽其可能地掏光旅客们口袋中的最后一个铜板，只要行为没有触犯法律。不过，老布鲁讷可是个虔诚的加尔文教徒，他的妻子是一位皈依到加尔文教的犹太女人。他之所以能飞黄腾达，所依赖的第一笔资本，就是这位好妻子带过来的嫁妆。遗憾的是，这个女人死得早，留下了年仅十二岁的弗里茨，负担起监护弗里茨职责的是他的父亲以及他的亲舅舅，一位莱比锡的皮货商，维尔拉兹公司的老板。

皮货商人舅舅的脾气可并不像他的皮货那么温和，他强烈要求，不肯退步，于是老布鲁讷只好把小布鲁讷应得的遗产按照银行时价折成了马克，存进阿尔—萨切尔银行，而且不能支配。由于这种犹太式的做法太过严厉，老布鲁讷作出了重要的还击。他说，这么大的一个旅店，如果没有一个监管和做帮衬的女人，怎么有可能维持下去呢？他光明正大地结了第二次婚，妻子是另一个旅店老板的宝贝千金。当时的他觉得，这姑娘简直就是一颗闪闪发光的珍珠；不幸的是，他从来没尝过一个被父母捧在掌心里养大的独生女儿是什么样的。

第二位布鲁讷太太是一个典型的刻薄放荡的德国姑娘，她陪嫁过来的财产很快就不够她挥霍的了，让丈夫成为了美因河畔法兰克福城中最为不幸的家庭男子。至此，第二位布鲁讷太太痛快地为第一位布鲁讷太太报了仇。据说，城里的百万富翁差点让市政府立法规定：做妻子的要疼爱的人只能是自己的丈夫。这个德国女人对每一种酸水都

爱得不得了。所谓酸水，就是德国人统称所指的莱茵葡萄酒。她热爱巴黎货，爱骑马，爱珠宝首饰，所有最费钱的东西中只有一样是她不喜欢的，那就是女人。

她将小弗里茨视为眼中钉、肉中刺。要不是这位由加尔文教义和摩西法典所创造出来的年轻人并非出生于法兰克福，没有一个当莱比锡的维尔拉兹公司老板的监护人舅舅，恐怕早就被他的后母逼得进了疯人院。不过，维尔比兹舅舅只是对存在银行里的马克负监护职责，由于他的皮货已经占据了他心灵的全部，所以对孩子是否受后娘虐待这种事他是没有精力去过问的。

尽管使出了比火车头还要大的力气，但刻薄的娘们始终没能下崽；而这就让她更加对前任漂亮的布鲁讷太太所生的小宝贝恨之入骨了。由于心中的那条毒蛇的驱使，狡猾的德国女人在弗里茨年满二十一岁的时候，千方百计地让他走邪路，成为浪子，败尽家财。她衷心诅咒：愿英国的马、莱茵的酸水和歌德的玛格丽特[①]将那个犹太女人儿子连同他的财产一起埋葬。小弗里茨成年之时，维尔拉兹舅舅曾给了他一笔数目庞大的遗产。不过，尽管维尔拉兹所给的钱被轮盘赌的滚动声和包括威廉·施瓦布在内的酒肉朋友们花了个一干二净，可我们的弗里茨却并没有让青春年华白白浪费，他遵从命运安排，当上了美因河畔法兰克福那些小哥们的头。城里的每一个家庭都拿他来吓唬孩子，吓得他们只敢乖乖地守着装满了马克的铁柜子，整天提心吊胆。相当讽刺的是，弗里茨竟然没有早夭，亲眼看见了后娘被埋进了公墓，那可是块美丽的墓地啊！因为，德国人借口要对死者尊重，就无所约束地在墓地的每一寸土地上栽满了花草，狠狠地过了一把瘾。就这样，第二位布鲁讷太太比她父母早过世，老布鲁讷机关算尽太聪明，反而赔了她活着时从他的铁柜里抢走的那些棺材本，而且还得不偿失。原本像健壮的赫拉克勒斯，可因为整整受了妻子十年的罪，六十七岁的旅店老板就像中了著名的博尔吉亚毒药一样。十年受罪没换

---

① 玛格丽特：歌德《浮士德》中的人物，她因为经不住浮士德的诱惑而堕落。

回一丁点财产，而他所掌管的旅馆也就因此变成了第二座光秃秃的海德堡。万幸的是，总有旅客的账单能及时地修缮一下这地方，就像人们修缮海德堡废墟一样，就是为了使这美丽的废墟能吸引来更多兴致勃勃的游客。法兰克福的人们只要一谈起这件事情，就好像把他当成一个已经破产的人来议论，在他背后指指点点，说：

“看看，就是他，娶了一个分文也到不了手的坏女人，还生了一个由法国方式来教育的败家子，这就是他的结果！”

在意大利和德国居民的眼中，一切邪恶都是由法国人而起的，他们是罪魁祸首。但是，万能的上帝，他仍在行使自己的职权……（我的话和勒弗朗·德·蓬皮尼昂赞美诗中所说的一样）

荷兰大饭店的老板不光把自己不幸的气撒在旅客们身上，而且还在他们的账单上留下了悲愤的印记。后来，他儿子把家财败得一干二净，格代翁·布鲁讷认为他也是一个间接的祸根，便拒绝帮助他，甚至不给他面包、水、盐、火、住房和烟！对于一个开旅店的德国父亲来说，这确实是他诅咒败家子的最极端行为了。不知情的地方当局也来插上一脚，它不了解父亲对此也有罪责，而只是将他看成是美因河畔法兰克福最不幸的人而给予同情，便伸出见义勇为之手。他们以德国人特有的方式找弗里茨的不是，最后将他逐出了自由城。司法在法兰克福和在其他地方一样，都是铁石心肠的，有多少法官会在追究引起罪恶和灾祸的原因时刨根问底呢？谁去理会哪只手——最先把水盆里的水泼出来的，再给可怜的水缸治罪便完成了法律的公正。既然老布鲁讷遗忘了他的儿子，那么他儿子的朋友自然也就不去在乎旅店老板的作为了。

啊！要是这个故事能在提词厢前让全体观众观看，那与它相比，梦幻剧《魔鬼的未婚妻》又算什么呢？尽管公元三千年前，这个高尚的寓言已经在美达不索米亚上演了几十万次，但在巴黎仍是部首次上演的新戏。想想看，那天来看戏的记者、浪荡公子和一些巴黎女郎，他们发现包厢里竟藏着一张凄惨的德国人的脸，没有人陪伴他在观赏这出戏，该有多么诧异与纳闷啊！

被放逐的弗里茨徒步来到了斯特拉斯堡，“圣经浪子”在那儿找到了《圣经》中没能找到的东西——法兰西精神和日耳曼凝聚力的完美结合，这就是阿尔萨斯的优越之处：这里显示着的是千百万颗慷慨的心。威廉在几天前刚从父母亲那儿继承了一笔十万法郎的遗产。于是，他向弗里茨敞开了双臂；同时，他的心扉、家门和钱袋也都为这位不幸的朋友敞开着。

弗里茨风尘仆仆，好像得了癞子病，他在莱茵河的另一岸的一位真正的朋友手中接过了一枚真正的二十法郎的硬币。此情此景，唯有创作出一曲颂歌方能描绘得尽。可是，除了品达用他的希腊语，还有谁能将它传播于天下，唤醒即将泯灭的友情呢？我们都知道达蒙与毕底亚斯、卡斯托尔与波吕克斯、奥莱斯特与毕拉德、杜布勒伊与皮梅雅、施穆克与邦斯，还有摩诺摩塔巴的那两位朋友，现在，我们完全应该将弗里茨与威廉和这些光辉的名字加进去。我们可以随意给摩诺摩塔巴的那两位朋友起名字，因为天才的拉封丹所塑造的也只不过是个没有躯体的思想的影子。人们完全可以在这些名字中再补充上述的两位陌生的名字；因为，就像当初威廉陪伴弗里茨将他的家财吃喝干净一样；如今，在弗里茨的陪伴下，威廉用自家的遗产，津津有味地尽情吃喝，当然还抽香烟——各种各样的名牌香烟。

最令人奇怪的是，将这么一大笔财产吃个精光的两个朋友，竟然是在斯特拉斯堡的小酒店里消耗掉资财的；陪伴他们的是斯特拉斯堡戏院里那群跑龙套的女孩子，还有那些蠢得到家了的阿尔萨斯姑娘；而且，方式极为粗俗不堪。每天早上，两个浪子都相互提醒说：

“唉，咱们可不能再这么混下去了，得找个办法，拿剩下的那点钱来办点正事。”

“哎呀，今天再玩一天嘛。”弗里茨的口头禅，“等明天……嘿！明天……”

在败家子的戏剧人生中，“今天”是个妄自尊大的代名词，而明天总是怯懦地节节后退的代名词。今天是古代喜剧中的卡皮塔诺①，而明天则是现代哑剧中的皮埃罗。当搜遍口袋只剩下最后一张一千法郎的钞票时，两个朋友一起登上了驶往巴黎的王家驿车，在梅伊街的一个莱茵饭店的阁楼上住了下来。这里的店主叫格拉夫，曾是格代翁·布鲁讷饭店里的领班。他将弗里茨介绍给了银行家凯勒兄弟当银行职员，每年领六百法郎的薪水。大名鼎鼎的格拉夫裁缝师傅是饭店老板格拉夫的兄弟，于是威廉又成了格拉夫裁缝手下的记账师傅。这就是格拉夫表示自己没有忘记荷兰大饭店学徒生涯的纪念方法，给两个浪子找到了两个卑微的工作。

一位富有的朋友没有将他一贫如洗的朋友逐出门外，一位旅店老板又帮助了两位身无分文的德国同胞，也许这样的两件怪事会让有些人认为这个故事是胡说八道，但真实的事情往往被人当成是神话。因为在我们这个时代，由于真实很难寻找到，于是神话就为了仿效它而作出了极大的努力。

银行职员弗里茨和记账师傅威廉发现，想在巴黎这样一座充满了巴结逢迎的都市里生活，仅靠两个人每年同样数目的六百法郎工资，简直比登天还难，于是，一八三七年，即他们到巴黎的第二年，威廉凭着他的吹箫天分进了邦斯指挥的乐队，以求多挣几个钱，能往面包上涂点黄油，至于弗里茨呢，他只能凭着维尔拉兹家族的理财本领，多挣点工资了。但是，尽管他拼死拼活地干，可能由于天分所限，一直到一八四三年，这个法兰克福人的薪水才长到了两千法郎。

这两位年轻人的亲生母亲没能教会他们的事情，贫困这个神圣的后母让他们学会了，那就是省钱、待人接物和度日。这伟大而严厉的一课终于补上了，那些伟人全都是出身贫苦，受过这种训诫的。可惜的是，弗里茨和威廉天生只配做庸庸碌碌的小人物，他们塞起了耳朵，所以听不完整贫穷给予的教训，而且总是千方百计地逃开它的打击，他们觉得这位乌而盖勒仙女的胸脯太坚硬，手臂太枯瘦；但是善

---

① 卡皮塔诺：意大利即兴喜剧的定型角色，色厉内荏，源于古罗马喜剧。

良的仙女只会因为高尚的人的抚摸而松手，他们是再怎么拼命也得不到的，不过，他们总算还是明白了金钱的重要性，他俩赌咒发誓，将来若有机会碰上财神，非剪断他的双翼，再也不让他溜走。

“哎，施穆克老爹，只要再说几句话，您就能全部了解这个故事了。”威廉详详细细地用德语把这个故事讲给了老钢琴家听。他接着往下说，“老布鲁讷死了。可是谁能知道呢，他竟然是巴登铁路的创办人之一！无论是他儿子还是我们的房东大人格拉夫都没料到会有这件事。创办铁路使老布鲁讷获利颇丰，留下了整整四百万！今晚是我最后一次吹笛子了。如果不是因为这是首演，老早我就拍屁股走了，可我不愿意让乐队没有了我演奏的那部分。”

“这非常好，小伙子，”施穆克说道，“可您打算娶的是哪家千金啊？”

“是我们的房东格拉夫先生的女儿。我和埃米丽小姐相爱已经七年了，这位莱茵饭店老板的女儿读了不少浪漫不正经的小说，所以竟然把所有的亲事都推掉了，铁下心来等我，不管将来的结局究竟如何。她会是个很有钱的姑娘的，黎希留街格拉夫裁缝家的唯一继承人就是这位姑娘，弗里茨给了我一笔钱，数目是我俩在斯特拉斯堡所吃掉的五倍整，他给了我整整五十万法郎！……他投资了一百万到一家银行里，裁缝格拉夫先生也往里投了五十万；而我未婚妻的父亲同意我把陪嫁的二十五万法郎一并投进去，同时他自己也投资了相同的数目。这样布鲁讷—施瓦布公司的总资本就达到了二百五十万法郎。前不久，布鲁讷购买了十五万法郎的法兰西银行股票，用它来作为我们开户的保证金。弗里茨的家产还远远不止这些，他还拥有父亲在法兰克福的一座老宅子，大概也值一百万法郎。关于荷兰大饭店嘛，他已经把它租给了格拉夫家的一位堂兄弟。”

“您每次看您朋友的时候，总是一副忧伤的样子，”施穆克细心地听着威廉的讲述，“怎么？您难道在嫉妒他吗？”

“我的确嫉妒，更让我不安的是弗里茨得不到幸福。”威廉说道，“您看看他，他像是个容易满足的人吗？这样的一个巴黎，我一想起来就替他害怕哪！他要是能像我这样痛下决心该多好啊！以前他心中的恶魔是非常有可能复活的。我们这两个人当中，最冷静的脑袋是我身上的！您看他的那身装扮，手里的那个小型望远镜……对这一切我都为他难为情。在这戏院里，他的眼睛只追着那些轻浮的漂亮女人打转。天哪！想让弗里茨安下心来成个家，简直比登天还难！他对法国的所谓献殷勤简直是深恶痛绝的；非逼他成家不可，对！就得像英国逼人信奉上帝那样地逼他结婚！”

在任何一次首场演出结束时都会出现的喧笑声中，笛手正式向乐队指挥发出了邀请。邦斯十分愉快地接受了这个邀请。三个月来，施穆克第一次从朋友脸上找到了笑容。在陪邦斯回诺曼底街的路上，他一直默不作声。从朋友脸上那闪现的快乐来看，他完全明白了这些日子以来邦斯内心所承受的痛苦负担。一个品德高尚的君子，他拥有如此正直的人品，如此伟大的情感，可为什么偏偏有这样的缺点呢！……这一点正是禁欲主义者施穆克百思不得其解的。因此他痛苦，他简直伤心极了。因为，他预感到不久就不得不放弃和邦斯共进晚餐的幸福了，而这却是为了邦斯的幸福！他真的无法预测自己是否伟大得能做出这么大的牺牲；一念及此，他几乎五脏俱焚。

静静地待在诺曼底街的阿文坦山的邦斯，其不可侵犯的缄默竟使庭长夫人受到了影响。事实上，她对于驱逐这个食客并没有什么不安的地方；她和她那可爱的小猫咪都认为，对于小外孙女开的那个巧妙的玩笑，舅公应该已经心领神会了。可是，这并不代表庭长的想法。卡缪佐·德·玛维尔庭长看起来又矮又胖，自从他荣任巴黎高等法院庭长之后，便变得道貌岸然了起来。他对西塞罗非常欣赏，爱进巴黎的歌剧院，而对意大利歌剧院颇有微词，常常把几个演员放在一起进行比较，对于潮流是亦步亦趋，生怕拉下一小步。他的发言是内阁公报上条文的摘抄，他的见解是在此之前推事意见的复制。人们对于这位法官的主要性格特征已经了如指掌了，处在他的这个位置上，他没有对任何一件事情不认真对待的权利，而亲戚关系是其中最重要的一件。

与绝大多数被妻子整治得服服帖帖的丈夫一样，庭长总能在鸡毛蒜皮的小事上表现出其自尊，而妻子也聪明地给予这种独立性以尊重与支持。老邦斯总不出现，于是庭长夫人便找各种借口搪塞过去。可是，如果说一个月以来，庭长还是能够满足于这些借口的话，那么最终他还是产生了疑惑：作为一个交情长达四十年的老朋友，老邦斯竟然会在送给他妻子一把蓬巴杜夫人的扇子这种珍贵礼物之后，不再登门。

博比诺伯爵一看到这把扇子就知道是件珍品，它在杜伊勒利宫被人们纷纷传着欣赏，颇令庭长夫人觉得面上增光。那么多的恭维赞美之词，让她的自尊心相当惬意。人们将十根象牙扇骨上的精美之处细细指给她看，那雕工之精细，简直让人称绝。有位俄罗斯太太（俄国人以为是在他们的土地上）在博比诺家出价六千法郎，要求庭长将这把扇子卖给她，一边还嘲笑它竟会落在这种人的手上。必须正视，这确实是一把公爵夫人用的扇子。

“对于这一类的小玩意儿，可爱的舅公还是颇有些鉴别力的，关于这一点倒不能否认。”这把扇子被人出高价后的第二天，塞茜尔向她父亲发表了这一句见解。

“小玩意儿!”庭长忍不住叫了起来，“可是已故杜素梅拉尔参议员先生的那些收藏品，国家准备出资三十万法郎来购买；同时克吕尼公馆也将由国家和巴黎市各出资一半，花一百万法郎来买下，维修后用以存放那些你说的小玩意儿……我的好姑娘，这些小玩意儿常常是硕果仅存的古代文明的见证。知道吗，一只伊特鲁立亚古钵或一串项链，有可能被标价为四万或五万法郎。正是它们让我们看到了特洛亚城被围困期间那巧夺天工的艺术，也让我们知道伊特鲁立亚人就是逃难到意大利的特洛亚人!”

这就是矮胖庭长经常所说的那类打趣话；他总是以无知的挖苦作为对付妻子和女儿的工具。

“塞茜尔，”庭长继续说，“将了解这些宝贝所需要的知识结合到一起，那就成了一门科学，它就叫考古学。它几乎包罗万象，包括建筑、绘画、金银细活、陶器、乌木细活等等，这是一门新兴的近代艺术，还包括花边、地毯乃至一切手工制品。”

“哦，这么说来，我们的邦斯舅公倒是学识渊博喽？”塞茜尔说。

“没错……对了！为什么这么久都瞧不见他的人了？”庭长突然问道，那就像是一个人突然间记起早已忘在脑后的千百次观察一瞬间引起了注意，猎人们管这叫做看准了就猛地给它一枪。

“他嘛，估计是为了一点小事而不高兴了。”庭长夫人慢条斯理地答道，“或许是因为我没有对他送给我的这把扇子表现出适当的感激吧。您也知道，我这人对这些可不太懂行……”

“您！塞尔凡的高材生之一！”庭长激动得叫了起来，“您连华托都没听说过？”

“我知道大卫、热拉尔、格洛斯和吉罗代，还有盖兰、德·弗尔邦先生、图尔斯·德·克利塞先生……”

“您应该……”

“我应该怎么样，我的先生。”庭长夫人瞪着丈夫，那神情仿佛就是那位萨巴女王。

“应该知道华托是什么人，我亲爱的。现在他正流行。”庭长嘟嘟囔囔地说道，一脸的讨好相儿，可见他事事都得倚仗夫人帮忙。

这场谈话是在《魔鬼的未婚妻》首演的前几天发生的。在那些日子里，邦斯的满脸病容让整个剧院都笼罩上了一层忧虑的愁云。而原来那些习惯了看见邦斯上门，以及习惯了将他当做信差来使唤的人家也纳闷得很。于是一股不安的气氛在老人经常走动的圈子里形成了，更别说好多人分明见他好好地在戏院当他的乐队指挥。邦斯每次出门散步，都极力想避开原先的那些熟人。但世界偏偏太小了，有一次，邦斯在莫尼斯特洛尔的古董店里和前部长博比诺伯爵撞了个脸对脸。莫尼斯特洛尔是新博马舍大街最著名也最富魄力的古董商之一，邦斯以前向庭长夫人提起的“莫尼斯特洛尔老爹”就是指的他。那些狡猾的古董商们天天嚷着说古董已经非常珍贵了，世上几乎快没有了，就是为了把价格一个劲地往上抬。

“我亲爱的邦斯，最近怎么老也瞧不见您呀？我们都这么想您，我夫人还真搞不明白您为什么突然不肯露面了。”

“伯爵先生，”老音乐家回答道，“我在一位亲戚家里明白了一件事情：像我这样老的人已经是社会的负担，是多余的人了。从前，他们接待我时虽然礼教并不周全，但至少还没有达到羞辱我的地步。我一向对人都是毫无所求的。”说到这里，艺术家的自豪感油然而生，“我倒是经常给那些欢迎我的人家帮点小忙，算作是对他们热情的回报。可是，现在看来，我真是大错特错了：为了有幸在亲戚朋友家吃饭，我就必须任人要弄，任人欺凌……罢了，我再也不做吃白食的了。在我家里，我的餐桌上每天都有别人家的饭桌从来不能给予我的快乐，那就是一位真正的朋友！”

老艺术家看来还算是有一定能耐的，他的这番话再配上那有力的手势和凄凉的音调，显得格外辛酸，让法兰西贵族院的博比诺议员深受感动，赶紧把可敬的老人拉到一边，问：

“怎么啦，我的老伙计？您到底出了什么事啦？您就不能把那件让您如此伤心的事情讲给我听吗？请允许我跟您说一句，至少，在我的家里，您是受到尊重的吧……”

“您跟别人不一样，您是唯一的例外，”老音乐家说道，“再者说，您身为大爵爷，又是国务活动家，有那么多的事情需要您去操心。别说没有，就算有什么不到之处，那也没得话说。”

凭着博比诺在待人接物方面练就的那套纯熟的外交手段，最后他还是顺顺当当地让邦斯将在庭长夫人家所受到的不幸讲了出来。对于庭长夫人的这种行为，博比诺也极为不满，一回到家就讲给了他的夫人听；博比诺夫人也是一个心地善良的女人，于是一碰见庭长夫人，便好好地将她训斥了一顿。

至于庭长那方面嘛，前部长就此事稍微对他说了几句提醒的话，于是，卡缪佐·德·玛维尔家便出现了一场小小的风波。虽说卡缪佐在家里算不上什么做主的人物，但因为他所讲的句句是事实，而且又合法合理，有凭有据，所以这个指责还是发生了效力的。他的妻子和女儿不得不承认了所发生的事情；两个女人脸上无光，便把过错全推到了佣人身上。于是，佣人们马上被召集过来，一个个被骂得狗血淋头，直到他们招出了全部事实，这才获得了宽恕。这下庭长终于清楚了，原来邦斯舅舅不肯出门，的确有其理由存在。

就像所有妻子一揽家庭大权的主人一样，庭长摆出了男人和法官所具有的庄严气派，向仆人们宣布说，以后，若是到家里来的任何一位客人，包括邦斯舅舅和其他人，要是他们没有受到像对待男主人，也就是对待庭长他自己那样的待遇，就请他们全部卷铺盖滚蛋，他们因多年为府上效力所应得的好处也就此一笔勾销。听到这句话，玛德莱娜不由微微一笑。

"你们只有一个方法求得宽恕，"庭长说，"那就是向舅公老爷赔罪去，请求他息怒，原谅你们，你们就对他说，你们是不是能继续待在这儿，就全看他的了；要是他不肯饶恕你们，那我就把你们统统辞退。"

[九]

邦斯送给庭长夫人一份比扇子更贵重几分的礼物

第二天一大早，庭长先生便出了门，他想赶在上法院之前去拜访一下亲爱的舅舅。邦斯一听到茜博太太通报德·玛维尔庭长先生光临，就猜到他是赔罪来的。他的亲自光临简直是一件惊人的大事，邦斯生平初次受到这样的荣耀。

"我亲爱的舅舅，"几句客套话之后，庭长表明了他此番来意，"我终于知道您为何闭门不出的原因了。这原因让我难过，但同时又增加了我心中对您的敬重。提到这件事，我只跟您说一句话：我把所有的佣人都辞了。我的妻子和女儿都觉得万分后悔；她们想来看您，跟您解释，求您原谅。舅舅，整件事的过程中有一个人是完全无辜的，那就是我这个老法官，您的亲外甥，一个小女孩不懂事儿，为了想去博比诺家吃饭居然对您做出了这么离谱的事儿，求您别因为这个而惩罚我。您瞧，我都亲自登门请罪来了，千错万错都是我们的错……您总还记得咱们三十六年的交情吧？再怎么看，即使你受了很大的伤害，但至少情谊还在吧。就这么算了吧！请您今天晚上到我们家去吃晚饭，务必赏光，大家别闹别扭了……”

邦斯咕哝了一阵，最后告诉外甥，今天晚上他要去参加一位朋友的订婚礼，他原来是乐队里的笛手，可以后捧笛子的手就只用来点钞票了。

“那么明天。”

“亲爱的外甥，承蒙博比诺夫人抬爱，她给我来了封信，用词相当有礼，请我去吃饭……”

“那就后天吧……”庭长又提议。

“后天，作为今天未婚夫妇邀请的答谢，客人之一的布鲁讷先生，笛师的合伙人，一位德国人要回请那对未婚夫妇……”

“您可真有人缘儿，大家都争着希望您赏光。”庭长称赞道，“那么就下个星期天吧，就像法院里说的那样……八天之内。”

“可那天笛师的丈人格拉夫请客已经邀请了我们……”

“那就定在星期六!！这段时间内请您务必去看一下那个可怜的小姑娘吧！安慰安慰她，她哭得已经够多了，忏悔也做了很多次，上帝也只要求人们能忏悔，难道您竟比上帝还严厉？”

邦斯的弱点已被掌握了，于是便立刻说了一番真心诚意的话，送庭长到了楼梯平台，一个小时过后，庭长家的那帮下人到了邦斯家里，这回，奴仆们那既虚伪又狡诈的本来面目暴露无遗了，竟然还一个劲地哭哭啼啼的！邦斯一不留神就被玛德莱娜扯到了一旁。老侍女扑通一声便跪在他的脚边，这一跪就赖着再也不肯起来了。

“先生，全都是我的错！先生，您是明白我对您的爱的。”她一副痛心疾首的样子，说，“先生，全是因为我太爱您了！噢，那件倒霉的事儿，我全是由于报复心重，一时不知怎么的便做了错事。现在我们的年金都保不住了！……先生，我当时是个疯子，可我的同伴不该受牵连……现在，我已经看清楚自己了，我哪来那个好命啊，怎么能配得上先生呢。我脑子已经清醒了，以前我真是太痴心妄想了，可我一直都是爱着您的，先生。十年，整整十年来，我一直都梦想着能有幸成为让您幸福的那个人！……哦！先生，只要您知道我有多爱您！或许先生已透过我做的那些缺德事，把我的内心看得一清二楚了。要是我明天就死了，他们会发现什么东西呢？……一份遗嘱，全都是为了您，先生……是的，先生，它就放在我箱子里的首饰底下。……”

只要能把这根情弦拨动，玛德莱娜就算是把老光棍的虚荣心给勾起来了，听得他真是快活极了。女人只要故意，就一定会达到这个目的，即便她本人是让人生厌。邦斯宽宏大量得很，他原谅了玛德莱娜，也原谅了其他所有的人。他说自己会去向庭长夫人，她的外甥媳妇说说好话，让所有的人都能留下来。邦斯看见自己一点体面也没失掉，就又重新获得了往昔的快乐，那种惊喜之情真是溢于言表。这回，是人家上门来向他求情，他着实扬眉吐气了一把；可是，当他兴冲冲地将这件得意的事原原本本地说给好友施穆克时，却发现他看上去又伤心，又忧郁，让邦斯觉得很不舒服。

不过，虽然牺牲了自己四个月来独占好友所享受到的幸福；但看到邦斯满脸笑容，简直变了个模样，整个人好像都沐浴在春风里，善良的德国人仍然感到很欣慰。心病与身体之病极不相同，那就是只要欲望得到满足，病源消失了，它就来得快，去得也快，能立刻痊愈，当天上午，邦斯立刻就由一个愁眉苦脸、一脸病态的老头子变回了原来那个志得意满的邦斯舅舅，就像当初给庭长夫人送蓬巴杜侯爵夫人的扇子时一个样。可是，施穆克对于这种现象却永远也搞不明白，于是便陷入了深深的思索之中，真正的禁欲主义者又怎么可能领悟盛行于法国的那套阿谀奉承呢？永远不解！

邦斯是个不折不扣的帝政时代的法国人，他身上兼有前世纪的雅致风流和为女人自我奉献这两种精神，二者合而为一所形成的那种混合神韵，曾在《启程去叙利亚》等浪漫歌曲中广为传颂，施穆克把悲伤深深地埋在心底，上面散布了德国传统的哲学之花；可是一个星期不到的时间，他便变成神情憔悴。通过要点小手段，茜博太太把居民区的医生请到了施穆克的住处，医生害怕他是患上了黄疸，于是便说了一个深奥难懂的医学名词黄疸[1]，把茜博太太吓了个半死。

两个朋友一道去外面吃饭，这或许还是生平以来第一趟。而对施穆克来说，这仿佛就是回德国逛了一圈。你瞧，莱茵饭店的老板约翰·格拉夫和女儿埃未莉·格拉夫，裁缝沃尔风格·格拉夫和妻子，再加上弗里茨·布鲁讷和威廉·施瓦布，这些全都是德国人！喜筵上唯一的两个法国人，一个是公证人，另一个就是邦斯。裁缝格拉夫在新小田街和维埃尔多街之间的黎希留街上有一座漂亮的房子，这里就是他们侄女自幼成长的地方，因为旅店里来的人是三教九流，做父亲的不愿女儿跟那些人混熟。对于这个孩子，可敬的裁缝夫妇像看护自己的亲生女儿一样疼爱着这个小孩子。他们把房屋的底层让给了这两个年轻人做喜房，而布鲁讷一施瓦布银行也将在此设定。所有的事情都是在一个月之前安排下来的。小两口的住房已经被大名鼎鼎的裁缝师傅修饰得焕然一新，连家具都配置好了。银行的办公室就设在侧面的房子里，一边是相当漂亮的临街的出租房，另一边就是老宅，宅子的前面是院子，后面是花园。

在从诺曼底街去黎希留街的路上，邦斯从魂不守舍的施穆克那儿将有关那位浪子的所有故事打听得一清二楚了，知道死神为了改邪归正的浪子送掉了他富得流油的老板父亲。才刚刚与亲戚重修旧好的邦斯，这时又迫不及待地有了新念头，想把弗里茨·布鲁讷和塞茜尔·德·玛维尔撮合成一对。也真是巧了，原来格拉夫兄弟的公证人正好是卡尔多的女婿和继承人。以前此人是卡尔多事务所的首席书记助手，邦斯常去他家做客。

---

① 黄疸：原文为拉丁文。

“啊！原来是您啊，亲爱的贝尔迪埃先生。”老乐师和以前常招待他的公证人寒暄起来。

“您怎么不再让我们开心，不到我家来了？”公证人问道，“我妻子心里一直惦念着您，在《魔鬼的未婚妻》的首场演出中我们瞧见了您，这以后我们除了惦念，还很纳闷。”

“老人们都有一颗非常敏感的心，”邦斯回答道，“他们唯一的不足就是整整落后了一个世纪；但他们又有什么办法呢？……成为一个世纪的代表就已经足够了，为什么还得硬逼着他们赶上送走他们死亡的新世纪呢？”

“没错！”公证人就具有公证人特有的精明，“没有人能同时追赶两个世纪的。”

“是的。”老人把年轻的公证人拉到边上，轻声问道，“可您为什么不帮我的小外孙女儿塞茜尔说门亲事呢？……”

“啊？为什么？”公证人反问道，“在如今这个浪费的风尚连门房都不肯放过的时代，巴黎王家法院庭长的小姐只有十万法郎的陪嫁，哪个年轻人敢冒这个险，将自己的命运和这样一位小姐的命运联结在一起呢？想想看，当了德·玛维尔丈夫的那位先生，按其所在的阶层，根本就不可能有哪个妻子一年只花费丈夫三千法郎的。那十来万的陪嫁算得了什么呢，每年的利息只能给一位新娘买点胭脂花粉罢了。如果一个单身汉能有一万五千法郎或者两万法郎的年金，他可以住在一个布置精美的二楼的小寓所里，有一个佣人为他打理杂务，不用担心有人上门向他借钱，也不必发愁有任何负担，所有的钱都可以拿去尽情享受。只要裁缝师傅把他打扮得体体面面，他无拘无束，悠闲自在。在巴黎的社交场上他简直就像一名王子，任何有待字闺中的女儿的聪明母亲都会认为他很可以。但一旦结了婚呢？首先妻子会向你要一座像样的好房子；然后她还会要一辆专供她使用的马车；如果她爱看戏，那就得订下一个包厢。而当你是单身汉时，买张单人座位票就能看得舒舒服服的了。总而言之一句话，单身时是自己的钱自己花，结了婚就变成了你挣的钱老婆花。如果一对夫妻的年金为三万，那么在现今这时代，有钱的单身贵族就会变成没钱的穷光蛋丈夫，就连上尚蒂伊也得算算车钱是多少了，要是再有了孩子……天哪，那手头就更紧巴了。玛维尔先生和夫人现在才五十来岁，等遗产的话起码得等上个十五到二十年。这世界会有哪个单身汉看着遗产在包里压这么久的？只要那些在玛比尔舞厅里跟妓女们跳舞的愣头青傻小子们稍微想一下，就会心灰意冷的。跟您说句实在话，不用我提醒，任何一个未婚男子都会这样考虑问题的。再者说，德·玛维尔小姐没法令求婚者们心动，无法激起他们的内心冲动，他们见了她只会打定主意不结婚。如果一个头脑清醒的年轻小伙子年收入两万法郎，又一心想结一门能有助于其实现雄心壮志的亲事，那德·玛维尔小姐就很难称他的意……”

“为什么？”音乐家非常惊讶。

“唉，”公证人回答道，“现今的年轻人，哪怕长得比你我还丑，亲爱的邦斯，也个个不自量力，想找到一份六十万法郎的陪嫁，小姐出自名门望族，长相要俊，人又要机灵，非常有教养，反正是必须十全十美。”

“那我的小外孙女就很难找到婆家喽？”

“她父母一天不能下决心把玛维尔的田地给她作陪嫁，她就只能在家里多待上一天；如果他们能早下决心，那她早就是博比诺子爵夫人了……哦，布鲁讷先生来了，我们得去宣读布鲁讷公司的合同以及婚约了。”

经过了寒暄几句的开场程序之后，邦斯应家长的要求，为婚约签了字，然后就听公证人宣读合同，下午五点半钟左右，一帮人临驾到了餐厅。晚餐相当丰富，就像是谈妥了一笔好买卖而作庆祝时所摆的那种盛宴。同时，这丰富的菜色也充分说明了莱茵饭店的格拉夫老板和巴黎第一流的食品供应商关系很好。像这样丰盛的酒菜，邦斯和施穆克还是头一遭看见。有些菜肴简直让人心旷神怡，那香得不可思议的面条，那炸得无与伦比的胡瓜鱼，还有日内瓦白鲑鱼配的是地道的日内瓦沙司；看那布丁上的乳脂，据说就连发明布丁的那位伦敦名医见了也会惊叹万分。直到晚上十点钟，酒席才撤了下去。每个人所喝下的莱茵酒和法国酒的数量，恐怕连公子哥也不敢相信，因为德国人喝起酒都一声不吭，一瓶接一瓶，谁也说不清到底喝了多少酒。吃饭应该到德国去吃，眼瞧着一瓶瓶的美酒像地中海的波涛一样源源不断地滚来，又看着那么多的酒瓶给撤下去。德国人像海洋或沙滩一样有着如此巨大的吸收力，表现得又是那么和谐，一点都不像法国人那么嘈杂。他们说话时分寸把捏得很好，就像放高利贷的在闲聊；红起脸来几乎难以察觉，就像科内利乌斯或施诺尔壁画上的未婚夫妻。而随着烟斗里的烟雾，往事也在你周围飘飘荡荡。

十点半钟光景，邦斯和施穆克在花园的一张长凳上坐了下来，笛师坐在他们中间，不知道是哪位先生开的头，他们谈起了自己的性情、见解和不幸的遭遇。在这七嘴八舌的倾吐衷肠之中，威廉乘着酒兴，谈起了自己希望弗里茨能够成家的心愿，并且说得掷地有声，颇为动人。

“说到您的朋友布鲁讷，我倒有一个计划，不知您高见如何?”邦斯凑过去跟威廉咬耳朵：“有位姑娘，今年二十四岁，非常迷人而且知书达理，出身望族，她父亲是司法界的最高级别的几个官员之一。有十万法郎的陪嫁，而且很可能得到一百万法郎的遗产。”

“等等!”施瓦布站起了身，“我马上去跟弗里茨谈谈。”

于是两位音乐家坐在凳子上，看看另外两个朋友在花园里不住地闲逛，一次又一次地从他们的面前经过，彼此倾听着那另外一个人的意见，邦斯觉得脑袋有点重，但尚未完全喝醉，只是觉得思想似乎要从笨重的身子里脱离出来，飞向远方。他朦朦胧胧地看着弗里茨·布鲁讷，想在这张脸上找寻到渴望家庭幸福的痕迹。一会儿之后，施瓦布把好友兼合伙人向邦斯先生作了介绍，弗里茨很感激邦斯先生屈尊来关心他的事。双方在交谈之中，施穆克和邦斯这两条光棍竟然大肆赞扬起婚姻的幸福来了，而且还不带半点挖苦地说起“婚姻意味着男人的终结”这句话来了。等未婚夫妻未来的洞房里摆上了冰、茶、潘趣酒和甜点时，大伙儿差不多都已经醉意醺醺的了。那些可敬的大商贾一听到银行的大股东也要学他合伙人样子成个家时，全都哈哈大笑起来，场面热闹极了。

凌晨两点钟，施穆克和邦斯沿着大街往家走。两个人都有点不知所以了，说这天下的事竟然如此巧妙。

第二天，邦斯便上了外甥媳妇家，他为自己的大度而欣喜万分。可怜这天真而高贵的心灵啊！……确实，任何人都不会质疑他灵魂的崇高，因为在我们这个世纪里，凡是能按照福音书的教诲而履行自己义务的人，都被授予蒙迪翁奖。

“啊！这回他们可欠了混饭吃的一个大人情哪。”在拐过舒瓦瑟尔街里，邦斯心里私下里想道。

如果是一个不像邦斯那样天真，懂得些世态炎凉，什么事都很谨慎的人，在重新踏进这家的门房时，就应该留心揣测庭长夫人和她女儿的神情；可我们的邦斯心灵上只是个孩子，具有艺术家那不可救药的幼稚，只像相信美那样相信善良。塞茜尔和庭长夫人假装出来的激情竟然把他迷得团团转。一个在上流社会大杂烩中看过了一幕幕喜剧、悲剧和杂剧的人，十二年的磨炼仍未能使他拥有一双识人的慧眼，恐怕是因为在这里的他早已有一部分麻木而失去知觉了。庭长夫人从外表到内心同样冷酷无情，只是因为追求虚荣，所以使劲自我表现，指使人的习惯使其性情高傲，但又偏要一本正经。凡是在巴黎上流社会混过一段日子，了解庭长夫人为人的人，都不难想象出，自从她被逼坦白之后，内心里对丈夫的舅舅刻有多么强烈的一种仇恨。她和她女儿的一切表演都带着报复色彩，只是眼下还不可立即发作，生平第一次，阿梅莉向窝囊废丈大低头认错；丈大让她失利，但她必须显得坚强示好！……只有红衣主教团或宗教领袖教务会上才能找到与之相抗衡的斗志。三点钟，当庭长从法院回到家里时，邦斯刚刚说完他结识弗雷代利克·布鲁讷的有趣经历，即关于从昨晚一直吃到早上的那顿晚饭，以及那位弗雷代利克·布鲁讷的所有的事情。塞茜尔直截了当地询问那位弗雷代利克·布鲁讷的衣着打扮，身高、外表，以及头发和眼睛的颜色。等到她估摸着弗雷代利克一定是气宇轩昂时，便开始夸奖他的爽朗。

“送给一位不幸的朋友五十万法郎！噢，妈妈，我肯定会有自己的马车和包厢的……”

一想到母亲给她作的种种打算终于能付诸实施，而她早已绝望的种种希望能够变成现实时，塞茜尔几乎有点让人怜爱了。

而庭长夫人嘛，她的话简明扼要：

“亲爱的小丫头，你在半个月之后就可以结婚了。”

这就是天下母亲的统一模样，女儿都已经二十三岁了，还称她似小姑娘。

“不过，”庭长说，“总得留点时间去问问情况，我可不能随随便便就把女儿给嫁了……”

“想打听情况的话，就到贝尔迪埃家去，签了合约和婚约。”老艺术家回答，“说到那位年轻人，我亲爱的外甥媳妇，您肯定记得过去跟我说过的话的！他呀，已经四十多岁了，秃了一半的顶。他想成家，有一个可以躲风避雨的地方，我没费事让他改变想法；人各有志……”

“这样就得去见一见弗雷代利克·布鲁讷先生了，”庭长坚持其主张，“万一他是个病怏怏的人该怎么办呢？”

“噢，我亲爱的外甥媳妇，只要您愿意，五天后您可以亲自去看看我介绍的这个年轻人；按您的意思，见上一面就足够了……”

塞茜尔和庭长夫人看上去都显得非常高兴。

“弗雷代利克是个不同寻常的鉴赏家，他求我让他参观一下我收藏的那套小东西。”邦斯舅舅继续往下说，“你们就装作是我朋友施穆克带来的女士，也来看看那些古董吧。跟对方认识一下是没什么问题的，弗雷代利克绝对不会猜到你们是谁。”

“太棒了！”庭长赞叹道。

可以想象，昔日受人冷落的食客如今成了受人尊敬的上宾。这一天，可怜的邦斯真的成了庭长太太的舅舅。因为快乐，母亲把报复心暂时抑制了。一个眼神，一丝微笑或一句话，都让老人欣喜若狂。将来，不是可以在布鲁讷、施瓦布·格拉夫的府上吃到订婚那天晚上的那种佳肴了吗！还有那些令人无法形容的美味食品和好酒。

“要是邦斯舅舅真的促成了这件事情，”邦斯走后，庭长对他的妻子说，“咱们应该送他一份年金，数目要等于他当乐队指挥的薪俸。”

“那是自然。”庭长夫人回答道。

要是那个小伙子中了塞茜尔的意，那么就由她出面将这笔不洁的小钱交给老音乐家。

第二天，想找到能证明弗雷代利克·布鲁讷先生拥有巨额财产的凭据的庭长先生，一早便到公证人府上去了。庭长夫人已经事先打了招呼，贝尔迪埃就叫来了他的新客户，原先当笛手的银行家施瓦布。一听说朋友能攀上这样一门亲事，施瓦布高兴极了（大家都知道德国人对社会地位的重视程度！）。在德国，做太太就必须是将军太太、参事太太、律师太太，什么条件都非常通融，就像收藏家自以为让收古董的人上了大当一样。

“首先，”塞茜尔的父亲对施瓦布说，“我会在婚约上把玛维尔的土地写上我女儿的名字，但我希望能采取夋产制度。这样，布鲁讷先生需要输入一百万来对玛维尔的田产进行扩充，构成一份夋产，我的女儿和她的孩子们将来才不至于受银行风暴的打击。”

贝尔迪埃摸着下巴，心里暗暗佩服庭长的深谋远虑。

施瓦布弄明白了何为夋产制度之后，一口为朋友答应了下来。这一条款恰巧是他对弗里茨的希望，他一直都在寻找一种方法来防止弗里茨将来又濒临贫困。

“眼下正好有价值一百二十万法郎的农庄和草场待人购买。”庭长说道。

“我们拥有一百万法郎的法兰西银行的股票做后盾，这毫无问题。”施瓦布说，“弗里茨不想招标超过两百万的投资，庭长先生的要求他一定会办到。”

当家里的两位女人听到庭长带来的这个消息时，高兴得几乎发了疯，从来没见过会有这么大的一条肥鱼甘心情愿地钻进婚姻这张网里来。

“你将成为布鲁讷·德·玛维尔太太了。”父亲对女儿说，“我会为他争取到这个姓，让他变成法裔。如果我能当上贵族院议员，他还将继承这一切。”

为了塞茜尔与布鲁讷的见面，庭长夫人足足花了五天时间为女儿作准备，简直像是“蓝色舰队”的司令官亲手为即将出访的女王打点她的游船。

邦斯和穆施克呢，则忙着收拾他们的收藏馆、住房以及家具摆放。他们扫地、抹灰尘，将一切都弄得纤尘不染。木雕里没有一粒灰尘，铜器全都明可照人。保护粉画的玻璃让人对藏在它后面的拉斐尔、格勒兹和利乌塔尔的作品一展无遗。佛罗伦萨铜雕上的珐琅闪烁着夺目的光芒；彩绘玻璃的色彩是那么细腻动人，简直能夺去人的呼吸，这是一场由两位具有诗人情怀的音乐家组织的杰作音乐会，一切都以其自身的魅力，组成一个个音乐短句，让你的心灵沉浸其中。

[十]

一位德国人的想法

两个颇有心计的女人不想彼此难堪，早早地来到了邦斯家，以求占据有利位置。邦斯向这两位亲戚介绍他的朋友施穆克，可在她们看来，德国老人跟个呆子没什么差别，两个无知女人漫不经心地听着邦斯对他的藏品的艺术讲解，可心里全被那四百万法郎塞满了。无论是梵·于伊索姆、大卫·德·海姆的花卉，还是亚伯拉罕·米尼翁的昆虫，或是凡·艾克兄弟、阿尔布鲁希·丢勒，真正的克拉纳赫、乔尔乔涅、塞巴斯蒂亚诺·德·皮翁比诺、贝克赫伊森、霍贝玛和热里科的惊世之作，都无法让她们被金钱迷住了的心多理解一点艺术，她们一心想见的是那位浑身金光闪闪的大富翁。不过，当她们发现竟有如此精致的伊特鲁立亚首饰，以及一些烟壶竟然价值不菲时，她们倒也感到了惊奇，正当她们的手指讨好地握住佛罗伦萨铜雕的时候，茜博太太通报布鲁讷先生驾到！身子丝毫没有动一下，那面镶在巨大的乌木雕花框中的威尼斯镜子就足以让她们看清这位举世无双的求婚者的相貌。

由于事先得到了威廉的劝告，弗雷代利克拢齐了那剩下的几根头发，他穿着一件弗里斯女子手工制作的佃布透孔衬衣，系一条白条纹蓝领带，然后再套上了一件式样相当新颖雅致的丝绸背心。下身穿的裤子颜色暗淡，但看起来色调十分柔和。表链和手杖柄全部出身于弗罗朗—夏诺尔老店，而外套则是由格拉夫老爹用最漂亮的呢料亲手裁剪的，从那双瑞典手套上可以看出此人已完全败光了他母亲的遗产。要是两个女人没听到诺曼底街的车轮声的话，只消看一眼他那双铮明闪亮的靴子，一辆银行家乘坐的双马低篷马车就会浮现于眼前了。

如果说二十岁的浪子身上已经形成了银行家的胚胎的话；那么，一个四十多岁的人自然已成为了一名精明的观察家，对于一个德国人凭其纯朴可以拥有的东西，布鲁讷是非常清楚的，就是这天早上，他还在人生的十字路口徘徊，不知该成家，还是应该继续单身汉的逍遥日子。他这种茫然的表情让塞茜尔认为他是位传奇人物，是那个少年维特。唉，哪个姑娘不把自己的婚姻故事看成是一部小小说呢？布鲁讷一看见邦斯四十年来精心收集来的宝贝，立刻眼睛一亮，兴致勃勃地评论了起来。邦斯非常高兴，终于有人理解了这些作品的真正价值了；而此时，塞茜尔正认为自己是世上最幸福的姑娘。

“他是个骑士！这里的一切在他看来值几百万；骑士不会理财，会让他亲爱的妻子去打理；只要给他些精制的小玩意打发日子，就可以摆弄住他了。”这是德·玛维尔小姐的打算。

邦斯卧室的两扇玻璃上，每一块玻璃都是瑞士产的彩色玻璃，最普通的一块也值一千法郎，全世界的专家都想得到它，而邦斯的卧室里就有十六块这样的东西。早在一八一五年的时候，这种彩色玻璃一块只值六至十法郎。另外，他这个神奇的收藏馆中，还有六十幅真正的杰作，绝对的真迹，一个修补都未曾有过，只有通过拍卖行的热闹竞价才能知道它们的真正价值。每一幅画都配上了价值连城、形状各异的画框。看，威尼斯画框上大块的雕花装饰，真像现代英国餐具上的画样；罗马画框的别具一格；西班牙画框则以大胆的叶漩涡饰作映衬。此外还有来自德国的、佛来米的！另有铜、锡、螺钿或象牙镶嵌的玳瑁框；以及乌木框、黄杨框、黄铜框；还有从路易十三式到路易十六式的框子，总而言之，全套收藏是世上绝无仅有的，世上最美的式样可全都在这儿了。比德累斯顿和维也纳的艺术珍品馆的馆长更幸运的是，邦斯还拥有赫赫有名的布鲁斯托隆制作的框子。要知道，布鲁斯托隆可称得上是木雕界的权威，他是木雕界的米开朗基罗。

每瞧见一件新古董，德·玛维尔小姐都顺理成章地请他说明，布鲁讷应她之请教她如何识别这些美妙的珍宝；每当他介绍出一幅画、一件雕器或一件铜器的美丽之处和价值时，都能得到小姐那样天真的赞叹声，脸上洋溢着无比的幸福。这种情绪感染了德国人，他也不由得兴奋了起来，看上去似乎更年轻了。初次见面的结果是，双方都比原来希望的更加满意，毫无疑问这是因为不经意的原因。

前后共三个小时的见面结束了。下楼时布鲁讷向塞茜尔小姐伸出了手。塞茜尔非常聪明地慢悠悠走下了楼梯，嘴里还在谈论着美术。看见这位求婚者如此赞美邦斯舅公的那些小玩意儿，实在让她十分惊讶。

“您真的认为刚才我们所看的那些东西都价值连城吗?”

“噢！小姐，如果您舅公肯将他的收藏品卖给我的话，我今晚就能掏出八十万法郎的价格，而且这买卖还不亏本。要是公开拍卖的话，那六十幅画就得超过这个数了。”

“既然您这么认为，那肯定就是真的了，”她说道，“我信您，因为这些是让您最动心的东西。”

“噢！小姐！……”布鲁讷嚷了起来，“我对于您的这一责怪是没什么可说的了，我已盼望您母亲能准许我到府上拜访，使我能有幸再见到您。”

“多机灵的小丫头啊。”做母亲的紧紧跟在女儿身后，心里乐开了花，嘴上赶紧高声答道，“那实在太荣幸了，先生。希望您能和邦斯舅舅一起到寒舍用饭；庭长先生肯定会非常高兴认识您的……谢谢您，舅舅。”

说着，庭长夫人一把抓住了邦斯的胳膊，用力很大，这一抓可是含义深厚啊，简直比说“我们生死相依”更让人激动的。她拥抱了一下邦斯，说声“谢谢你，舅舅”，同时还朝他抛了个媚眼。

等姑娘也上了车，出租马车在夏尔洛街上消失之后，布鲁讷迫不及待地想谈关于古董的事，可邦斯的话题却总离不开“亲事”二字。

“您觉得还有什么问题吗？……”邦斯问道。

“噢！”布鲁讷回答道，“小姑娘没多大考虑的，至于她母亲嘛，为人有点儿做作……咱们看看再说吧。”

“将来可是有一大笔遗产的，”邦斯特地提醒到，“有一百多万呢……”

“周一再见！”百万富翁打断了他的话，“如果您愿意出卖您收藏的那套画，我愿意出五六十万法郎……”

“啊！”老人从来没有想到自己的收藏品如此值钱，不由惊叫了起来，“不过它们是我的幸福靠山哪，我舍不得……就算要卖也得等我死了才能交货！”

“那我们以后再说这件事吧……”

“这下两件事情都在进行之中了。”老人说道，可他心里想到的只是这门亲事。

布鲁讷给邦斯行完了礼，就坐上豪华马车离开了。邦斯目送小马车快速离开，没发现雷莫南克正站在门口抽烟斗。

那天晚上，德·玛维尔庭长夫人就跑到公公家讨教去了。正好，博比诺一家也在那儿。要是一个做母亲的没能从亲戚中猎获到一个来做女婿，难免总会有几分报复之心的。于是，为了满足这种心理，她便透露说，塞茜尔遇上了一门极妙的亲事。“塞茜尔要嫁给谁呀？”每个人都迫不及待地想知道新郎是何许人。于是，庭长夫人自认为没有透风，故意讲了一大堆模棱两可、似是而非的滑头话，然后又神秘兮兮地讲了很久的悄悄话。这些再经过贝尔迪埃太太的证实，第二天就出现了传说，在邦斯因贪便宜而吃尽苦头的圈子里四处散播：

“塞茜尔·德·玛维尔快嫁给一位德国青年人了。小伙子是个银行家，他干这行纯粹是出于善心，因为他拥有四百万的家产。这种人物只有在小说里才出现过，是个不折不扣的少年维特，长得又可爱，心地还特别善良。过去也做过荒唐事，可现在已经浪子回头了。他发疯似的爱上了塞茜尔，绝对是一见钟情。再说，塞茜尔就像邦斯画中的那些圣母一样。看来，这桩亲事是铁板钉钉——跑不了了。”

又过了一天，庭长夫人接待了几个前来贺喜的人，她们唯一的目的就是想证实一下那金牙齿是否可信。而庭长夫人那些巧妙的辞令，简直让人叹为观止，每个做母亲的绝对可以像以前翻阅《文书大全》一样，用她的话来做典范。

“只有出了市政厅的教堂，婚事才能成为既定的事实，”她对施弗勒维尔太太说道，“拜托您千万别把我们热望中的事张扬出来，因为目前我们尚处于见面阶段……”

“您可真是好福气啊，庭长太太，现在要办一门亲事可实在是太难了。”

“说的是啊！这回是碰上了好运气；不过话说回来，结亲多半都是凭运气的。”

“那您是当真舍得要把塞茜尔嫁出去了？”卡尔多太太问道。

“当然。”庭长夫人怎么会听不出“当真”二字所含的嘲讽含义呢，“过去我们的眼光太苛刻了，反而耽搁了塞茜尔的婚事。现在可好，什么条件都齐了：财产，性情和蔼，品格高尚，小伙子长得又帅。我亲爱的小姑娘也完全有资格得到这一切。布鲁讷先生实在是个可爱的小伙子，而且仪表大方。他出手阔绰，懂得生活，而且还疯狂地爱着塞茜尔，那是动真格的。虽然他有三四百万的身价，可我的塞茜尔终于愿意接受了他……我们倒没有过如此高的奢望，可是……有钱也没什么不好……”

“让我们最终下定决心的，倒不是男方的富有，而是他对我女儿有情义。”庭长夫人又对勒巴太太说，“布鲁讷先生实在太心急了，他请求法定期限一满就立即结婚。”

“他是个外国人吧?”

“是的，太太。可我必须向您坦白：我真是天底下最幸福的母亲。我所得到的不是一个女婿，而是一个儿子。您要知道，布鲁讷先生感情非常细腻，真是魅力无穷啊！谁能想象得到呢，他竟会那么乐意地接受奁产制度，为了结这门亲事……这对家属而言是最安全的保障了。他要买下一块价值一百二十万法郎的草场，以后把那全都归入玛维尔的田产。”

到了第二天，她又用同一个题目，做出了另外一种花样的文章。这回，我们的布鲁讷先生成了布鲁讷王爷，无论他做什么事情，都被称作具有皇家气派；他宽宏大量，什么也不放在心上；如果德·玛维尔先生能够为他争取到完全的法国国籍的话，司法部完全应该打破陈规旧律，那女婿以后肯定能进入法国贵族院。布鲁讷的财产数目没人能搞清楚，他有巴黎最好的骏马、最华丽的马车，等等。

卡缪佐一家如此兴奋地大肆宣扬这所谓的他们热望中的事，恰恰说明一点：对于这样的一桩好事他们原是不做奢望的。

在邦斯舅舅家的那次见面后不久，德·玛维尔经不住太太的再三催促，正式邀请司法部长、法院首席院长和总检察长在那个久仰大名的新女婿上门的日子来家里吃顿饭。尽管这个邀请发出得晚了点，但三位大人物还是欣然接受了，他们完全明白庭长邀请自己是希望起到什么样的一个作用。在法国，人们对那些想帮女儿钓个金龟婿的母亲，都是挺乐意伸出援助之手的。而博比诺伯爵夫妇尽管觉得这种宴请有点不伦不类，但还是表示悉听尊便，同意那天也去补个缺。总共有十一位客人；要知道，既然布鲁讷先生被说成是德国首富，趣味高雅（他爱上了小丫头），而且将来必定对纽沁根、凯勒、杜蒂勒等人构成威胁，而这次聚会的目的，又是为了以贵宾的身份来敦促布鲁讷先生作出最终的决定；因此，这种场面有两个人是万万不能缺少的，那就是：塞茜尔的祖父老卡缪佐和他的太太。

“今天是我们家请客的日子。”庭长太太直截了当地作了开场白，把那个被她视为女婿的人介绍给各位来客，“来的都是些熟客。这位是我先生的父亲，想必您知道，他即将进入贵族院当议员了；他们就是博比诺伯爵夫妇，虽然他们的儿子的家产不足以娶我们的塞茜尔，可我们两家还是世交；还有我们的司法部长，首席院长及检察长。大家都是好朋友……因为议会要到六点钟才散会，所以我们不得不推迟一下用餐的时间。”

邦斯看见布鲁讷投来的内涵颇深的眼光，他不自然地搓着双手，好像在说：“朋友，都是我们的好朋友！……”

不能说庭长太太不机灵，她故意说有点特别的事情要跟邦斯舅舅说，留下塞茜尔和她的维特单独待一会儿。塞茜尔擅长谈话艺术，还故意让弗雷代利克发现她藏起来的一部德语词典、一本德语语法和一部歌德的作品。

布鲁讷脸一怔，轻轻地说：“啊！您现在在学德文？”

这种把戏只有法国女人才想得到。

“您！”她说，“您真坏……先生，翻别人藏起来的东西要经过对方同意。可以给您介绍一下我想读歌德的原著，”她又补充了一句，“我学德语已经两年了。”

“德语语法肯定特别难弄懂，这本书才裁了十页……”布鲁讷实在很天真。

这下塞茜尔只能扭过身去遮住那发烫的脸色了。德国人受不了这种架势。他一把拉起塞茜尔的手，拉过她的身子，凝视着她，两个人一声不吭，害羞地你看着我，我看着你，就像是奥古斯都·拉封代纳小说中的夫婚夫妻。

“您真像个天使！”

塞茜尔一脸娇嗔，仿佛在说：“您呢，真讨人喜欢呢！”

“妈妈，一切如意！”后来她偷偷地跟回来的妈妈嘀咕道。

这样一个家庭里的这样一个夜晚是很难描述的。人人都为做母亲的如愿以偿而高兴。饭桌上说的尽是些一语双关的话。布鲁讷装傻，塞茜尔心领神会，庭长则一心希望大家多说话。塞茜尔极懂人事地悄悄告诉邦斯舅舅，她父亲准备送给他一份一千二百法郎的年金。邦斯满脸通红，好像觉得戏台边所有的煤气灯都朝着他脸上照。他连忙推辞，说经过布鲁讷的启示，他已经知道自己很有钱了。

部长、首席院长、检察长、博比诺夫妇和所有瞎忙活的人陆续地走了。很快，屋里就只剩下老卡缪佐、退休的公证人卡尔多和他的女婿贝尔迪埃了。邦斯认为都是自己人，就愚蠢地对庭长夫妇表示感谢，塞茜尔的好意自己心领了。这就是直心人的通病，凡事好冲动。这样一来，布鲁讷认为这是一笔奖励，于是便开始考虑自己那份该给多少的问题了，脸上也就显露出那种精明人远非冷漠的计算的神态。

“不管我的收藏品自己留着还是跟布鲁讷先生完成了交易，反正将来这些东西或钱都是归你们家的。”邦斯告诉他的亲戚自己很有钱，显然他们大吃了一惊。

布鲁讷看见这些无知的人立刻对从贫困跃进富豪圈子的邦斯献殷勤；而在这之前，他已经发现塞茜尔是全家的核心，于是，他决定捉弄一下这些体面的布尔乔亚，让他们多发出几声惊叹。

“我告诉过小姐，邦斯先生的画对我而言值这个价钱；但就任何一件独一无二的艺术珍品来说，没有人能知道它在公开拍卖时会是个什么样价钱的。光那六十幅画就能卖到一百万法郎，我估计其中有好几幅画可以卖到五万法郎一幅。”

“如果我是您的继承人就幸福了。”前公证人说道。

“我的继承人就是我的小外孙女塞茜尔。”老音乐家的话又引来了一阵赞叹。认为他是讲亲情的人。

“将来她一定会成为拥有大笔遗产的富婆。”卡尔多临走时笑着说。

最后真的只剩下家里人了。大家都认为接下来就是布鲁讷要正式向塞茜尔求婚了。果然，布鲁讷开口问了一句话，这话在亲戚们耳中可是个好兆头。

“我想小姐是个独生女吧……”布鲁讷问庭长太太。

“那是当然。”母亲回答得相当骄傲。

“这样您就不必担心和任何人发生纠葛了。”老邦斯一心想让布鲁讷快点拿定主意，开口求婚。

可是，布鲁讷却变得若有心事，这突然的安静让人尴尬，好像刚才庭长夫人坦白了她女儿有不可告人的疾病一样。庭长觉得女儿在场不合适，便朝她递了个眼色，塞茜尔立刻知趣地退了下去。布鲁讷还是一言不发，大家全都不知所措。还是老卡缪佐经验丰富，化解开了这尴尬的局面。他把德国人领到庭长太太的卧室，说想让他鉴赏一下邦斯找到的扇子。老人觉得肯定有什么地方卡了壳，所以暗示别人让他和未婚孙女婿单独待一会儿。

“您看看这件杰作！”老丝绸商递过了扇子。

“能卖五万法郎。”经过一番仔细的观察，布鲁讷回答道。

“先生，您来这儿难道不是向我孙女儿求婚的吗？”未来的贵族院议员问道。

“没错，先生。”布鲁讷回答道，“我请求您的信任。对我而言，没有什么能比这门亲事更让我欣喜的了。我再也找不到像塞茜尔那样漂亮、可爱、令我称心如意的女孩子了。可是……”

“啊！别说可是，”老卡缪佐说，“要不，您就马上让我知道‘可是’的意味。我的孩子……”

“先生，很庆幸我们之间并没有什么义务许诺。因为对别人而言，独生女是个非常珍贵的条件；可是对我而言，却完全不是这么一回事。请您理解，我反而视它为一个绝对的障碍……”

老人惊讶极了：“怎么，先生，对您来说这桩好事，反而成了障碍？您可真是与众不同，我能知道其中的奥妙吗？”

“先生，”德国人表现得异常平稳，“我今晚本来是怀着一个美好的愿望而来的。我想向塞茜尔小姐求婚，给她幸福；只要她点头，我愿将自己的一切全都献给她！可是，一名独生女，父母的掌上明珠，自小就是家庭的轴心，宠爱使她养成了颐指气使的习惯。我发现这个家和很多家庭一样，把女儿当成女神来崇拜。您的孙女儿不仅是家中的女王，而且她母亲甚至将她捧上了……请原谅我的无礼！先生，我父亲的那个家庭正是由于这个原因而变成了一场灾难，一切是我的亲身经历，一切根源都是由我的继母造成的。她自小便是独生女，被宠爱得无法无天，结婚前她可以说是可爱的姑娘，可婚后却变成了最讨厌的恶鬼。我知道塞茜尔小姐可能是一个例外；可我已经没有青春可以蹉跎了。我四十岁了，年龄悬殊所造成的困难是很难使一个姑娘快乐的，她已习惯了一切以她为中心，庭长太太对她的百般迁就：她的话，庭长太太几乎奉若神明。我又有什么权利要求塞茜尔小姐为了我而改变她的生活方式呢？过去，她的喜怒无常有她的父母承担下来；而将来，她要面对的是一个四十岁的自私男人；如果她不改变，那么痛苦的就是那个四十岁的男人。所以，我宁愿做一个坦白的人，我先行告退。再者，如果非要我对仅来此拜访一次作出解释。我愿意完全牺牲自己……”

“如果你考虑的原因就是你所说的，”未来的贵族院议员说，“那么即使有点偏颇，还是有一定道理的，……”

“先生，请您不要怀疑我的诚意。”布鲁讷以相当有力的方式打断了对方的话，“如果您认识哪位姑娘，家里有一大群兄弟姐妹，尽管没有嫁妆，只要品德很好——这样的姑娘法国有很多，我就娶她为妻。”

之后是长长的一段沉默。趁此机会，弗雷代利克离开了塞茜尔的祖父，客客气气地道了别，便离开了。塞茜尔跑了出来，脸色白得像死人，这暗示了她提前知道结果的反应。则才，她一直躲在母亲的藏衣间里，她听到了所有的话。

“这件事已经完了……”她轻轻地对母亲说。

“凭什么？”庭长太太追问公公，后者显然有点为难。

“都是些冠冕堂皇的借口，说独生女全都是只会撒娇的孩子。”老人回答说，“但他并没有完全说错。”老人对此又补充了一句。二十年来，儿媳妇让他厌烦实得于此，借此机会正好刺她两句。

“我女儿是活不成了！您不是把她逼到绝路吗！”庭长太太扶着女儿，冲着邦斯大喊。塞茜尔为了验证这番道理，顺势就倒在了母亲怀里。

庭长和妻子赶紧把女儿扶到一张椅子上坐下，她终于晕过去了。祖父连忙打铃叫下人。

［十一］

被沙土掩埋的邦斯

“我发现这全是先生您设计的圈套！”愤怒的母亲将可怜的邦斯吓得连连后退。

邦斯还是直起了腰杆，他好像听到耳边响起了最后审判的号角声。

“先生，”庭长太太的两眼仿佛射出了绿色的毒汁。“别人仅仅跟您开了个小玩笑，毫无恶意，您竟这样来欺负人！谁能相信那个德国人的理智是正常的？他如果不是你恶毒计划的爪牙，那就肯定是个疯子。邦斯先生，您费尽心机，千方百计要让我们这个家下不了台，那么，您自己请好自为之，别再让我看到您这张惹人生气的脸！”

邦斯简直成了一个木头人，两眼呆呆地盯着地毯上的玫瑰花饰，转动着大拇指。

“您还有脸站在这里，恩将仇报！……”庭长太太狂吼着，转过身去面向仆人，“要是这位先生来敲门，就说我们不在家。先生和我都不在家！”她指着邦斯说，“快去请医生，让，还有你，玛德莱娜，快把鹿角精拿来！”

布鲁讷的理由在庭长夫人眼里只是个借口，其中肯定还有什么秘不告人的原因。不过，正因为如此，这门亲事已经完全没有指望了。在关键时刻，女人的主意往往特别多。要补救这次失败的唯一办法，就是把一切都推到邦斯身上，说这是他早有预谋的存心报复计划。这个办法对于邦斯太没人情了，但却有可能保住家庭的面子。德·玛维尔太太向来就对邦斯怀有刻薄的成见，于是干脆把平日的捕风捉影的疑点转变成事实。一般而言，女人都有自己的特殊的伦理逻辑，凡是与己有利的，她都认为那就是现实存在的。庭长太太的步子迈得就更大了，一个晚上，她都一个劲儿地向丈夫灌输自己的观点，结果是到了第二天，丈夫也确信他的舅舅确实罪无可恕了，也许你们会认为庭长太太的方法太阴损，可是处在这种情况下的母亲都会向卡缪佐太太学习，牺牲一个不相干的外人，保住自己女儿的名誉。当然在手段上可能会有所不同，但目的却是一致的。

音乐家跌跌撞撞地冲下了楼梯；到了大街上，步履更变得沉重不堪。走到了戏院，像个机器人一样进去，走到指挥台上，机械地指挥乐队演奏。幕间休息时，他对施穆克似理不理的，可把德国老头急坏了，他只能按捺住心中的不安，心想邦斯准是疯了。刚才的那一场风波对于像孩子般稚气的邦斯来说，简直是一场灭顶之灾……本来他想播撒下幸福的种子，怎么会结出仇恨的果实呢？这世界上的一切岂不是全都颠倒了吗？终于，他从庭长太太的眼睛里、手势上和声音中发现了以前被忽视的仇恨之火。

第二天，卡缪佐·德·玛维尔太太作出了一项重大的决定，尽管是被逼迫得非这么做不可，但庭长最后还是同意了。他们终于决定，把玛维尔的田产、汉诺威街的住宅，连同十万法郎，全部作为塞茜尔的陪嫁。一大早，她就赶去拜见博比诺伯爵夫人，因为她十分清楚，如此可怕的失败唯有用一门现成的亲事来弥补才有可能不产生被人嘲笑的结果。她告诉别人这一切都是邦斯可怕的报复和他存心设计的卑劣的阴谋。当人家得知拒绝这门亲事是因为姑娘是独生女，也就相信了德·玛维尔夫人所说的一切。最后，庭长太太又十分高明地亮出了塞茜尔的陪嫁之多以及拥有博比诺·德·玛维尔这个姓氏的好处来。

按照诺曼底田产的百分之二计算，玛维尔的那处不动产价值为九十万法郎，汉诺威街的房子则估价为二十五万法郎。只要是对这笔账略加计算的人家，都会欣然接受这样一门亲事的。所以，博比诺伯爵夫妇同意了两家结亲，另外，看在一家人的份上，为了共同的荣誉，他们也答应一定帮助解释前一天所发生的那件倒霉事。

就这样，前几天的那一帮人又聚集到了一起，只是地点改在了塞茜尔祖父老卡缪佐的府上。第一次的聚会庭长太太曾大声吹捧布鲁讷，而今天还是同样的这位庭长太太。因为谁都不敢跟她开口，所以她只得主动站出来作一番解释了。

“真的，”她说，“只要与婚姻有关的问题，可得小心提防，特别是涉及外国国籍方面。”

“为什么这么说呢，太太？”

“您遇着什么麻烦吗？”

“您没听说我们跟那个布鲁讷的倒霉事情吗？那个人竟然破天荒想让塞茜尔嫁给他。……可他父亲是个守着家小酒店的倒霉蛋，他舅舅则是个卖兔子皮的。”

“怎么会是这样的呢？您一向看人都挺准的！……”一位太太说。

“怎么比得上那些狡猾得要死的冒险家呢！不过，通过贝尔迪埃，我们还是知道了他的一些底细，那个德国人的朋友是个当吹笛手的穷鬼！跟他来往的那些人有一个在玛伊街开小店，要不就是裁缝……而且，他过的生活相当荒淫无度，他已经把母亲的遗产吃了个精光。像这种逆子家里有金山银山也不够他败的……”

“要不您家小姐可真要吃大苦头了！……”贝尔迪埃太太说。

“那人是通过什么方式认识你们的？”年迈的勒巴太太问道。

“是邦斯先生介绍的，他一心想报复我们；他把那个漂亮的先生介绍给我们是为了让我们丢脸，羞辱我们！……那个叫布鲁讷的，德文是‘小井’的意思（他们把他吹成了一个王爷），可他身体可糟糕呢，秃脑门，一嘴烂牙；我只见他第一面就知道这人不可靠。”

“一大笔家产呢？”有位年轻妇人迟疑地问道。

“他的家产根本没有他说的那么多。裁缝师傅、旅馆老板，和他本人把每一个钱袋都掏空了，这才勉强凑够了钱开银行……现今开银行简直就是用大把的钞票去换来一张破产的许可证。睡觉前还有一百万家产的，可做太太打了个盹醒过来，很可能只剩下自己的那点私房钱了。用不着多听两句、多瞧两眼，那个先生就已经被我们识破了。对于咱们的起居饮食习惯呀，他根本是一窍不通，从他穿的背心、戴的手套上，就知道他是个做粗活的。父亲是德国一家小馆的老板，那还能培养出什么有用之才吗？只会喝啤酒，抽烟斗！……啊！太太，你知道吗，每天不抽完二十五斗烟是不肯放手的！要是塞茜尔真嫁过去了，我可怜的女儿哪儿有什么幸福可言？……到现在我还在后怕呢，真是主的保佑，救了我家哪！再者说，塞茜尔也并不喜欢那个人……您说，一个亲戚，过去二十年来每周都要在我们家吃两顿饭的常客！我们待他那么好，居然还做出这种事情！他还真会表演，还说，将来他的遗产全都留给我们塞茜尔呢？并且是当着司法部长、法院首席院长、检察长的面说的呢，他真干得出！您不知道，那个布鲁讷先生和邦斯先生勾结一气，两个人互相吹捧，说他们有几百万法郎呢！……不，我敢打包票，要是你们遇上这号人，肯定也会上当的！”

几个星期不到，由博比诺家、卡缪佐家，再加上一些主动请缨的人家组成的兵团在上流社会取得了彻底的胜利，因为没有一个人站出来为邦斯辩护，邦斯是谁？一个可怜虫，吃白食的、吝啬鬼、阴谋家、伪君子……所有的人都同声唾弃他、鄙视他，将他看成潜藏在别人怀里取暖的毒蛇，一缓过劲来就反噬自己的主人！像这样用心险恶的江湖骗子、卑鄙小人，应该将他完全驱逐出正直人的生活圈子，将他忘个一干二净。

假维特回绝亲事风波差不多一个月，邦斯因饱受神经性高热病的侵袭而卧床不起，那一天，他好不容易地起了床，由施穆克扶着，慢慢地沿着大街散步，顺便也晒晒太阳，坦普尔大街的人看见这一对棒子钳中的一个病倒了，另一个如此细心地照顾受了伤的朋友，此情此景，实在令人感动，再也没有人嘲笑他们了。等到了普瓦索尼埃尔大街，生机盎然的闹市气息迎面扑来，邦斯顿时精神一振，脸上也有了几丝血色；这条大街上人潮涌动，空气也顺畅，充满了活力。也正是由于这个原因，罗马那个又脏又乱又拥挤的犹太人居住区，反而连瘟疫都见不到了。或许是他以前习惯了这种场面的缘故吧，反正巴黎这种热闹繁忙的景象确实对病人的恢复起了一定作用。在杂耍戏院对面，邦斯和施穆克分开了，刚才他们俩一直是齐头并进的，可尚在病中的邦斯不一会儿就搁下他的朋友，兴致勃勃地瞧着那些小店里刚才摆出来的新玩意。没想到的是，他竟然迎面碰到了博比诺伯爵。这位前部长是邦斯最敬重的人之一。所以，他礼节周到地跟伯爵打了个招呼。

“哟，先生！”法国贵族院议员冷冰冰地说，“你心怀鬼胎，暗中设下圈套来侮辱别人，让人家脸上无光。没想到你居然还好意思跟那个受害人家的亲戚打招呼！像你那样的陷害手段，只有下贱的艺人才想得出来……先生，请你记清了，从今天开始，咱们互不认识了。你对于玛维尔一家的所作所为，令人气愤，整个上流社会都唾弃你，博比诺伯爵夫人对此事也同样生气。”

前部长说完调头就走，只留下可怜的邦斯呆立在原地，如遭受了雷击一样。要知道，社会当权者和情欲、法律、政治一样，打击别人的时候是从来不看对方当时的情形的。为了家庭的整体利益，这位国务活动家恨不得把邦斯劈成碎片，又怎会去留意仇敌是否脆弱不堪呢？

“出什么事了，我可怜的朋友？”施穆克吓得和邦斯的脸一样惨白。

“刚刚我的心口又被人捅了一刀。”老人扶着施穆克，来支撑住自己的身体，他回答道，“我想只有上帝是慈悲的，所以，任何一个不自量力地要到这件事里来的人，都要受到致命的打击！”

这句挖苦的话是因为善良的老艺术家为了安慰朋友脸上的恐惧而说的：单这一句话，已费尽了他全部的力量。

“我也是这么看的。”施穆克表示了他的同意。

这到底是怎么回事呢？邦斯实在无法弄明白所发生的事情：塞茜尔结婚，他竟然没有得到邀请，无论是卡缪佐家还是博比诺家都没有邀请他。在意大利大街上，邦斯远远地看见卡尔多先生走了过来。由于已经在法国贵族院议员那儿碰了钉子，邦斯识相地不敢打搅这位人物，耽搁他走路，所以邦斯只是点点头。去年邦斯还一个月上卡尔多府上去吃两次晚饭；可是现在，只见这位区长兼议员的气愤地瞪了邦斯一眼，头都没有点一下。

“你帮我去问问，到底有什么样的事情让他们这样看我不顺眼。”老人叫施穆克去跟他谈谈，而事实上呢，施穆克对于邦斯所碰到的这些倒霉事儿，每一个细节都知道得清清楚楚了。

“先生，”施穆克表现得十分聪明，对着卡尔多说，“最近我的朋友邦斯生了一场大病，您大概是认不出他了吧？”

“我当然认得他。”

“可您是为了什么而这般怪他的呢？”

“您的那位朋友是个恶魔，薄情寡义，恩将仇报。他这种人活着还不如死了好。俗话说得好：杂草割了也会再长的。人们确实得对那些艺人多加防范才是。他们刁滑，像一只恶猴子。您那位朋友千方百计地要污蔑自己的那个家族，让一位小姑娘丢尽了丑，仅仅就因为人家说了一个无坏心的笑话而已。他满心都是报复的念头，根本忘了就是这一家好人，二十年来一直供他吃，真是没心没肺！对于这样的一个人，我绝对不会再与他发生任何关系的；我要将他这个人彻底驱逐出我的脑子，忘记他的存在。先生，以上想法是我们一家子共同的想法，也是他的家庭，以及所有那些过去曾视他为朋友的人的共同心意……”

“可是，我的好先生，您一向都这么通情达理，如果您允许，请让我向您解释一下这件事情的来龙去脉……”

“只要您乐意，随您的便了，”卡尔多回答道，“但请您不必多言了。我想我有必要把话说在前：不管是什么人，如果他想为这个罪人开脱，辩解的话，我都不依他。”

“连替他分辩一下都不能吗?”

“不能!他的行为是如此卑鄙,所以失去了获得分辩的权利!”

说完,塞纳省议员便昂首阔步继续往前走,那神态分明在说:我再也不想听任何人说任何一句话了。

“已经有两位要人找我的麻烦了。”听完了施穆克讲述的所有无理的责备之后,邦斯凄然一笑,说了这么一句话。

“所有的人都跟咱们为难!”施穆克痛苦极了,说,“咱们快走吧,免得再碰上这样一个野兽。”

施穆克这一生都像上帝的羊羔一样,这是他生平第一次用这种词语。他的心灵已经快达到超越凡俗的境界了,从未因外界的纷乱而受到扰乱:就算是这世上全部困难集于一身,他也不会挂在心上。但是现在,他看到灵魂高尚的邦斯受到别人的欺侮,看到这个不愿出名的亚里士多德,这位善良坚忍的人,这个纯洁无瑕的灵魂受尽了折磨!他实在太生气了,简直就像个阿尔塞斯特,这个人的心肠是这样慈悲啊!他怒发冲冠,管邦斯以前的那些东家叫野兽!像这样一个温和的人身上的激动无异于罗朗的狂怒。施穆克生怕还会碰上什么人,就让邦斯转过身去,朝坦普尔大街方向走,邦斯完全听他的安排,因为这位病人就像那些陷入了绝境的斗士,多挨几拳对他来说又有什么区别呢。可惜的是,老天早已经注定了,这人世间总会为难我们这位可怜的音乐家了。那些砸到他头上的泥石大概是包罗万象的了:有贵族陪议员,有国会议员;有亲戚,有外人;有强悍的,也有弱小的;还有些无知的家伙。

在邦斯往家里走时,在普瓦索尼埃尔大街上遇到了卡尔多的女儿。这个女人虽然年轻却已经有过很多不幸的经历了,所以还算是比较能体谅别人的一个人。因为过去所做的一件错事,她至今仍被丈夫使唤。在邦斯过去那些常去做客的人家,贝尔埃迪夫人是他唯一能够直呼名字的女主人,“菲利茜”,邦斯舅舅总这样叫她,并且常常觉得她能够了解他,这位生性温柔的女性迎面遇到了邦斯实在难堪,因为尽管并没有真正的血缘关系,但他一直都被视为舅舅。眼看着躲不过去了，菲利茜·贝尔迪埃干脆在病人面前停下。

“舅舅，我并不相信您是坏人；可是如果我所听到的有关您的故事中有四分之一是真实的话您就已经是个伪君子……噢！请别为您自己辩解！”看见邦斯悲伤地做了个手势，她赶紧补充说，“这没必要。第一，是我没有任何资格去责备或评论任何人，因为我知道得最清楚，别人眼里最有罪过的人也有为自己辩护的理由；第二，您即使申辩也毫无用处。给德·玛维尔小姐和博比诺子爵办理婚约的贝尔迪埃先生对您不满，如果让他知道了我还跟您说话，他非怪我。要知道，现在所有的人都在为难您。”

“我已经看得清清楚楚了，太太！”老音乐家激动得声音直发颤，向着公证人的妻子毕恭毕敬地行了一个礼。

说实话，他继续蹒跚地朝诺曼底街走过去，身体的全部分量都压在了施穆克的手上，德国朋友觉得，邦斯实在是在死撑着已经衰弱不堪的身体了。邦斯遇到的这第三次打击，无疑就是在上帝脚下躺着的绵羊发出的最后结局。羊羔是代表着平民和可怜人，它的愤怒，宣告着最后审判。两个朋友一路往家里走，一直到家都没有交谈过一句话。人的一辈子里头，有时只能感觉到自己身边有一个朋友还陪伴着。安慰的话只会让伤口更加刺痛，把那血淋淋的伤口展示给人看，就像你们所看到的一样，老钢琴家重情义，凭着对人的了解，知道痛苦是什么东西。

恐怕这次是邦斯先生最后一次散步了。老人旧病未愈，又添新病。因为他是多血质与胆质的混合型人，胆汁流进了他的血液中，由此患上了严重的肝炎。他这一辈子除了这两场突如其来的大病，身体都一直很健康，因此他不与医生结交。悲天悯人的茜博太太由于好心，甚至怀着慈母一般的爱，把本区的医生喊了来。在巴黎的每个居民区里都有一个医生，只有本区最下等的阶级，诸如布尔乔亚和看门人才知道他的姓名和地址，他们都管他叫做本区医生。这种医生就像《小广告》中所登的那种万金油一样，既管接生，也管放血，是医学界里的打杂的。但是由于他们长期实践而医术高明，同时也不得不对穷老百姓稍微好一点，所以一般而言，都很受居民的爱戴。布朗大夫被茜博太太领到了病人房里，施穆克没花多少工夫就认出了医生。医生不怎么经心地听着老音乐家的抱怨，说他整个夜里都一直搔皮肤，可一点知觉也没有了。老人的双眼周围黄了一圈，正好说明了他的症状。

“您这两天肯定不愉快。”大夫对病人说道。

“唉！一点没错！”邦斯回答道。

“您得的病，这位先生差点也有。”大夫指着施穆克说，“是黄疸病，但是没什么关系的。”布朗大夫边开处方边说。

虽然这最后一句话给病人带来了希望，但大夫投给病人的是波克拉底[①]式的目光，虽然用同情心作幌子，但对于所有想了解真相的人来说，其中所深埋的死亡判决是十分清楚的。茜博太太那间谍般的目光扫视了大夫一遍，马上对布朗大夫的要弄医学术语的口气心领神会了，便跟在大夫的身后。

“您觉得这真没什么要紧吗?”茜博太太问大夫。

“我亲爱的茜博太太，您先生已无药可救，倒不是由于那些流进了血液中的胆汁，而是因为他的精神崩溃，已经没有求生的意念了。不过，如果能精心照顾他，这位先生还是有救活的希望的，但那得让他离开这儿，带他出去……”

“凭什么旅行……”女门房说道，“他只有靠戏院里的那个位置有点收入，而他的朋友也只是靠着几位贵妇人供给他的一丁点年金生活。据说，他以前曾为几位夫人效过力，才得到的施舍。这两个可怜的孩子，我已经照顾他们九年了。

“我这一生尽看见有人在我面前死去。他们并不是由于病重难治，而是死在致命的各种伤口上，死在贫穷上。有多少顶顶楼的小屋里，我非但没收一分钱租金，反而不得不给他们的壁炉架上留下百来个铜

---

① 波克拉底：古希腊名医，被誉为医学之父，首次提出医生要竭尽所能为病人服务，并保守其秘密等。

子！……”

“可怜的布朗先生，您真好！……”茜博太太说，“啊！这街上有那么一些吝啬鬼，肯定是从地狱里来的！他们一年偏偏可以挣十万镑，要是这些钱是您的，那您一定就是仁慈的上帝派到人间来的天使！”

因为深受看门人们的敬重，所以好歹也有一些顾客，可以混口饭吃。他抬头仰望天空，像达尔杜弗似的把嘴巴一撅，向茜博太太表示谢意。

“亲爱的布朗先生，您是说只要能得到照料，我们这位可怜的朋友还有可能救过来？”

“是的，只要让他别再悲伤，精神上别再受刺激。”

“可怜的人！谁会去伤害他？这人是个善良的人，世界上除了他的朋友施穆克先生，可找不出第二个这么好的人来了！我非把事情弄个水落石出不可！哪个家伙把我的好先生气成了这样，我要去痛痛快快地骂他……”

“请听我说，我亲爱的茜博太太，”大夫已经到了大门口，又加了一句话，“您那位先生的病有个主要症状，就是小心眼。看起来他是请不起看护了，那就只能由您照顾他了。这样的话……”

“你们说的是邦斯先生吗？”那个做废铜烂铁生意的叼着烟斗问道。

说着，他从门槛上站了起来，也说开了。

“说的就是他，莫雷南克老爹！”茜博太太对奥弗涅人说。

“他呀！告诉你，他比莫尼斯特洛尔先生，比所有玩古董的老爷都有钱……我精通这个，可以告诉你们，可爱的邦斯身边全都是无价之宝！”

“噢，那天我趁他们出门，我让您去看所有那些玩意儿的时候，我还以为您是在挖苦我呢。”茜博太太对莫雷南克说道。

在巴黎，路上的石子能听懂话，门板能说话，就连窗户的铁栅栏都能看人。所以，最危险的事情就莫过于站在大门口说话了。他们最后所说的这几句话，就像是一封信的附言，无论对说者还是听者，都是一个大威胁。只消举一个例子就能够充分地证明这个故事所介绍的情形。

［十二］

黄金是怪兽，斯克利布先生词，梅伊比尔曲，雷莫南克景

帝政时期，男人们都很注重修整自己的头发。一天，那时的一位很出名的理发师从一所宅院里走出来，他刚刚在那儿为一位美丽的女士服务，楼里发迹的房客也都是他的客人，其中有一位老光棍汉，雇的女管家恨死了先生的继承人。这个光棍汉年龄不大，但疾病缠身，刚请了医生看病，那时，他们还没被称为医界圣手。这几位大夫凑巧和理发师一同出门，他们装模作样地会诊之后，总要谈谈彼此的意见，所以在门口分手的时候，他们议论了起来。“这人准死无疑。”奥里德大夫说：“他活不了一个月了……”代斯甫兰接着说，“除非上帝显灵。”理发师听到了。这人和所有理发匠一个样，跟当佣人的都有来往。由于罪恶的欲望，他马上跑到光棍汉的家里，应承给女管家一大笔奖赏，而条件则是要她鼓动主人作出决定，把大部分家财押作终身年金。疾病在身的老光棍汉五十六岁，但看上去有一百岁，因为他从前的风流韵事数不胜数。在他的家产里，有幢漂亮房子，位于黎希留街，估价约二十五万法郎。理发师对这座房子垂涎已久，最后以三万法郎的终身年金将之据为己有。这是发生在一八〇六年的事了。理发师后来就退了休，如今已经七十多岁，直到一八四六年仍支付年金。可那光棍汉虽然已经九十六岁，看起来却像年轻小伙子，和他的女管家埃弗拉尔太太成了一家人，看来还可活很久。理发师当初给了

女佣人三万法郎，最终房子一共花了他一百多万，可到如今也就值八九十万法郎。

奥弗涅人跟这位理发师一样，听到了举世无双的小伙子布鲁讷和塞茜尔会面那天在门口跟邦斯说的最后几句话。从那之后，他便盘算着溜进邦斯的收藏室里瞧一瞧。雷莫南克和茜博家关系密切，在不久之后便被带进了他们的屋子，趁两位朋友出门之机。雷莫南克被眼前的财富冲昏了头，觉得该露一手，买卖人都这么说，意思是这生意值得投注。几天来，他头脑里全都是这件事。

"我这人很坦白，"他对茜博太太和布朗大夫说，"我们商量一下，只要那位老实人答应五万法郎的终身年金，我就送你们一箱美酒，……"

"真的?"医生对雷莫克南说，"五万法郎的终身年金！……可倘若老头子真那么有钱，加上我给他看病，茜博太太照顾他，他的病没准就好了……毕竟肝病对健康人来说，并无太大关系……"

"我说的是五万法郎吧？有位先生可就跟他提过七十万法郎呢，就只是那些画。"

听到雷莫克南的话，茜博太太以异样的眼神看了布朗大夫一眼，橘黄的眼睛闪着邪恶。

"得啦！别听这种鬼话了。"医生嘴里这么说，可是知悉他的病人完全有能力支付他的出诊费，乐开了花。

"大夫，既然先生卧病在床，如果亲爱的，茜博太太愿意让我领我的那位朋友来，我断定不出两个小时，就能把那七十万法郎弄到手……"

"行了，朋友!"大夫回答道，"哦，茜博太太，别惹病人，要忍耐，因为他总会发火，即使您的爱护也会如此；您要有这个心理准备，他烦呢……"

"真糟糕……"女门房说道。

"噢，听我说，"大夫严肃地说，"邦斯先生的命运就在于谁照顾他；我以后每天都来，今天的诊断就这样了……"

大夫看那奸商一副正人君子的模样，觉得病人真有可能暴富，于是变了模样，由漠不关心的神态转成温柔无比。

“他过得就像一位皇帝。”茜博太太说。

女门房等大夫转入夏尔洛街，就又和雷莫南克攀谈起来，经营废铜烂铁生意的商人背倚小店门框，正抽着烟斗里最后几口烟。他做出这副样子是在暗示女门房过来。

从前这是家咖啡馆，奥弗涅人承租后，店子保持原貌。就像现代的店铺，玻璃橱窗上挂着个长长的横招牌，上边的诺曼底咖啡馆几个字还清楚可见，奥弗涅人让建筑商的某个油漆工义务地在诺曼底咖啡馆下面的空白处用刷子刷了一行小黑字：雷莫南克，废铁商，收购旧货。不用说，诺曼底咖啡馆的玻璃杯、桌子、高脚凳、搁板等一切家具都给卖了。雷莫南克用六百法郎租了这家一无所有的店子及其后间、厨房和二楼的一间卧室。这间卧室从前是咖啡馆的领班住的，因为诺曼底咖啡馆还另外租了一套单独的住房。咖啡店领班原来还真费力修饰了一番卧室，可如今却只剩了与铺里一样的浅绿色壁纸、橱窗外结实的铁栏杆和插销了。

七月革命以后，雷莫南克于一八三一年搬到这里，最初做小买卖，卖些破铃铛、裂缝了的旧盘子、烂铜、旧天平和被法律禁用的旧秤，国家采用了新度量衡，却没有用，因为公开流通的货币中还有路易十六时代制作的一个苏和两个苏的硬币。后来，这位奥弗涅人费尽心机收购厨房餐具、旧铜器和缺角断头的瓷制品。买卖多了，小店就像是尼古拉的滑稽戏，货物越来越棒。他用这种奇妙但却稳当的手段，其效果在稍有哲学头脑的人眼里一目了然，这些人对那些精明的店家不断增加的价值都会研究一番。画框和铜制品逐渐代替了铁器、油灯和瓦罐。随后又出现了瓷器。小铺一时成了古画店，又很快变成了博物馆。最后，玻璃橱窗被擦洗得雪亮，店铺也被整修，奥弗涅人的呢裤和上衣也被漂亮体面的礼服所代替，在众人眼中，他就像看守宝贝似的看守着；他拥有很多无价之宝，他本人也成了老手，注投得越来越大，却从不上当，因为他了解这一行的陷阱。这魔鬼就守在那儿，就像一个妓院老板看管着她用以提供给顾客挑选的二十位年轻姑娘，对这个人来说，艺术算不了什么，他既精明又俗气，总是想着赚钱和骗人，他简直就是一个高明的演员，装出对他的画、家具痴迷万分，编造收购价格，甚至主动让别人浏览购货单。总之，这家伙变化莫测，同时扮演各式角色，如若克利斯①，丑角雅诺②，蒙多尔③，阿巴贡④或尼哥底母⑤。

到第三年，人们便能在雷莫南克的店里看到华丽的座钟、盔甲和古画；他外出时，总让他的长相极为丑陋的胖妹妹从乡下赶来帮他看守店铺。这个雷莫南克女人实在像是个傻瓜，衣着打扮得像个日本木偶，坚持他兄弟订的价码，另外，他还是管家，并且解决各种各样的难题，能节省的全节省。兄妹俩吃面包、咸鱼及一些开饭馆的扔在饭馆拐角垃圾堆上的烂蔬菜叶。算上面包，他们两个每天的开销也不会超过十二个苏，女雷莫南克还会靠缝衣服纺纱线把它们赚回来。

雷莫南克刚到巴黎时，只是一个小人物，在一八二五年至一八三一年间，他专门为博马舍街的古玩商和拉普街的锅商跑腿，许多古玩商的经历都这样。犹太人、诺曼底人、奥弗涅人和萨瓦人具有与生俱来的共性，他们发财的手法也相差无几。不浪费一个钱，什么小利都挣，连本带利地聚集财富，这就是他们的发家法则。而这一法则的确很实用。

那时，雷莫南克已经和他以前的东家莫尼斯特洛尔重归于好，和一些大人物做生意，常去巴黎郊区做旧货买卖（看准时机，专寻一些外行的人做挣大钱的生意），大家都晓得，巴黎郊区方圆有四十古里。十四年之后，他就聚集了六万法郎的财富，还有一个藏货丰富的小店。诺曼底街的房屋租金便宜，他便一直住在那里，也不干别的，只

---

① 若克利斯：法国十八世纪家喻户晓的戏剧人物，为常受愚弄的小丑。

② 丑角雅诺：法国十八世纪家喻户晓的戏剧人物，为常受愚弄的小丑。

③ 蒙多尔：出处不详。

④ 阿巴贡：莫里哀笔下的吝啬鬼形象。

⑤ 尼哥底母：圣经人物，法利赛人。耶稣被钉在十字架后，是他帮助约瑟埋葬了耶稣。

管把自己的那些货物卖给商人，赚一些微薄的利润。他讲生意用的奥弗涅土话。他的理想是能到大街上去开店，成为一个富有的古玩商，能直接和鉴赏家们来往。的确，他是个有两下子的商人。由于他什么事都要亲自过问，脸上时常有厚厚的一层灰不溜秋的东西，都是铁屑和汗碱，加之他习惯粗活，长久下来就像一七九九年的老兵那样吃苦耐劳，遇事不慌，使得他高深莫测。从长相看，雷莫南克看上去瘦弱，两只蓝色小眼睛就像猪眼睛，显示出犹太人的贪婪狡诈，然而却缺少犹太人虚假的谦卑和内心深处对基督徒的憎恶。

茜博家和雷莫南克家的关系就像是施恩者与受恩者的关系。茜博太太相信奥弗涅人的贫困，常把施穆克和茜博吃剩下的东西以低价卖给他们，雷莫南克家买一磅硬硬的面包头和面包心，只花两个半生丁，一盆土豆一个半生丁，狡诈的雷莫南克在别人眼中从来都不是为自己做买卖的人。他总是为莫尼斯特洛尔做生意，抱怨自己可怜的一点钱也全被那些有钱人骗了。因此，茜博一家觉得雷莫南克家可怜，连续十一年，奥弗涅人总是穿着他那身呢上衣、呢裤和呢背心；不过奥弗涅人独有的这三件行头早已是补丁摞补丁，那都是茜博免费修补的。看来以色列之外也有犹太人。

“您不是在寻我开心吧，雷莫南克？”女门房说，“邦斯先生有钱还这样，他家可连一百法郎都找不出！……”

“收藏家们都有这种怪癖。”雷莫南克教训道。

“那您真认为我先生有七十万法郎？”

“这不过只是他的那些画……里面有一幅，要是他开价五万法郎，我无论如何也会买。放肖像的那地方，有些嵌珐琅的小框子，里面铺着红丝绒，您知道的吧？……那可是珀蒂托珐琅，有个以前作过药材店老板的政府部长每块开价一千埃居……”

“两个柜子里怎么也有三十块呢！”女门房说道，目瞪口呆。

“那您就算算他的宝贝的价码吧！”

茜博太太一阵发晕，她很快有了一个主意，要让邦斯老人把她写在遗嘱上，就像所有女管家那样有年金，惹得玛莱区这么多人起了贪心。她想象着自己住在巴黎郊区的一个乡下，在自己的一座乡村别墅里趾高气扬地过日子，养鸡种花，安逸地度过自己的下半辈子，让人侍候得像皇后一般；还有她那可怜的茜博，也该像天使一样享受一下生活了。

看到女门房这一天真而又突然的动作，雷莫南克深信此事一定能办成。在收旧货这一行（就是专门上门搜集旧货的行当）中，难就难在能进得了别人的家门。人们根本无法想象，为了能进到布尔乔亚家，收旧货的如何绞尽脑汁，像司卡班、斯加纳雷尔、多利纳一样，那一幕幕喜剧，简直可以公演，而且不论是哪一部剧都像这里一样，说的是仆人们的贪婪。若是到了乡下或外省，这种情形就更甚，为了三十法郎的现金或物品，仆人们会不惜促成让收旧货的净赚一两千法郎的生意。比如为了得到一套古塞夫勒软瓷餐具，就连明斯特国际会议上竞相要弄的一切外交手腕，奈梅亨、乌得勒支、列斯维特和维也纳会议上发挥的一切聪颖才智，也要甘拜下风；收旧货的商人的远比谈判者的更为实际，他们能让所有人掉入陷阱，就如同那些外交官竭尽全力，以种种计划拆散最为坚固的联盟。

“我把茜博太太说服了。”雷莫南克见妹妹回来，在那张散了架的草垫椅子上坐定后，对她说道，“因此，我现在就打算去问问那个了不起的行家，询问那个犹太人，他借我们的钱利息只有百分之十的！”

雷莫南克看穿了茜博太太。这种脾气的女人往往把想法付诸实行；她们会不惜一切；会在片刻间从完完全全的诚实变成最卑贱。再者说，诚实也和我们的各种品行一样，有正面的和反面的。

反面的诚实就是茜博家那样，贫困时，他们就还是诚实的。正面的诚实，如收账员能抵御引诱。

废铁商那番话让各种卑鄙的念头如潮水汹涌般通过，流进女门房的大脑里。茜博太太从门房飞奔到了那两位先生的住处，邦斯和施穆克正在房间里埋怨，她出现在他们房门口，满脸同情。施穆克见打杂的女佣进来，就暗示她别透露大夫的意思，因为这位崇高的德国人，早已从大夫眼里看出了真相；茜博太太点了点头，脸上显得痛苦万分。

“噢，尊敬的先生，您感觉如何?”茜博太太问。

女门房站在床前，叉着腰，两只眼睛充满关爱地看着病人，还加上贪婪的目光！这是多么可怕啊，就像是老虎盯上猎物。

“糟透了!”可怜的邦斯回答道，“我觉得一点都不想吃饭。”“唉！这世道!”他紧紧抓住施穆克的手，施穆克坐在病人的床头，握着邦斯的手，刚才病人说的正是他自己病因：“施穆克，悔不该没听你的劝告！自从我们住在一起后，就该每天在家吃饭！就该跟那个该死的社会隔绝，那个社会这样折磨我，这到底是为什么呢?……”

“噢，算了，我的好先生，别说了。”茜博太太说，“大夫跟我说……”

施穆克扯了扯女门房的衣裙。

“噢！您完全可以复原的，只是要有好的看护……您就放心吧，您呀，身边有这么好的朋友，和一个女人，像母亲照顾儿子一样。茜博以前得过一场大病，布朗大夫都说他没治了，就像俗话说的，无可救药了，可我把他救过来了！……您呀，还不至于如此。感谢上帝，虽然您病重，但请相信我……我一个人，就能把您养好！放心好了，别担心啦!”

她拉了拉被子，盖好了病人的手。

“噢，我的儿子，”她说道，“施穆克先生和我，我们会在这里陪您……包您比王子还舒服……再说，您也有钱，为了病别吝啬……我刚刚和茜博合计；哎，那个可怜的家伙，没有我一事无成?……噢，我刚刚对他讲了半天，我们俩都非常尊敬您，他已经同意我夜里留在这儿……对他这样的男人来说，很难得，因为他对我还像新娘一般！是因为门房里俩人整天厮守在一起！……您不要这样露在外边！……”她冲到床头，把被子给邦斯盖好。“要是您不乖乖地听布朗先生的话，我就不理您了，布朗先生就像是人间的上帝……一定听话……”

“是的，茜博太太！他一定会听话。”施穆克回答道，“就是为了他的好朋友施穆克，他也会好好活着的，我保证。”

“别心急，”茜博太太说，“因为您的病会让您生气。我们得的疾病都是上帝的安排，我亲爱的好先生，上帝在惩罚我们，您呀，准有什么地方不妥当！……”

病人微微摇头。

“噢！算了吧，您在年轻也许陷入爱河，也许到处留情，现在正没吃、没穿，也没住的地方……男人都是魔鬼！一天一个样，连奶妈的工钱也不付！……可怜的女人啊！……”

“只有施穆克和我可怜的母亲爱过我。”邦斯忧伤地说。

“得了！您又不是圣人！您年轻过，您年轻的时候肯定很帅……要是我呀，也会爱上您的……”

“我一直丑得很！”邦斯绝望地说。

“您这是说笑。”

“不，我亲爱的茜博太太，我长得丑，没人爱我……”

“啊！就您……”女门房说，“您是要我相信，到了这把年纪，您还像个贞洁的少女一样……谁相信呢？一个音乐家！又是在戏院里！即使是个女的跟我这么说，我也不会相信。”

“茜博太太，他会不高兴的！”施穆克见邦斯像条虫似地在床上扭扭捏捏，说道。

“您也别说了！你们俩都是老风流了……丑也不妨碍，俗话说世上没有配不上锅的丑锅盖！茜博都博得整个巴黎最漂亮的牡蛎女的青睐……你们可比他强多了……你们人又好！……算了吧，上帝惩罚你们抛弃了你们的孩子，就像亚伯拉罕！……”

病人已经很虚弱，可还是挣扎着表示不同意。

“不过您放心，您会跟玛土撒拉[①]一样长寿。”

“您能否少说几句。”邦斯嚷叫道，“我从来没人爱！……我没有孩子，我是孤家寡人……”

---

① 玛土撒拉：据《圣经·旧约》玛土撒拉活了九百六十九岁。

“喏，是真话？……”女门房问，“您人这么好；您知道，世上的女人就喜欢这样的人，是善良俘获了她们……所以我觉得您在年轻的时候……”

“快走！”邦斯凑在施穆克耳旁说，“真烦！”

“那施穆克先生，您是有过孩子的吧？……你们这种老单身汉，全都一样……”

“我！”施穆克猛地站起来，嚷叫道，“可是……”

“算了，您也一样，也没有继承人，是不是？你们俩一个样，都像地上长的蘑菇……”

“走吧。”施穆克回答道。

说着，好心的德国人勇敢地拦腰抱起茜博太太，不顾一切地把她拖回到客厅。

［十三］

论玄学

“都这么一把年纪了，还欺侮女人！……”茜博太太边挣扎边说。

“别叫！”

“您，还是最好的呢！”茜博太太说，“啊！跟你们这些从没谈过恋爱的老人说爱情，我是错了！我勾起了您的欲火，魔鬼！”她看见施穆克气得眼冒火光，又嚷叫道，“救命呀！救命呀！有人要无理……”

“混蛋！”德国人答道，“快说，大夫怎么说？……”

“这么粗暴，”茜博太太被松开后，哭泣着说，“可我为了你们俩，都不惜上刀山！哎！真是知人知面不知心！茜博也不会这样！我一直像对待自己的孩子一样对待你们；我没有孩子，昨天，我还跟茜博说，朋友，上帝不给我们孩子，可他心里还是明白的，这不，楼上就有两个孩子需要照顾！就这话，我以上帝的名义，以我母亲发誓，我跟他说过的，确确实实……”

“闭嘴！可大夫到底说了些什么？”施穆克吼着，平生初次这样。

“噢，他呀，”茜博太太把施穆克拉到饭厅，说道，“他说我们这位可爱的病人，假如没人照顾的话就会死；但有我……可您却这样；我还以为您是个温和的人呢，可您竟这么凶！……啊！老头子，您还要折磨女人，大淫魔……”

“大淫魔，我？……您难道就不明白我心里只挂着邦斯？”

“好极了，这么说您以后不会纠缠着我了，”茜博太太对施穆克微微一笑，说道，“您还算明白！否则茜博准会砸烂你的头！”

“好好照料他吧，我的小茜博太太。”施穆克说道，想拉茜博太太的手。

“啊！又来了！”

“请听我说！要是我们能救他的命，我愿把一切都交给您……”

“那我这就去药店，买东西……您要知道，先生，要治他的病可得花很多钱？”

“我去干活！我要邦斯像国王一般生活……”

“我会的，施穆克先生；您呀，就别这么担心了。茜博和我有两千法郎的积蓄，都归你们用了，反正我在这儿花钱也不是一天两天了，……”

“您真是个值得尊敬的好女人！”施穆克抹了一下眼睛，高声道，“善良的人！”

“您的眼泪是对我的尊敬和回报，请把泪水擦干！”茜博太太口气极其夸张，“我是世界上最高尚的人；但进去时千万不要含着眼泪，不然邦斯先生会乱猜想。”

施穆克被这番关心感动了，他拉过茜博太太的手，紧紧地握了一下。

“放过我吧!”以前的牡蛎女朝施穆克脉脉含情地望了一眼，说道。

“邦斯,”善良的德国人进屋后说道，“茜博太太是个好人，虽然啰唆了点。”

“你以为？……一个月以来我敏感了吗?”病人轻轻摇了摇脑袋后回答说，“有了这么多困难，除了上帝和你，我谁也不相信了！……”

“等你康复，我们三个人就可以过好日子!”施穆克道。

“茜博!”看门的女人进了门房，还没喘过气来就急着嚷道，“啊，朋友，我们马上要有钱了！我的两位先生没有继承人，也没有私生子，什么亲人也没有……噢，我一定要上封丹娜太太家去占卜，看看我们能分到多少钱！……”

“我的女人呀,”矮个子裁缝说，“别指望死人会带给你多少好处。”

“哎呀！你还来说我?”她亲热地拍了一下茜博，说道，“我知道事情的原委！布朗先生已经说邦斯先生没救了！我们会有钱的！他的遗嘱一定有我！……让我来计划你做活，看门，你不用再干多久了！我们以后要到巴底涅尔去。会有房子和花园，你每天高高兴兴地去收拾，会有女佣人！……”

“喂，邻居，那上面怎么样了?”雷莫南克问，“您是否打听到那套收藏价值几何?”

“不，不，还没有！别这么性急，我先找关键的事去做……”

“关键的事!”雷莫南克叫道，“还有比这更关键？……”

“哎呀，小毛孩子！让我来指挥。”女门房威严地说。

“总共七十万法郎，您能得三分之一的话，您那后半辈子的日子就好了。”

“雷莫南克老爹，等到我弄清老头收藏的那些东西到底值多少钱，我们再看看……”

到药店买了布朗大夫处方上的药，女门房决定第二天再去封丹娜太太家占卜，心想第二天一大早就去第一个占卜，也许会更准，因为封丹娜太太家人很多。

四十年以来封丹娜太太一直是著名的勒诺尔曼小姐的死敌，可她比勒诺尔曼小姐命长，如今已是玛莱区的女巫，人们根本不知道占卜的女巫对巴黎众多的下层阶级的作用，对无知者在拿主意时所起的影响；在巴黎，厨娘、女门房、情妇、打杂的，凡是靠别人过日子的人，都要去请教那些具有奇妙而神秘的预言能力的特殊人物。对玄学的信仰远比学者、律师、医生、法官和哲学家想象的更为普遍。平民老百姓总是有着一些令人吃惊的本性。其中之一，被人们称为迷信的东西，不仅仅溶入了下层百姓，也常常会出现在上层人物中。在巴黎，找人占卜问卦的政客就很多。对外人来说，判断性星相学（这两个词的组合极为古怪）不过是利用了人们最强的本性之一的好奇心理。因此，他们完全否认占卜之人的命运与行星位形之间建立的对应关系，所谓的行星位形，通过组成星相学的那几种主要方法便可测得。可是，玄学和众多自然现象一样，虽然受到那些只信经验和天平的无神论者或唯物主义哲学家的排斥，它们仍然存在，仍然在蔓延，最多是停滞不前，因为将近两百年以来，这种文化已被社会上的精英分子唾弃。

假如仅仅看到占卜的一面，相信仅凭一副纸牌，经过洗牌、分牌，再由占卜人依据规则分成几份后，就可以直接表现出一个人过去的事和只有他内心的所想，那未免太荒唐可笑了；但是，蒸汽、火药、印刷、眼镜、镌版术等发明，以及最近的一项发明银版摄影术，都被定过可怕的罪名，倘若有人去跟拿破仑说，一座建筑也罢，一个人也罢，在大气中无时无刻都有一个代表它们的形象出现，天下存在的所有物体在大气中也都有一个可以感觉得出，但却看不到的光迹，那拿破仑准会认为他是疯子，就像当初诺曼底人萨洛蒙·德·戈给黎希留送去蒸汽船时，反而遭难，被黎希留送进了比赛特尔疯人院。可是，达盖尔用他的发明证实了全部事实！对某些观察力敏锐的人来说，如果每个人的脸上都有命运的痕迹，脸可作为人体的总的体现，这样，手代表着人的整个身体，为何就不能集中地概括人的命运呢？

由此便产生了手相学。社会不是在模仿上帝吗？对一个先知来说，凭一个人的手相，就能预知他未来的生活，这就像判断一个士兵的战斗力、律师的口才、鞋匠的技巧、农夫的工作一般，并没有更加稀奇古怪的东西。比如说，人的天资是十分明显的，若在巴黎街头走，天才的艺术家是一目了然的。如果是个笨蛋，人们不也可以凭借天才人物给人的感觉完全相反的印象，一目了然呢，但一个太普通的人，人们倒看不出。凡是专门观察巴黎社会的人，他们大抵都能说出行人的职业、身份。十六世纪画家笔下描绘得栩栩如生的那些巫魔夜访的神秘情景，已不足为奇。那个源自印度的奇特民族，那些为波希米亚人之父的埃及人，只不过是麻醉了他的客人罢了。而那扫帚，从烟囱往外飞，以及那形形色色逼真的现象，诸如老婆婆变少妇，舞蹈、乐曲等构成魔鬼信徒那些荒诞不经行为的一切，都可以归结为麻醉品的作用。

现在，许多实际上的事都是从玄学发展起来的，总有那么一天，这些玄学会像化学和天文学等其他自然科学一样。最近，巴黎设立了斯拉夫文，满洲文教席，设立了类似北欧文学一样难以讲授清楚的文学教席，这些教席不仅不能给人授业解惑，反而应该接受必要的教育，教授们也只会重复有关莎士比亚或十六世纪的那些陈腐结论，然而作为古代大学最光辉的学科之一的神秘哲学，却未能在人类学的名目下恢复其昔日的威严。在这方面，德国人已经走在了法国前头，比起那些名目众多，但只不过是一码事的哲学来，这门学问可要有用得多。

有人能从原因的萌芽中看出结果，这就如同伟大的发明家可以从众人熟视无睹的现象中看到一种工业、一门科学，这算不了什么；这好比是精神的梦游。因此，如果说各种预测未来的方式看似荒诞的话，可这却是实际存在的。对于预言家来说，预测未来和猜测过去一样，而在对这一套东西持怀疑态度的人看来，过去和未来都是不可知的。既然已经发生的事情会留下痕迹，那么推测未来的事件有其发生的根源也没有什么奇怪的。只要一位算命先生能精确地向您解释您过去的生活，那么他自然也就可以告诉您那些后果。从这个意义上说，思维世界与物质世界一致；因果作用也是如此，当然也有差异。犹如物体实实在在地投射在大气中，留下一个影子，被银版摄影抓拍思想，这些活生生的创造物，也会印在应称其为思维世界大气的地方，带着自己的影子（为表达一些未知现象，目前只好如此说）在那里存在，因此，那些具备罕见才能的人也就完全可以发现这些思想的遗迹。

至于占卜术所通常使用的方法，只要是问卜者亲手触弄过占卜者借以表现其命运凶吉的工具，那要解释其奥秘所在，就再也轻易不过了。事实上，客观世界的一切都是处于普通的联系之中，任何运动都有它的动因，而任何动因都与整体相联系存在；因此，整体表现在任何一个细微的运动之中。拉伯雷早在三百年前，他就已经将毕达哥拉斯、希波克拉底、阿里斯托芬和但丁的思想浓缩为一句话：“人是小宇宙。”三个世纪后，瑞典的伟大先知斯维登堡又说地球也是一个人。先知和怀疑论的先行者就这样不谋而合。在人的生命中，就如在地球中的生命一样，一切都是命定的。任何偶然性，都归属于此。因此，伟大的事物，理想、灵魂都必然反映在最细小的事物上，而且极其忠实，对一个被叫做波希米亚人、算命先生、江湖骗子之类的占卜者来说，只要一个人洗过一副牌，切过一副牌，那他就必然会在牌上留下他的秘密。只要人们承认必然性，亦即承认一贯性，那判断性星相学就会存在，就会成为过去那样的一门大学问，因为它包含有曾造就过伟人居维埃的演绎法；不过，星相学的演绎是自然的，不似居维埃那位伟大的天才那样，进行无穷的推理。

判断性星相学，亦即占卜术，流行了七百年，它不像如今这样只影响普通人，而是施影响于最伟大的智者、帝王将相和富豪。古代最伟大的动物磁气学，就是从神秘学中发展而来的，就如化学源于炼丹术士的熔炉，颅骨学、相面学、神经学也来源于占卜星相之学；这些科学显然是新兴的，创建这些科学的伟人们跟所有发明家一样，把孤立的事实绝对系统化，而其产生的原因至今还难以找出。以致有一天，天主教会和现代哲学与司法机构禁止通灵术的神秘仪式及通灵术的信徒们，因而在神秘学的流传与研究中断代了。即使如此，平民百姓，尤其是女人，依然在捐助钱款以支持那些能够揭开未来世界真实面纱的人士所拥有的神秘力量，掏钱向他们购买理想和毅力，即宗教的力量。所以，始终有人在从事占卜星相术，当然这也冒着很大的风险。幸亏十八世纪的百科全书提倡宽容，如今的巫师已自由了，除非他们从中欺诈，占卜问卦时进行敲诈，以勒索财物，构成犯罪时才会被投进轻罪法庭问罪。然而可悲的是，在从事这一高超的通灵术时，诈骗和犯罪行为往往会相伴而行。具体的原由如下：

只有笨蛋才会是通灵者。他们就像是上帝选民的圣坛，存放着令人类惊讶的仙丹妙药。正是这些愚笨之人中才产生了预言家、圣彼得、隐士。只要人的思想，自成一体，不消耗在谈天说地、要弄权谋、文学创作、学术研究、行政管理、发明创造、建立军功等方面，那它就能迸发出惊人的强烈火焰，这火焰就像一块未经雕琢的宝石存留着各个刻面的光彩。只要机会来临，这一灵性就会出现，拥有飞越时空的双翅，洞察一切的千里眼。昨天，还是一块普通的煤块，今天，便是一块光彩的宝石，除非上帝显示奇迹，否则这种非凡之力永远都不可能表现出来。正因为这样，占卜者几乎总是那些头脑不大清醒的乞丐，一些外表粗俗的人，在人生之路上遭挤压的石子，经历的只不过是肉体的磨难。所谓预言家、通灵者，就是农夫马丁，他曾经向路易十八道出了只有国王知道的秘密，令皇上惊恐不安；就是勒诺尔曼小姐，或是跟封丹娜太太一样当厨娘，或是一位几乎一点不开窍的黑女人，一个跟牛羊为伍的牧人，或是一位印度的行乞者，坐在浮屠旁苦修其身，把自己的精神修炼得强于梦游的人。

从古到今，玄学家往往都出现在亚洲。这些人在平时往往很普通，在某种意义上发挥着导体的化学和物理功能，时而是惰性的，时而又成为导体；然而一旦他们恢复本性，便会进行占卜活动，结果往往被送进法庭和监狱。纸牌占卜术对平民老百姓有着巨大作用的最后的一个证明，便是可怜的音乐家邦斯先生的命运掌握在封丹娜太太给茜博太太占卜上。

尽管在十九世纪法国社会全史这样一部篇幅巨大、叙述详尽的史书中，必然会有一些重复之处，但封丹娜太太的破屋在《荒唐的喜剧家》中已有描绘，不过，茜博太太走进老坦普尔街的封丹娜太太家时，就像是英国咖啡馆的老主顾去这家店里吃饭一样，轻车熟路。茜博太太问卜的经验已有很多，她常把一些好奇心极强的年轻姑娘或长舌妇领到封丹娜太太家来。

替用纸牌占卜的女巫当执行员的老佣人并没向女主人通报，便开了圣堂之门。

“是茜博太太！……哦，快进来。”她接着说，“没人。”

“哦，小姑娘，你这么一早跑来有何贵干？”女巫师问道。

封丹娜太太当时已经七十八了，她的相貌像个帕尔卡女神①，真是个十足的女巫。

“我心里乱得很，给我占卜一下！”茜博太太大声道，“是关于我的财运。”

于是，她把自己目前的境况作了一番细致的描述，要求看看她那肮脏的心愿能否实现。

“你难道不知道什么才叫占卜吗？”封丹娜太太一本正经地问。

“不知道，我没那么多钱！……一百法郎，请原谅就这么点钱，从哪儿去弄这一百法郎呢？可我今天一定要来个大卦！”

“我不常算大卦的，小姑娘。”封丹娜太太回答说，“通常我只在重要的场合给有钱人算大卦，他们会付给我二十五个金路易②呢；你知道，算大卦会要了我的命呢！那神灵会弄翻天，哦，就在这儿，我肚子里。在赶巫魔夜会！”

“但请听我说，仁慈的封丹娜太太，这可关系到我的前途呢……”

“好吧，凭你给我介绍了许多客人，我就为你去通灵！”封丹娜太

① 帕尔卡女神：掌生、死、命运的三女神之一。
② 金路易：法国货币单位，一个金路易值二十法郎。

太回答道，干瘪的脸上顿时显示出并非假装的恐怖神色。

她离开了壁炉房那张肮脏的旧安乐椅，往一张桌子走去，桌子上铺着绿色毯子，毯子已经磨得可以数出经线，左侧躺着一只大得吓人的癞蛤蟆，紧挨着一只铁笼，笼子门大开着，里面是只羽毛蓬乱的黑母鸡。

“阿斯塔洛！来，乖儿子！”她叫道，并用一根长长的缝衣针在那只蛤蟆的背上轻轻一扎，蛤蟆仿佛心领神会，看了她一眼。“克娄奥巴特小姐！……小心点！”她又在老母鸡的嘴巴上轻轻触了一下，说道。

封丹娜太太屏气凝神，一动不动；那样子就和具僵尸一样，两只眼珠乱转，翻着白眼，然后身子突然一挺，声音低沉地说了一声：

“我来了！”

她木头木脑地给克娄奥巴特撒了点小米，拿起大卦，抖动着双手洗了洗牌，然后深吸一口气，让茜博太太切牌，当活生生的死神戴着恶心的头巾，披着丑陋的短褂，瞧着黑母鸡啄着小米，并支使名叫阿斯塔洛的蛤蟆爬到分开的纸牌上去时，茜博太太禁不住浑身发抖。伟大的信仰与伟大的激情同在。有还是没有年金，这才是问题的关键所在，恰如莎士比亚说过的那样。

[十四]

霍夫曼故事里的一个角色

巫婆翻开一本巫书，用她那阴森可怖的嗓音读了几段，然后详细地审视着余下的小米和蛤蟆往后爬的痕迹，时间过去了七八分钟，她那一对白眼这才看向纸牌，占卜其中的含义。

“你能把事情做好，虽然这件事不一定会如你想象的那般进行下去。”她讲道，“你必须去做很多事情。但是，你并不是做无用功，它将必定有回报，同时，你将来会干很多不好的事，就你而言，正如那些围绕在重病之人身边的人一样，都是想得到他们死后的财产。然而，在干这桩不光彩的事的时候，你可以得到一些重要人物的支持和帮忙……之后，你快死的时候，将会遗憾无比，那是因为将是由两个越狱犯的刀来结束你的生命。他们中一个是有火红头发的年轻人，一个是老头子秃着顶的。为什么会这样结果呢？那就是你和第二个丈夫搬去乡村住之后，那个村子里的人都认为你是很富的……唉，小姑娘，做这种事情，应该要平平稳稳地过生活，还是完全取决于你自己吧。”

皮包骨头的老女巫表面看去十分不近人情的，却在内心激动得不得了，两只黑色的沉陷的眼睛里燃着两堆火，火焰跳跃不止。占卜刚说完，封丹娜太太就感觉一阵发晕，她的神态和被惊醒的梦游者没什么两样。她惊诧地看着周围所有的东西，接着辨认出了茜博太太，她那张脸上写满惊畏。

“哦，小妹妹，”她一下子改了刚才占卜时腔调，叫道：“你快乐吗？……”

茜博太太呆若木鸡似的看看巫婆，没有回答。

“啊！刚刚你要来占卜，我将你看做老顾客，这样只收这一百法郎好了……”

“茜博，不活了？……”女看门人大叫说。

“难道我对你说过很恐怖的事情了吗？……”封丹娜太太幼稚地问道。

“对！……”茜博太太从衣兜拿出一百法郎，摆在桌面上，说，“我将被刀杀死！……”

“呀，看，是你找我要占卜的！但放宽你的心，好了，往往纸牌里算出来这样结果的人并不会都死的。”

“这是真的吗，封丹娜太太？”

“噢！我的小可怜，我可不能肯定。是你自己想偷看未来怎样，我帮你找了把通向未来的钥匙，门就打开了，他自然就到了!”

“他是谁?”茜博太太追问。

“啊，是神灵哪，否则又会是别人吗?”巫婆烦躁地敷衍。

“拜拜，封丹娜太太!”女看门人大叫，“我从没看过占卜，真是令人害怕，啊，不想说它了！……”

“太太三十天也不会再这样算一次!”女仆把女门房一直送到楼梯的平台，说道，“这太累了，对身体有害，会把她累垮了的。她必须马上吃三大块肥猪排，睡上足足三个钟头。”

来到街上，茜博太太的一言一行，都像那些经人指教之后，按照各种指点依计行事的样子。她深信占卜中好的，却怀疑那些不好的部分。第二天，她决定，把每一节都策划好，用计谋让邦斯把他的收藏馆让出一些，好发一笔横财。所以，在很长时间里，她全身心投入地要把一切都调整妥当，从而来完成这个目标。上面我们曾说明过，所有那些粗俗野蛮的人们不懂得如何像上流人那般虚费自己的智慧，他们聚集全部的自身的精力，因此一旦他们下定决心，运用这令人恐惧的机器时，他们的力量是非常巨大和猛烈的。这一现象正好用来形容茜博的表现。一旦人下定决心，像越狱那种不可能的事也会发生，或者在情感上也是如此，这位女看门人也是这样，在贪婪的心态之下，将自己变得像陷入绝地的纽沁根那样勇敢。外表好像无知，心里却像拉巴尔弗利纳那种总是算计别人的人那么狡猾。

过了几天，在某个早晨的七点钟左右，茜博太太看到雷莫南克正在开铺门，就假惺惺故作热情地走了上去。

“如何才能知道堆在那两位先生家里的那些东西到底价值是多少?”她问雷莫南克。

“啊！很简单。”古玩商回答道，他说着满口难听的土话，为了我们小说的清楚明了，的确不应该记录下来，“如果您不跟我耍滑头的话，我愿意推荐一个鉴赏家给您，那人很老实，他了解那些画的价格，简直差不了……”

“什么人呀?”

"马古斯先生，犹太人，现在他做生意不过是为了娱乐罢了。"

埃里·马古斯这个名字在《人间喜剧》中曾多次出现，用不着花笔墨再加说明，现在他已经退隐，停止了古玩古画的生意，而是效仿收藏家邦斯的做法以商人的身份行事。那些名闻遐迩的鉴赏家们，诸如已去世的亨利、健在的皮诺和莫莱先生、戴雷、乔治和洛埃恩先生，还有博物馆的鉴赏家们，和埃里·马古斯相比，全是些小字辈，埃里·马古斯穿透过百年长久的积累的灰尘，能够识别出一件优秀的作品，他可以辨认出各种画派和各个画家的手法和笔法。

他是从波尔多到巴黎的犹太人，在一八三五年从商界脱身出来，但也许是犹太人倾向于保守的民族习惯，和大多数保守的犹太人一样，他至今仍然一副穷酸相。因为中世纪里，由于各方面的迫害，逼得犹太人不得不打扮寒酸，以避别人的注目，并且总是埋怨，又哭又叫，苦不堪言。当然过去那样是无可奈何而为之，但习惯的力量是巨大和深长的，最终便成为这个民族的习俗。埃里·马古斯做任何买卖，例如钻石、古画、花边、高级的古董、珐琅、精美的雕刻、古代的金银器等，出出进进，买卖越来越红火，发了横财，可他的家底有多大，谁也猜不到。的确，巴黎汇集了世界上几乎所有的珍宝古玩，二十年来，城里增加了十倍多的古董商。讲到画，只有罗马、伦敦和巴黎三座城市才可以进行买卖。

埃里·马古斯所住的米尼姆路，是一条很小的街，但有着宽敞的路面，直通到罗亚尔广场。他的一座古宅在街上，像人们说的那样，那古宅是一八三一年花价值很小的钱买的。这座豪华的建筑物里有一套路易十五时代装潢得最为富丽的房间，原因是这原是莫朗占尔的府邸。这位赫赫有名的审计院长所盖的房子，还有他的荣耀的身份，在大革命中的这座建筑竟完好无缺，然而老犹太人打破犹太人一向的习惯，下定决心要买下这房子，那就请别怀疑，他一定有自己的理由。和我们所有人相同，老人最后都不免会染上一种奇特的偏爱。虽然他的悭吝不下于已经去世的好友高布赛克，但仍无法抗拒宝物的引诱，涉足于古董生意；他的品位进而发展为十分苛刻，就像这样的嗜好，国王才可能据有，同时这些国王富有，而且有鉴赏力。他简直跟普鲁士的第二个国王是一母同胞，普鲁士国王挑选他的掷弹手，让他满意的对象必须得身高六尺，一旦让他选上，他就偏执地不惜一切代价把他弄到他的那所掷弹手博物馆；而我们这位已退休的古董商人的兴致所在是那些杰作，但却是画家的原作，并且是杰作。所以，每次到大拍卖的时候，埃里·马古斯每场必到，足迹几乎遍及整个欧洲。这颗心已经因为利欲的作用变得铁石心肠，可一看见珍贵的正品，就会怦然心动，完全像一个厌倦了女人的色鬼，一见到绝世美人，仍会不能自禁。这位爱画如命的埃里·马古斯，这个狂热的理想追求者，在他欣赏艺术的同时得到了比吝啬鬼见到金子更高级的满足和享受。他的周围全是名画！

他的珍宝储藏室，就像国王公主的寝宫，占据了整个二楼。经埃里·马古斯精心装饰的房子，看上去那样的高贵、豪华，全威尼斯最漂亮的绣金窗帘挂在了窗子上。萨伏纳里地毯铺在镶木的地板上。近百幅名画全配上了光彩耀人的画框，每个画框都被细致地重新描过金，那是塞尔维亲自描的，别有一番情致。埃里看来，塞尔维是全巴黎仅有的一位真诚的描金匠，老犹太人手把手教他使用英国金，这种金比起法国金工制作的那种要好上千倍。描金这一行中，塞尔维的地位很高，就像图弗南在装订业的地位那样无人可比，同时他也是一位热爱自己作品的真正的艺术家。整栋房子的每个窗户都装有钉铁皮的护窗板。埃里·马古斯自己却住在顶楼三层的两个房间里，那儿的家具都很简陋，放满了破烂的旧衣服，散放着犹太人所固有的味道，虽然他人已经老了，可却仍旧保存着过去旧有的生活方式。

犹太人的商品画和从国外运来的一箱箱的东西堆满了底层，还有一个极大的画室，莫莱几乎就在这儿专门为他做活，可作为现代最巧妙的古画修复大师的莫莱，原本应由美术馆去聘用的。他女儿的一套房间也在底楼，女儿是他这个犹太人老年时期出生的，当然是犹太人了，她像其他犹太姑娘一样，生得美丽动人，充分体现了亚洲人种的那份高雅与纯洁。两位细心的犹太女佣负责照料着诺埃弥，还有一个叫阿布朗戈的波兰犹太人为她做把门的前哨。阿布朗戈曾经莫名其妙地被卷入了波兰事件，埃里·马古斯出于各种考虑，救了他一条命。平日里，阿布朗戈守着这座没有生气，荒漠城堡般阴森的房子，待在门房里面，管着三条异常凶猛的狗：一条是比利牛斯山狗；一条是纽芬兰狗；另一条是英国种的猎狗。

下面便能知道，犹太人有何等小心谨慎的防范措施，这样他便能够毫不担心地旅游，踏踏实实地睡大觉，不用担心别人会来暗害他心疼的女儿，或者来偷取他的画和他的金子。阿布朗戈的佣金每年递增两百法郎，但只怕等马古斯死后他就没有进项，幸好，马古斯教会他如何在居民区放高利贷谋生。不论什么人来，阿布朗戈都会透过门房那装着粗粗铁栏杆的小窗户去看一下。这个看门人跟赫拉克勒斯一般强壮，他十分敬重马古斯，就像桑乔·潘沙待唐·吉诃德一般。而那三条狗白天都被关着、饿着；只有晚上，阿布朗戈才把它们放出来，按照老犹太人奸猾的安排，让一条狗守在花园的一根柱子下，把肉挂在柱子上；另一条狗守在院子里的一根同样的柱子下；最后一条守在底层的大厅里。你们当然能够明白，这些狗的本能便是守家的，现在又让饥饿折磨得不行，所以，即便看见一条标准的母狗，它们也不会放弃那夺彩竿下的责任；它们更不会玩忽职守吃其他人的东西。如果什么人来了，这三条狗一定会以为那是来抢夺食物的，因为那杆子上的肉要到第二天清早阿布朗戈醒来后，才会拿下来。这套狠毒的办法有一个很大的好处，那就是这几条狗几乎从不叫，马古斯凭自己的计谋已经给它们恢复了原始本性，如莫希干人那般凶狠奸诈。后来的某一天，有几个坏蛋觉得房子静悄悄的，起了坏心思，胆子也大起来，便不多加思索，以为这下一定可以把犹太人的钱箱洗劫一空。其中一个被安排打前阵，爬上花园的围墙，想往下边跳，熬狗也听到了这个响动，却安静地等那人。待到那家伙的脚靠近了，它突然大口一张咬下去，吞吃进了肚里。那贼居然还能鼓足勇气又忍疼翻过墙头，拖着他那条仅余骨头的腿一直跑进同伙的怀中才昏倒，最终给抬走。《司法报》当然也会登载这么好的巴黎夜新闻，倒也成了捧场的谈资。

今年马古斯已经七十五岁了，可是这老头很有活到一百岁的可能。他的生活方式跟雷莫南克兄妹颇为相似。把给女儿的钱也算在其中的话，花费仍低于三千法郎。这个老人是世上生活最规矩的人了。每天清早起床后先吃一点抹着蒜泥的面包，这就算是午餐了，然后便一直能挨到吃晚饭。晚餐也同样简单，就像是修道院里的吃食，全家都在一起用餐。怪老头起床后到中午的这段时间，就在那间摆满了耀眼的宝贝的屋子里走过来走过去，又走过来走过去……先动手掸干净家具和画上面的浮尘，然后就开始享受他的东西，一沉浸于其中就再也没有摆脱出来的时候了。接着，他会下楼跑到他女儿房里去，为身为父亲而幸福快乐；最后，他出门去在巴黎到处跑跑，观察一下拍卖的盛况，以及参加各种展览等等。要是瞧见了一件正合他心意的宝物，他就浑身来了劲，开始策划、行动，又有马伦戈战很可以让他有用武之地了。他花样百出，使尽手段，非要用便宜的价钱将新看上的贵妃弄回他的后宫不可。马古斯有一张标明欧洲各处藏宝情况的详细地图。他委托各地的同伙帮他打探消息，自然也要付给奖赏。但是，花了这么大的心血，必定会有令人惊叹的收获！

拉斐尔有两幅画下落不明，拉斐尔迷们苦苦地到处寻访，但它们就在马古斯手中。他手上还有那幅名叫《乔尔乔涅情人》的真迹，当年画家就是为了画中女子而殉情。至于眼前所讲的那些真迹，则不过是马古斯手中所有的这幅名画的仿制品。根据马古斯的估计，此画价值五十万法郎。此外，提香的名作《基督葬礼》也在犹太人手中，这是提香专门为查理五世画的，当时大画家派人送该画给天皇时还附有一封亲笔信，这封信现在就在画的下角贴着。马古斯还藏有提香的另一幅真迹，此画是腓力二世肖像画的依据。另外九十七幅画也都具有同样的气派和名声。所以，马古斯对我们的美术馆横加嘲讽。因为从玻璃窗射进馆里的阳光把最美丽的作品都损坏掉了。玻璃就像个凹凸镜，画廊只能从顶上取光。每次收藏馆的护窗都由马古斯亲自启闭。对于他的画，就像是对待他的另一件宝物——他的女儿一样，他简直是无微不至了。啊！老画迷对名画之道了解得十分透彻。在他的眼里，每一件名作都是活生生的个体，而且每天都在发生着变化。它们的美来自于光线，光线将不同的色彩赋予了它们。说到他的画，他就像以前提起自己郁金香的荷兰人一样；而且，他总是在一定的时间，当晴空万里，某幅名画光彩耀眼之时，再来观赏此画。

这个老头儿身材矮小，上身穿着一件廉价的大褂子，里面衬的那件丝绸背心已经有十个年头的历史了，下面则穿着一条脏兮兮的裤子。秃顶，面孔深陷，胡子微微抖动着，白色的胡须硬蓬蓬地挺着，尖下巴显得咄咄逼人的神色，牙齿一颗也没了，嘴巴瘪着，眼睛亮得像狗眼，两只枯瘦得像干柴棒的手，一个像尖钩一样的鼻子，皮肤粗糙冰冷，一个犹太人置身于他的三百万家产之中，这幅景观就永远是人们所能提供的景象中最美妙的一幅了，他看着这些天才的奇妙杰作，眉眼都在笑，就像是一幅幅静止不动的画中，站着一幅活图画，世界上，这类心中有某种特殊信仰的怪物在巴黎这座城市是最为常见。伦敦的怪物最终会像厌恶自己的生活一样厌恶自己的癖好；而在巴黎，狂人与癖好心心相印，永结同心，过得十分快乐。你经常能碰到像邦斯、埃里·马古斯此类的人物，衣衫寒酸，鼻子总是往两边翘，就像法兰西学院的常任秘书一样！看上去很像对一切都毫不在乎的样子。女人和橱窗都不是他们关注的对象。一路走去，好像漫无目的地闲逛，口袋和脑子里都是空空的。一瞧见这种人，你一定会为他们属于巴黎的哪个部落而费心思。噢，他们可都是百万富翁，收藏家，地球上最热情的狂人。为了一只杯子、一幅画，或一件稀奇的东西，他们甚至不惜上轻罪法庭受审判，闹个身败名裂，这种事情埃里·马古斯在德国就已经尝试过了。

这位就是雷莫南克领着茜博太太去求见的神秘专家。只要逛街时能碰上埃里·马古斯，雷莫南克总要向他讨教一二。犹太人也许多次通过阿布朗戈把钱借给这个老伙计，因为他了解此人的可靠程度。米尼姆距离诺曼底街只有两步路；所以，十分钟都没用完，两个想显显本事的同谋者便到了那儿。

“您将要见到的是巴黎最有钱的老古董商，优秀的古董专家……”

雷莫南克告诉茜博太太。

这下子茜博太太可几乎呆了，就他？眼前的这个小老头穿着的那件上褂连茜博也不屑于去修补它呢！他正在看着那位在底层冷冰冰的大厅里全神贯注修补古画的古画修复师。当茜博太太碰上了那两只像猫一样狡猾的眼睛射出来的那股冰冷的目光时，她不禁浑身直发抖。

“您有什么事吗，莫雷南克？”他问道。

“有一批画需要您定个价码，全巴黎只有您才能告诉像我这样一个可怜的锅商可以给那些画出什么价，我又不像您那样有成千上万的家财！”

“画在哪儿呢？”

“这位就是替那位先生看门的，她还替那位先生做杂务，我和她都说妥了……”

“货主的姓名？”

“邦斯先生。”茜博太太回答道。

“我不认识这个人。”马古斯说道。一副直率的模样，同时轻轻地在那位修补古画的画家的脚上踩了一下。

画家莫莱知道邦斯收藏馆的珍贵，他突然抬头。这种手段也就只有在雷莫南克和茜博太太身上耍两下，犹太老狐狸的眼睛就像称黄金的天平，只消一眼就掂出了女门房的价值。这两个人肯定不知道邦斯和马古斯之间常常进行的私下争斗。两位冷酷的收藏家一直都在嫉妒对方。所以，刚才犹太人是心中一喜，他从来也没有奢求能踏进邦斯那个森严的后宫。在巴黎，能与马古斯收藏馆相抗衡的只有邦斯收藏馆。犹太人收藏古董的历史比邦斯足足少了二十年；可因为他既是收藏家又是商人，邦斯的收藏馆他根本看不到，对杜索姆拉尔也一样，邦斯和马古斯俩人心中同样都有嫉妒，但他们却又都不喜欢那些画廊的主人们的沽名钓誉。对于埃里·马古斯而言，能有机会细细观赏老音乐家那些无与伦比的藏品，实在是一种莫大的幸福，这就好像一位追逐女人的浪荡子，尽管朋友一再对其隐瞒，但他们仍然潜入了那位朋友的美丽情妇的香闺之中。雷莫南克十分敬重这位怪人，凡是真实的力量，都具有诱惑力，这使得女门房也格外温驯。平日她在门房里对待房客及那两位先生的粗野口气不见了，答应当天就行动，一定把他领进邦斯的收藏馆。这无异于将敌人引进阵地中心，给邦斯致命一击，十年来，邦斯从来都不准备茜博太太让任何人进家，家里的钥匙都由他自己掌握。由于这女人对古董的看法与施穆克的完全一致，于是也就答应了。事实上是，在善良的施穆克看来，邦斯的这些宝贝只是小东西，他因邦斯的癖好而感到遗憾，无形当中使女门房也这样，从而使邦斯收藏馆在很久没有外人的进入。

自从邦斯倒在病床上之后，施穆克便接替了他在戏院和寄宿学校的工作。可怜的德国人忙得只能在早上和吃晚饭的时间见上朋友一面，尽全力把一切事情安排好，以便保住他们原先的主顾。可是他心里实在太痛苦了，再加上这么多的事，弄得他累极了。寄宿学校的女学生和戏院的人常常向施穆克打听消息，钢琴家那悲痛的样子打动了每一个人，连那些铁石心肠的人也好像听到了最大的不幸出现时那样同情他们。善良的德国人和邦斯一样，受到了打击，他同时承受着自己和朋友的双重痛苦。所以，每次讲课时，有一半时间他们是讲邦斯；有时他突然就中途停止了讲课，挂念起朋友的病来了，年轻的女学生们也静静地听他解释邦斯的病情。他常常趁课间休息时跑回诺曼底街，抽空看看邦斯。茜博太太在这半个月来故意多用治疗费，钱用光了，她连连向施穆克要。德国人惊恐不安，但他却发现这次自己竟能控制住这种惊恐。他竟然生平第一次想到仅仅为了家里要挣钱，当一位女学生真心感动了，问邦斯一个人病着，施穆克怎么能忍心的呢？施穆克就像个被蒙蔽的老实人，笑容纯洁地回答道：

“小姐，有茜搏太太！她可是个宝贝！邦斯让她侍候得很舒服。”

可是，施穆克一出门，这家和这病人都随着茜博太太支配。这半个月来，邦斯没吃什么东西病着躺在床上。茜博太太铺床时只能扶他起来，到一旁的安乐椅上坐一会儿，这样的身体，邦斯对茜博太太也没办法，不消说，茜博太太必定是趁施穆克吃饭的时候去埃里·马古斯家的。

茜博太太回来时，正好是德国人和朋友告别。自从她知道邦斯可能有钱之后，就再也没有离开过，总是守在他身边，像在孵小鸡似的！她在床前的那张舒适的安乐椅上坐下来，跟邦斯聊一些闲话，逗邦斯开心。下面我们能够看到，这个女人竟然会变得又温柔，又细心，而且还老是替别人着想，总之变得相当讨人喜欢，用马基雅维里的手腕，在邦斯老人的心中给自己占据了一个地方。

[十五]

女门房的家常话和手段

自从听了封丹娜太太的那一大卦以后，茜博太太暗暗下定了决心；手段必须要软，要用以纯粹道义性为名，实现她的最终目标：让自己的名字能出现在先生的遗嘱上。十年以来她从不知道邦斯收藏馆的价值，在今天看来，不正是十载的忠诚、十载的无私的表现吗？她要求不高，只求这些钱能到手。从那一晚雷莫南克的一句金玉良言唤醒她心里蛰伏了二十五年的贪欲后，她就用心中所有邪恶的念头来培育它。下面就是她如何来实施这条蛇出的主意的全过程。

“唉，他喝点什么了吗，咱们的好人？他好点了吗?”她问施穆克。

“不，我亲爱的茜博太太!”德国人眼泪汪汪的。

“噢！您别太着急了，我的好先生，凡事要看得开……就算茜博死了我也不会像您这样哭哭啼啼的。得了！我们的好人身体棒着呢。再说，他以前不是很讲道德吗？这样的人的寿命可长着呢！他现在的确病得很重，这没错，可有我在这儿照顾他，就没事，做您的事吧，让我来陪他，让他把大麦水喝了。”

“如果没有您，我可不知怎么办才好……”施穆克紧紧地握了一下这位好主妇的手，以示感激。

茜博太太走进了邦斯的房间，手抹着眼泪。

“您怎么了，茜博太太？”邦斯问。

“都怪施穆克先生，他在为您哭呢，好像您死了一样！”她回答说，“尽管您身子没大好，可还不至于会死。可是这感染到了我！天哪，我怎么这么傻，就这么喜欢着您，牵挂您，对您比茜博还挂心了！可您归根到底跟我什么关系也没有啊，除了老祖宗都是夏娃之外，哎，说句老实话，只要提到您，我心里就像一团乱麻，什么也想不了了。只要能看到您生龙活虎地走动、吃饭、搞古董，就算砍掉我的一只手也甘愿哪。当然是砍右手，就当着您的面砍……要是我有孩子的话，我想我的爱也只不过如此，没错：来，喝吧，宝贝，满满一杯！您喝呀，先生！布朗大夫说过：要是邦斯先生不想被抬到拉雷兹神父公墓去，他就得多喝水，他得多喝！所以，您就快喝吧！喝哪！”

“可我正在喝哪，我的好茜博太太……喝这么多水，我的胃都快受不了了……”

“好，这就好！”女门房接过了空杯子，说，“布朗大夫有个病人跟您一模一样。他的孩子不管他，没人照料他，没有水喝，结果就病死了！……您瞧，得喝水，我的小宝贝……两个月前才刚埋了那个人……您知道，先生，如果您死了，那么那个好心汉施穆克也就活不长了……他就跟个孩子一样，说实话。啊！他是那么爱你啊，那人就像羊羔似的！就算是个女人，也没见过这么热烈的爱哪！……喝不下，也吃不下，半个月来和您一样瘦了好多，都快皮包骨头了……我看了这都嫉妒了，因为我跟他一样爱您，可胃口的变化却恰恰相反！因为一天到晚楼上楼下跑，每天晚上我的腿都死沉死沉的。可怜的茜博，我甚至为了照顾您都顾不上照顾他了！他的吃喝只好让雷莫南克小姐料理，他一个劲地向我吐苦水，因为饭菜的味道糟透了。我呢，我只能告诉他，咱们得懂得为别人生活，您病成了这个样子，我要是丢下您那还能算人吗……你又不宽裕，也请不起专门的女看护！我给您当了快十多年管家了，真还见不得您身边多出一个女看护来呢……

那些婆娘就靠一张嘴巴，吃起饭来一个顶十，要酒要糖要火炉，什么都图享受……如果她们的名字没能登上主人的遗嘱，她们甚至还会偷……幸亏您没有请个女看护来这儿，要不您不定明儿就发现丢了幅画或其他什么东西……”

“茜博太太!”邦斯难以自持，激动得叫起来，“别留下我一个人！……谁也不许动我的东西！……”

“我在这儿呢!”茜博太太说，“只要我有一口气，就绝不会离开您身边……放宽心吧！我猜布朗先生对您的宝贝好像有什么鬼念头，他不就是想派个女看护来照顾您吗？……我回绝了他，‘邦斯先生只要我，他知道我的习惯，我也了解他的……’就这么着，我说得他一声也不吭了，受雇照顾病人的女看护，个个都偷鸡摸狗。我最恨的就是这种女人！……她们才奸着呢。有位老先生……这事还是布朗先生告诉我的呢……——对啦，有个三十六岁的萨巴迪埃太太，以前王宫市场那个卖鞋的——您知道王宫那儿以前有个市场，已经拆了……”

邦斯点了点头。

“哦……那女人哪，命不好，丈夫是个酒鬼，中风死了！可她这人长得确实漂亮，但这相貌没什么用，虽然人家说她的朋友很多，是律师……就这样，因为苦命，她专门替人家看护产妇，家在巴尔杜贝克街。后来，她给一位得了尿道毛病的老先生当看护，给他导尿非常小心，就像阿图瓦人打井一样。为了好好照顾，那女人只能在老先生的房里搭起了一张帆布床。说出来是没人能相信这些事的！您或许会说：‘男人没有一个会不偷腥的！他们都是些自私的家伙!’反正，您是可以理解这事的。那女人就跟那位老先生聊天，给他解闷，逗他说话，就像咱们现在这样……最后，她知道这男人有几个魔鬼化身的侄子，让他受了很多罪，说到底，我亲爱的先生，那女人救了老先生，俩人结了婚，还生了个漂亮的孩子！那女人的亲戚布尔德旺太太是夏尔洛街的肉铺老板娘，她当了孩子的教母……这回可是福临满门呀！……我也嫁了个丈夫，可就是没有孩子。我得说，这全怪茜博他太爱我了；因为，如果我……算了。拖儿带女的日子可怎么过呢；我和茜博为人老实，这三十年来口袋里没留下一个子，我的先生。可我心里安稳，因为我从没拿过别人一里亚①的东西，也没做过一件亏心事！……打个比方，反正也没啥关系，因为过不了六个星期，您肯定能健健康康地在街上溜达了。哦，比方说，就算您把我也写进遗嘱里去，我也不会心安，非把钱全还给您的继承人不可……没被汗水浸湿的钱，我拿着心里就害怕……您会劝我说：'可茜博太太哪，您别跟自己过不去；这钱是您辛辛苦苦挣来的。您对待那些先生们是那样尽心尽力，比待自己的孩子还好，一年您就给他们省下一千法郎……'您知道，像我这个位置的人，手里有万把法郎的厨娘四处可见。就当是假设，有人也会这么说，那个受人尊敬的先生留给您一小笔养老金，也是理所当然的嘛！……噢，我才不图这些东西呢……我可实在弄不明白那种为了贪图小利而做好事的女人……这就算不上行善了，先生您说对吗？……我是从来不上教堂的！因为我太忙了！可我的良心会指引我去做好事……哦，我的小猫咪，千万别乱动！……别在身上乱抓！天哪，您的脸怎么这么黄呀！都快变成棕色了……短短二十天，人就会黄得像个柠檬，这实在太不可思议了……老实是穷苦人的珍宝，不管谁都得有点自己的东西！就当是假设，如果您的岁数到了，我头一个会对您说，您该让施穆克先生继承所有属于您的东西。先生，这是您的义务，因为您整个家都只属于他一个人！他对您的爱啊，就像狗对他主人的爱一个样。"

"当然！当然！"邦斯说，"我这辈子就他一个人爱我……"

"啊？先生，"茜博太太说，"您这么说就不太对了。您忘了我吗，我就不爱您了？……"

"我不是这个意思，我亲爱的茜博太太……"

"算了！在您眼里，我只是个女佣人，一般的厨娘，就像我没肝没肺的！哦，天哪！十一年来担惊受怕，就为了两个老光棍！照顾他们可真是全心全意的啊：跑上十来家小店，人家都说起闲话来了，就

---

① 里亚：法国古铜币名，一里亚等于四分之一苏。

为了给他们找到一块好布里奶酪；我甚至还跑到中央菜市场里面，就为了你们能为黄油的新鲜而露出满意的笑容！做什么事都得小心翼翼，十年来我没摔过你一件东西，连角都没碰坏过……这不是母亲对孩子的样子吗？结果倒好，只落得个‘我亲爱的茜博太太’！先生根本就不把你当成回事，可你却把他看成是位王子，就连小罗马王也比不上他！这一点我敢打赌！他那么早就死了，这就是明证！……唉，先生，您太不公平了……您根本就是恩将仇报！不就是为了我是个看门的老太婆！哦，原来您竟然也认为我们这些人全都是狗！……”

“不，天哪，我亲爱的茜博太太……”

“说到底，您也知书达理。您就说说看，为什么我们这些看门的就是让别人讥笑的对象，凭什么说我们冷酷无情？这世道不是在讲公平的吗？……我为什么就是不值得别人爱的女人！以前我可是全巴黎最漂亮的姑娘，大家都管我叫牡蛎美人。向我求爱的人多得不得了，每天都有七八个人约我……只要我愿意！噢，先生，对门那个卖破铜烂铁的矮男人您知道吧，他一见到我，就把眼睛瞪得比铜铃还大。就算假设，要是我成了寡妇，他非跑着来娶我不可。他每天都对我说：‘茜博太太，您的胳膊太美了！……我昨晚做梦梦见您了。您的胳膊变成了面包，而我则是躺在上面的黄油！……’瞧，先生，您看看这两只胳膊！……”

衣袖卷起后，两只世界上最漂亮的胳膊露了出来。别瞧她的手又红又干巴，可她的胳膊却白得出奇，滋润得离谱；从这普普通通的美利奴粗呢衣袖里伸出来的这两只胳膊，相当丰满，还有小窝窝，就像出鞘的利剑，亮得让邦斯眼花缭乱，哪儿还敢细看呢。

“我的刀劈开过多少牡蛎，这两条胳膊就曾打动过很多人！瞧哪，这是属于茜博的。只要我一声吩咐，这可怜的人为了我一定会从悬崖上往下跳，他也宁可粉身碎骨。可我呢，为了您，抛下他不管不问；什么难事我都帮您办到，可却换来您的一声‘我亲爱的茜博太太’……”

“请让我说句话，”病人说，“我总不能管您叫我的母亲，我的妻子……”

“不，这一辈子，不会再关心别人了！……”

“可请您听我说！”邦斯接着说，“噢，我刚才正在讲的是施穆克。”

“施穆克先生！对，他是好人，”她说道，“没错，他是爱我的，因为他没钱！有了钱，人就会变了心；您有钱，您尽可以去雇个女人来侍候您啊！去吧，看看她会怎么对您！您会被折磨得像条鳃角金鱼！……医生不是让您多喝水吗？那她肯定什么都不给您，让您死，好夺您的家产！您啊，根本就不配茜博太太的侍候！……得了，布朗先生来的时候，您可以请他给您找个女看护来！”

“唉，该死！您就不能让我说完吗！”病人生气地嚷嚷了起来，“我说的是我的朋友施穆克，谁说什么女看护来了！……我的心就像明镜似的，这世上爱我的，就您和施穆克了！……”

“您别这么生气好不好！”茜博太太也叫，扑过去让邦斯睡下。

“我难道不爱您吗？……”可怜的邦斯说道。

“您爱我，这，是真的吗？……哦，算了，算了，真抱歉，先生！”她边抹着眼泪边说道，“哦，好了，您是爱我的，实际上就像主仆……朝仆人扔个六百法郎的养老金，就像给狗扔东西！……”

“啊！茜博太太！”邦斯又叫了起来，“您把我看成什么人了？您对我一无所知！”

“是！您是比较爱我！”她见邦斯望了她一眼，就接着说，“您像爱母亲那样爱好心的胖茜博太太，对不对？唉，是的，我是您母亲，你们俩的母亲！……我的孩子，哦！要是让我知道谁给您受的这个气，我非挖掉他们的眼珠子！就算要我坐牢！……那些该死的家伙，砍头都轻饶了他们！您这么好，心肠又软，您的心跟金子一样珍贵！上帝创造您并送你来到这个世上，是为了让您给一个女人幸福的……是的，她一定会如愿以偿的……很明显，您就是这样的人……打从见您那样对待施穆克，您待他那么好，我心里就想：‘不，邦斯先生是白活了这一辈子！他是先生的一个好丈夫……是的，您生来是爱女人的！’”

“唉！是的，”邦斯说，“可是我从来不曾拥有过女人……”

“真的吗？”茜博太太嗓门很大，勾引似的靠近邦斯，拿起了他的手，“您不知道有一个温柔体贴的妻子是种什么生活吗？如果我是您，不尝到这世间最大的快乐，我就绝不会死！……可怜的小心肝！如果我跟当年一样漂亮，老实说，我一定马上抛弃茜博跟着您！可是您长着这么一个鼻子是多么神气啊，哦，我的小天使，您是怎么回事呢？……您是不是要告诉我，不是每个女人都能了解男人的！……她们那种随便的婚姻，真是不幸极了。您一定有不少情妇，像什么舞女、戏子、公爵夫人的……您不是老出门嘛。我总在您出去后对茜博说：‘邦斯先生又去那些不要脸的地方啦！’这话千真万确！我是这么说的，因为我认定您被许多女人所爱着！老天爷就是为了让您得到爱才创造您的。……我的好先生，您第一次留在家里吃晚饭时我就发现这一点了。嗬，施穆克先生有多快乐啊！第二天他还流了泪呢，就是因为高兴。‘茜博太太，他留在家里吃晚饭。’我也傻乎乎地跟着哭了。后来，您又去城里闲逛了，他真是伤心极了！啊，您让他做继承人的决定是正确的！对，这个好人，这位可爱的男人，他就是您的家！……千万别忘了他，要不上帝是不会准许您进天堂的；只有那些对朋友忠心，为他们留下年金，使他们衣食无忧的人，才被上帝允许进天堂。”

邦斯不断尝试着插进嘴去回答，可怎么也没法让茜博太太说话的那张嘴停下来。再者说，虽然人们有办法让蒸汽机停止转动；可是想让一个看门女人不说话，恐怕最厉害的发明家也做不到。

“您想说的话我全知道。”茜博太太说，“我亲爱的先生，在生病时立好遗嘱是没坏处的；总得预防个万一啊，可是您就丢不下这个可怜的人。他什么都不懂，要是落到那群如狼似虎的亲戚和贪得无厌的生意人手里，那可怎么办啊！瞧，这二十年里有过来看望您的人吗？……您难道把财产都留给这些人！我听说这儿的每件东西都值钱，您知道吗？”

“我知道。”邦斯说。

“雷莫南克自己是个旧货商，可他知道您是个收藏家。他跟我说，只要您能把这些画在您走后留给他，他愿意给您三万法郎的年金……我觉得这可是桩好买卖，换了我一定要做的！可是我觉得他对我说这些话好像是在嘲笑我……您得好好提醒一下施穆克先生，他这人就像个孩子一样，太容易让人欺骗了。您得让他知道这所有的东西都是宝贝！您这些宝贝到底能值多少钱，他可是一点概念都没有！事实上，他根本就不会放在心上。他会把这些东西一辈子都留着，那是出于对您的爱而不是对这些美丽玩意儿的欣赏；如果不是为了您，他肯定会把它们当成一块面包送给别人的，要是他还活在世上的话。您一死，他的命也不会长的！可是，还有我呢！我会好好保护他的，会帮他！……有我和茜博呢。”

“亲爱的茜博太太，”这番可怕的表白还真打动了邦斯的心，因为平凡百姓说话的感情好像都显得非常天真，“要是没有您和施穆克，我真不知道该怎么办！”

“啊！这世上您的确就只有我们，您唯一的这两个朋友了！这确是事实！但是，两颗圣洁的心里胜过所有的亲属。别跟我提什么亲戚！以前那个演员不是说过吗：亲属就像是人的舌头，是这世界上最好的，但同时也是最坏的东西……对了，您的亲戚都在哪儿呢？你有吗？有亲戚吗？……我从来都没有看见过……”

“我之所以躺在病床上，就是他们把我气倒的！”邦斯叫道，神情万分悲伤。

“啊！您有亲戚！……”好像安乐椅忽然变成了一块烧红的铬铁，让茜博太太腾地站了起来，“哎哟，他们可怎么这么客气，您的那些亲戚！算什么事哪！到今天早上为止您病倒了整整二十天了，都快死了，可连一个他们的人影也没瞧见！这，他们也实在太过分了！……如果是我，我宁可把财产奉献给育婴堂，也绝不给这群魔鬼！”

“哦，亲爱的茜博太太，我想把自己的一切全都留给我的小外孙女儿，她是我嫡亲堂侄的女儿。您知道，我堂侄就是卡缪佐庭长，两个月前的早上来过这儿的那个法官。”

“啊！那个叫下人到这儿来替他老婆赔礼道歉的那个小矮胖子！……那个……那个贴身女佣一个劲地向我打听您的情况呢！那真是个老巫婆，居然还披着件丝绒短斗篷。我真恨不得用扫帚柄给她的好衣服打打灰！哪儿听见过女佣穿丝绒斗篷的！我发誓，这个世道全都颠倒了！革命到底是为什么呢？叫花子有了钱，如果有本事的话，那就去吃两顿夜宵吧！可法律能有什么用呢，连路易·菲利普都自身难保，这世上究竟还有什么能算得上神圣呢？因为说到底，既然我，茜博太太，一个老老实实做了三十年工的女人都没有那东西，而法律又说我们都是平等的话，一个女仆又怎么能穿丝绒斗篷呢？……这可真是够绝的！一个人干什么是能从他的身上看出来的；像我，就是个看门的；女佣人就应该穿女佣人的衣服！要不当兵的人们为什么要在肩上佩着肩章，披着菠菜形状的流苏呢？各人有各等嘛！我干脆明说了，告诉您吧，法国算是完了！……先生，皇帝在时的情况可跟现在大不一样，你说是吧？我当时就告诉茜博说：喏，你瞧见了吧，家里的女佣人居然能披着丝绒短丝篷！单看这一点，就知道这家的人保准全都没心没肝的……”

“没心没肝！一点不错。”邦斯答道。

于是，邦斯终于将自己的事，一股脑儿地倾诉给了茜博太太听。听着这个悲惨的故事，茜博太太忍不住咒骂，表示最最真切的同情。最后，茜博太太哭了！

只要稍微了解一下这个单身汉现今的处境，就能够明白为什么邦斯和茜博太太之间产生了这么浓厚的亲情，想想看吧，生平第一次遭受病魔的如此折磨，病床成了无法逃脱的受刑场；总是茕茕孑立，形影相吊。日子难挨，再加上肝病痛苦，感觉到的煎熬就更加难挨了。因为，正是这病葬送了他最美满的生活，而过去那忙碌充实的日子将现今的无事可做显得更为突出了，进而陷入了巴黎人那种颓废之中，满脑子都走马观灯似的播放着巴黎那些免费观赏的美丽风景。这种无人能够分担的沉重的孤独和痛苦使精神受到了比肉体更为严重的打击。宛如一个落水的人紧抓住一根稻草，不肯松手一样，生活的空虚苦闷逼迫着单身汉抓住身边任何一只似乎友善的手。原本就生性懦弱，极易轻信别人的邦斯，心满意足地听着茜博太太跟他扯的那些鬼话，全身心都依赖于这个心怀鬼胎的女人了。现在，施穆克、茜博太太、布朗医生对他而言就是整个人类；狭小的睡房就是宇宙。人一旦得了病，行动不便，就会一天比一天更把注意力移到视力可及的范围之中；同时他平常隐藏着的自私心也充分地表现了出来，依恋房间的任何东西了。那么，像邦斯这样一个没人关心、一生也没有过爱的单身汉老头来说，这种依恋的强烈程度，自然可想而知了。病了二十天，有时邦斯甚至为没有娶玛德莱娜·威维为妻而懊悔起来！同样的二十天一步步地抬高了茜博太太在老人心中的地位，他觉得要是没有这个好人，自己早就完了，因为对于病人来说，茜博太太就好像是另一个邦斯，而这也正是茜博太太手段的巧妙之处：有意无意地将邦斯自己的心思表示了出来。

“噢，大夫来了。”门铃声响起，她说道。

说着，她丢下了邦斯——知道犹太人和雷莫南克到了。

“千万别弄出声来，先生……”她说，“让他发觉那就糟了！要是知道有人动了他的宝贝，那他可会闹翻的。”

“只要看一遍就可以了。”犹太多拿着一个放大镜和一个小型望远望，说道。

[十六]

颓丧

邦斯收藏馆的大部分藏品都存放在他的客厅里，这是一间法国贵族雇用的设计师们设计一般的样式，已经不时兴了。它长三十尺，宽二十五尺，高十三尺，在邦斯客厅四面的墙壁上挂着的，正是他所拥有的那六十七幅画。墙壁上那白色描金的护壁板因时光的洗礼，壁板已泛黄，描金也已泛红，这样反而达到了色彩的协调，与四壁的图画融为一体了。雕柱上放着十四尊雕像，或在墙角，或在画的中间，其底座全都出自布尔之手。几个齐肘高的乌木雕花柜华丽耀眼，沿着墙一溜摆开，橱里放着古玩。而客厅的中央，则放着一排雕花的餐具柜，里面放的可以说都是世界上最为珍奇的手工艺品：象牙、铜器、木雕、珐琅、金银器、瓷器等。

脚一踏进这所宫殿，犹太人便向四件珍品走去，他所发现的正是整个收藏品中最为精美的四件东西。而这四幅画作，正是他的后宫中虚位以待，梦寐以求的宝物，他正好缺少这些画家的作品，它们之于他就像没能收集到的标本之于博物学家的关系一样。为了它们，博物学家会满世界去找；为了寻找它们，他们在热带、沙漠、大草原、沼泽地、原始森林都留下了锲而不舍的脚印。这四幅画的作者分别是塞巴斯蒂亚诺·德·比翁博、弗拉·巴尔托洛梅奥·德拉·博尔塔、霍贝玛以及阿尔布雷希·丢勒。塞巴斯蒂亚诺·德·比翁博是集三大画派精华于一身的天才画家，是绘画艺术中一座辉煌的里程碑。他原是威尼斯的画家，因此具有了威尼斯画派的色彩。后来，他在罗马师从米开朗基罗，学习拉斐尔的画风。米开朗基罗一心让手下的这员干将与拉斐尔这位艺术之王一决高下，所以悉心教导，由此，他又学会了佛罗伦萨画派的布局和拉斐尔的风格，在他所创作的极少数量的作品中，这三大画派精华和谐地溶为了一体。据说，他画的这几幅画的底图是由米开朗基罗亲手绘制的。他的那幅《巴乔·班迪内利肖像》可以与提香的《戴着手套的人》、拉斐尔的那幅兼有柯勒乔之妙的《老人肖像》以及莱奥纳尔多·达·芬奇的《查理八世》相媲美，并称绘画艺术的四颗珍珠；它们圆润晶莹，水色和光泽都达到了无与伦比的完美境界，而成为人类艺术不能超越的极致。自然界的原物总有衰败、灭亡的一天，自然之美会凋谢，但艺术之美却永葆青青，可长存于世。而在这之中，塞巴斯蒂亚诺的那幅画现存于巴黎美术馆，从它身上你可以看到这位天才在艺术上已达到了何等完美的境地。塞巴斯蒂亚诺虽然懒惰到了不可救药的地步，但这位天才的伟大作品却是不朽的。邦斯所收藏的是他那幅画在极宕上的《在祈祷的马尔特骑士》，《巴乔·班迪内利肖像》在清新、完美与深刻上，都要稍逊一筹，弗拉·巴尔托洛梅奥的画作《神圣家族》被许多鉴赏家当成了拉斐尔的作品。霍贝玛的那幅风景画在拍卖场上可叫到六万法郎的高价。至于阿尔布雷希·丢勒，这幅出自他之手的女人肖像与纽伦堡那幅著名的《霍尔兹舒尔肖像》颇有相似之处，后者曾被巴伐利亚、荷兰和普鲁士的国王出价二十万法郎，但均被拒绝了。霍尔兹舒尔骑士是画家的朋友，丢勒画中的女人莫非是骑士的妻子或女儿？……这种假设是可以成立的，因为邦斯所收藏的这张的女人姿态与另一幅恰好对称，纹章的置法也是一样的。而画旁所标的“四十一岁”与纽伦堡的那幅画所提示的年龄也恰好一致。关于那幅纽伦堡里的肖像画，一直被那儿的霍尔兹舒尔家族奉若神明地收藏着，此画的雕版是最近才出来的。

埃里·马古斯看着这四幅精品，不由得满眼热泪。

“如果您能保证我以四万法郎的价格买到这几幅画，我就给您每幅两千法郎的佣金！……”他凑到茜博太太耳前说道，后者吓了一大跳。这笔飞来的横财，把她弄得目瞪口呆了。

犹太人高兴得快发病了。巨大的幸福让他精明的头脑和贪得无性的习性受到了极大的震撼。每个人都看得一清二楚，他陶醉了。

“那我怎么办？……”雷莫南克对画还不是内行，所以问道。

“这儿的一切全都是无与伦比的精品！”犹太人狡猾地咬着奥弗涅人的耳朵说，“随手挑上十幅，出跟我一样的价钱，会有大钱赚的！”

这三个小偷正相互对望着，不发一言。心中的贪欲获得了极大的满足，个个都沉浸在人世间最大的快乐之中。可是，病人的声音忽然响了起来，像钟声一样的回荡……

“谁在那儿？……”病人叫嚷着。

“哎呀，先生，快躺下！”茜博太太扑了过去，硬是又把邦斯拉到了床上，说道：“您难道不想活了吗？……噢，来的不是布朗先生，而是雷莫南克先生，他放心不下您的健康，来打听您的消息呢！……

您瞧大伙儿多关心您啊，全楼的人都为您担着心呢；您还有什么可不放心的呢?”

“可我觉得你们有好几个人在那儿。”病人说。

“好几个人！噢！……真的嘛，您是做噩梦了吧？……我发誓，您这样下去非疯了不可！……好，您就瞧瞧吧。”

茜博太太猛地一下把门打开，使眼色让马古斯赶紧闪开，叫雷莫南克上前来。

“我亲爱的先生，”奥弗涅人顺着茜博太太的意思往下讲，“我来这儿是为了打听您的消息的，大家全都关心着您呢……谁高兴让死神进门呢！……噢，莫尼斯特洛尔老爹，你们不是挺熟的吗，他托我转告您，如果你需要您的话，他随时为您效劳……”

“他派您到这儿是来瞧我的古董的……”老收藏家语中带刺，很明显地表达了他的不信任。

一旦得了肝病的人，几乎每一个都会产生一种执拗的心理，会随便抓住某个人或某件东西宣泄不满。邦斯总认为别人要打他的宝物的念头，所以，他脑子里就一个想法，那就是死死守住它们！因此，他常常让施穆克隔三差五地去瞧瞧这个圣殿是否遭人侵入。

“您这些收藏真的挺美的，”雷莫南克诡诈地说，“凡是旧货商人都会动心的。我对古玩不在行，可先生是众人一致推戴的大鉴赏家，先生的东西，我闭着眼睛都敢收……要是先生手头不方便，生病用钱的地方可多着呢……上次我妹子经血不畅，十天工夫就花了三十苏的药钱，其实那毛病能够不治自愈的……那些医生没有一个不是骗子，趁人家身体不适，趁机捞钱……”

“再会，谢谢您，先生。”邦斯用相当怀疑的眼光看了旧货商几眼，对他说道。

“我送他出去。”茜博太太压低声音对病人说，“免得他把什么东西给碰了。”

茜博太太带上房门的动作引起了邦斯的怀疑。这时，马古斯还待在那四幅画面前，一步也不肯挪。唯有那些敞开心扉接受完美的艺术所激起的那种难以言状的激情的人，只有懂得欣赏理想之美的人，才能理解马古斯此刻满脸痴迷的样子；换成他们，也会是这个样子，往往能够一动不动地在莱奥纳尔多·达·芬奇的《蒙娜丽莎的微笑》、柯勒乔的代表作《安提俄珀》、安德利亚·德尔·萨尔多的《神圣之家》、《提香的情人》、多米尼冈的《鲜花拥簇的孩子》、拉斐尔的小单彩画和他那幅老人肖像画面前待上好几个小时，欣赏这艺术的美丽。

“快走吧，千万别出声！”茜博太太对他们说。

犹太人慢腾腾地往外退，就像情郎盯着自己远离的情人一样，满脸依恋地看着那四幅画。茜博太太刚刚见他看得入神，心里早就有了谱，等他走到了楼梯的平台，就拍拍犹太人干瘪的胳膊，说道：

“每幅给我四千法郎，要不就吹了……”

“我可不是有钱人啊！……”马古斯说道，“我这么迫切地想得到这些画，那是因为我爱它们，是因为对艺术的热爱，我漂亮的太太！”

“小子，你真厉害！”女门房说，“我可看不出你所说的什么爱。如果你今天不当着莫雷南克的面保证给我一万六千法郎，到了明天就涨到两万块了。”

“就一万六千，我答应了。”犹太人被这看门女人的贪婪吓了个半死，赶紧答应了下来。

“一个犹太人，他凭什么东西发的誓能够相信呢？……”茜博太太看着雷莫南克问。

“他是可以被您信任的，”废铁商答道，“他就跟我一样。”

“那么您呢？”女门房回过头来问他，“换了您，您给多少？……”

“获利咱们对半分。”雷莫南克立刻答道。

“我情愿您立刻就给我个准数，我可不是做生意的人。”茜博太太答道。

“您真是内行！”埃里·马古斯微微含笑道：“您要真的做起买卖来，那准能成为一个杰出的优秀商人。”

“我衷心欢迎她入伙，财产和人一块儿来，”奥弗涅人抬起茜博太太那圆滚滚的胖胳膊，使劲拍打了几下，亲昵地说，“别的什么投资都不需要，只要她的美貌。您那个土耳其佬一样的茜博有什么好的，干吗您一心死守着他和他的那几根缝衣针呢？您长得这么漂亮，跟着一个小看门人不是只能过苦日子吗？啊！如果大街上开个古董店，您坐在里面，只要跟收藏家们聊聊天，眼见着他们一个个心动难当的，那样的您才叫了不起呢！等您把这笔钱捞到了手，咱们把门房扔到一边去；就您和我，一起和和美美过日子，到时候您再瞧吧，那日子是多么惬意！”

“捞钱！”茜博太太嚷了起来，“这儿的东西，我连一根针都不会拿的！您给我听明白，记牢了，雷莫南克！”女门房越喊越高，“在这个地方的每一个人，谁不知道我茜博太太是一个清清白白的女人。”

茜博太太的两只眼睛里火光熊熊。

“噢，别在意！”埃里·马古斯说，“看起来这个奥弗涅人是太爱您了，他绝不会故意地冒犯您的。”

“您看着吧，她一定让您的生意越来越红火！”奥弗涅人嚷嚷道。

“你们也要公平一点，好小伙子们！”茜博太太的口风变软了，接着往下说道，“你们倒也设身处地地为我着想一下……整整十年，我侍候这两个老单身汉可以说是费尽心力，赔尽小心，可到头来，除了几句空泛的称赞，他们连一个子也没给过我……雷莫南克他是知道这些的，这两个老人在我这儿吃包伙，我哪一天不得往外搭上二三十个苏？就那么点积蓄，全在这上面花光了，我可以拿我母亲的在天之灵起誓！……我到这个世上，就只认我娘一个；这些全都千真万确，就像我是活在世上一样真实，就跟我们头顶上发光的那轮太阳一样真实！我要是有半句昧心的谎话，那就让咖啡变成毒药，让我中毒死了！……哎，眼下不就有一个快死了吗？他们两个当中，就他是阔佬；可我却一视同仁，把他们都当成自己的孩子来看待！……您相不相信，我的好先生，这二十天来我每天都苦口婆心地提醒他，他就快要死了（因为他的死刑执行令已经由布朗先生签署了）！……”可这老东西，铁公鸡，闭紧嘴巴，一个字也不说把我写到他遗嘱里去的事情，好像他根本就不知道有我这个人一样！说句实在话，该是咱们的，就应该自己动手去拿才能得到，这一点对我这个老实女人来说总算是看透了。想靠继承人就去靠吧！……呸！根本没门！说句难听的话，这世上的人个个都是混球！”

“说得真对，”埃里·马古斯阴险地说道，“到底还是像咱们这样的人最诚实……”看了眼雷莫南克，他又补充了一句话。

“别打断我的话，”茜博太太接着往下说，“我说这话可不是为了你们的……以前不是有位戏子说过吗：人若锲而不舍，再三恳求；总有水滴石穿，被人接受的一天！我可以向着二位先生发誓，那两位先生总共欠我大约三千法郎左右，他们又是买药，又是买东西的，把我那点积蓄花得一文不剩了。如果他们翻脸不认账就走了，那我可是倒了大霉了！……我这个人怎么这么老实呢，都不敢向他们提起这件事，实在太傻了。唉，我亲爱的先生，您是位商人，您看我是不是得去找个律师？……”

“找个律师！”雷莫南克嚷了起来，“天哪，可是有哪个律师会比您更好呢？……”

什么东西重重地摔到了饭厅的方瓷砖上，发出沉闷的撞击声，一直传到了空荡荡的楼梯口……

“呀！我的天爷哪！”茜博太太叫了起来，“发生了什么事？好像是先生！……”

她一把推开两个同伙，那俩人利利索索地下了楼梯；接着她转过身来奔进饭厅，发现正是邦斯倒在了地上；他身上穿着一件衬衫，已经昏了过去！她急忙抱起了老单身汉，就像举着根羽毛一样把他重新放回了床上，然后又找来科隆香水朝他的太阳穴上涂，最后终于让他悠悠醒转了。一瞧见邦斯的眼睛睁了开来，算是重又活过来了，她一叉腰，嘴里便开始数落起来：

“连拖鞋也不穿！身上只穿一件衬衣！您真的是不想活了吗！为什么怎么说您也不肯信任我！……如果这样的话，那么再见了，先生。十年了，我全心全意伺候您，像待自家孩子一样疼您，自己的一点积蓄全都搭在照料您身上去了。我为了什么啊？就是不想让可怜的施穆克伤心，不想让他孩子似的躲在楼梯口抹眼泪……这就是您对我的报答方式！您竟然监视我……上帝惩罚了您……活该！我为什么要拼了命抱您起来啊，我就那么不在乎这后半辈子落下什么毛病来啊！……啊！老天爷啊！我连门都还没关呢……”

“您刚才跟谁说话来着？”

“又开始猜疑了，是吧！”茜博太太嚷了起来，“哼！我就那么贱？我用得着向您报告吗？请您搞清楚，您要是再像这个样子来疑心我，那我干脆就甩手不干了！什么都不管了！您尽可以去雇个女看护！”

可怜的邦斯被这个威胁吓得呆住了，于是也让茜博太太无意之中发现了这把无坚不摧的达摩克勒斯利剑！

“我就是老犯这个毛病！”邦斯可怜兮兮地说。

“这回算了！”茜博太太口气十分生硬地回答道。

说完这话，她扭头就走，丢下邦斯一个人没命地追悔去了。他反省地想到，这女人尽心地照顾心，典型的刀子嘴豆腐心，虽然嘴上不饶人，可待他却是一片忠心，实在让他欣赏。于是他忍不住责备自己的多疑；刚才那种跌倒在饭厅地砖上，导致病情加重的巨大痛苦，现在一点儿也感觉不到了。茜博太太正好碰见施穆克往楼上走。

“先生，快来……情况糟透了，您快来呀！邦斯先生准是疯了！……他竟然光着身子从床上起来，跟着我……你知道吗，刚才他就躺在这个地方，直挺挺的……我问他想干什么事，他什么都说不出来……他快完了。我又没惹他，竟然会发生这样的事情。如果我不跟他谈起他过去的那些风流罪过，不激起他的邪念就好了！……男人啊，有哪一个能看透这些呢？全都是些老不正经的……我实在不该把我的胳膊给他看，他那眼睛啊，红得快像红宝石，亮得吓人……”

施穆克听着茜博太太谈话，那神情好像觉得她说的是希伯来语。

“我使的劲太大了，只怕这下半辈子的毛病算是落下了！……”茜博太太继续说，只不过肌肉有那么一丁点儿的酸痛，可她却装出全身疼痛难当的样子；因为她灵机一动，觉得正好可以利用这一点来为自己的计划服务。“我真是傻透了！一见他在地上躺着，我马上使劲去抱他起来，只当是抱个孩子一样，一直把他抱回了床上！可现在我才知道用劲太大了！哎唷！快疼死我了！……我下楼回家去了，好好看着我们的病人。我要叫茜博去把布朗大夫请来给我看看病！我情愿死也不愿意从此落得个残疾……”

茜博太太抓着楼梯扶手，哼哼唧唧，一副疼痛万分的样子，一步一步往楼下挪。这么大的动静早就把所有的房客都惊动了，跑出来，站在楼梯口观看。施穆克扶着她，眼睛里泪光盈盈，向他见到的每一个人宣讲这位伟大的女人是怎样英勇地舍己救人的事迹。于是，不过半个小时，全楼房客和左邻右舍全都在说着一件事：茜博太太心肠实在太好了，为了抱那个榛子钳老人，不惜使出那么猛的力气，受了内伤。施穆克来到朋友身边，告诉了老人关于他们女管家的伤势。两个人面面相觑，不停地说：“少了她，咱们还怎么活呀？……”看见朋友由于乱跑而弄成了这副惨样子，施穆克也就没敢再对他说什么责备的话了。

“见鬼的古董！我宁可一把火把他们全烧光，也不愿意失去这么好的朋友！……”当邦斯把事情的来龙去脉说清楚之后，施穆克忍不住大喊起来，“茜博太太为了我们，把全部的积蓄都借了出来，你还怀疑她！这太不应该了；可这是因为你的病……”

“哎！该死的疾病！我确实变了，这点我心里很清楚。”邦斯说，“我可真不想让你伤心，我的好施穆克。”

“以后你就把我当成出气筒好了！”施穆克说，“千万别再难为茜博太太了……”

本来茜博太太的这个病很可能让她变成个残废人，可布朗先生医术高明，花了几天工夫就让这种危险彻底消除了。他在居民区里顿时名声大振；因为能把这病治好，真难得。医生在邦斯家里说，要不是茜博太太有个好身体，就算他也没法子。第七天的时候，当看到茜博太太重新回到了他们身边，继续照料他们，两个朋友是多么的高兴啊！女门房对这对榛子钳的影响力已经由此事而获得了毫无疑问的提高，甚至她已经拥有了说一不二的权力。这个星期是他们所添的新债全由她一个人给付了。趁此机会，茜博太太轻而易举地让施穆克给她写了一张两千法郎的借条，据她说这些钱是她以前陆续借给两位朋友的。

“布朗先生真是个伟大的医生！”茜博太太对邦斯说道，“我亲爱的先生，连我这个一只脚已经踏进了棺材的人都能被他救活过来，您的病也一定会治好的！噢，我可怜的茜博吓了个半死，他以为我是非离开他不可了！……噢，大概布朗先生已经把这话讲给您听了，我躺在床上的时候，满脑子想的都是您，我对上帝说：‘主啊，请您让我亲爱的邦斯先生好好活下去吧，我情愿让您把我带走……’”

“我可怜的好茜博太太，为了我，您差点儿成了残废！……”

“啊！如果不是布朗先生的医术高明，我早就是个死人了，命运的安排是谁都没法逃脱的！哎，从前那个戏子不是说过吗，人难免要倒霉的！万事都得往好处想。我没在这儿的几天里，你们的日子是怎么对付过去的？……”

“多亏了施穆克，他精心地照顾我。”病人回答说，“可怜我们的钱柜，还有我们的学生，一定都受了不小的影响……我真不知道他是怎么做才能应付的。”

“放宽心，我的邦斯，”施穆克高声说道，“有茜博老爹能给咱们当银行老板呢……”

“可别说这话，我可爱的小羊羔们！你们俩全都是我的孩子！”茜博太太大声说，“在我们心里，你们比银行更加可以信任，只要我们有一块面包你们就少不了；……这根本就是件微不足道的小事……”

“可爱的茜博太太！”施穆克说完便走开了。邦斯一言不发。

“我的小天使，请您相信我所要讲的话，”瞧见病人一副惶恐的样子，茜博太太就对他说，“我最危急的那会儿，死神出现了，他离我非常近！……那时候最令我痛苦的一个念头就是，我死了，你们就没人依靠了，我的好茜博更是可怜，连一个子儿都没有……我的积蓄根本就没什么了不起的，只是因为谈起了我的死，和我的好茜博，我才顺带着说上一句的，他可真是个天使哪！不，他简直像伺候皇后一样地对我，不知道多少次因为我而哭得死去活来！……可我就是百分之百地信任你们，真的。我告诉他说，'茜博，你放心，那两位先生绝不会丢下你一个人的，他们不会让你饿着'……"

邦斯对这场有关遗嘱的攻击，反应是沉默；女门房便也以沉默相对，等着他说出那句话。

"您放心，我一定会托付施穆克好好照顾您的。"病人终于说道。

"啊！"女门房大声说道，"您做的每一件事都是最好的！我信任您，信任您的那颗金子心……咱们别再提这些事情了，您真让我不好意思，我亲爱的小天使。安下心来，快把病治好吧！您一定会活得比我还长……"

茜博太太忽然感到了不安，她下定决心，非让她的先生说，到底留给她什么遗产。打朋友卧病不起后，施穆克的饭一直都是在邦斯的床边吃的。茜博太太横下心来，等施穆克吃完晚饭，她立即便出门朝布朗先生家奔去了。

［十七］

巴黎初生牛犊的各自历史

布朗大夫的家在奥尔良街，是底层的一套不大的房子，包括一个前厅，一个客厅和两间卧室，一间紧挨着前厅并与其中一间卧室相通的小屋被改成了一个小诊室。此外，这套房子还有一间厨房、一个佣人住在房间和一个小地窖。这套被租用的房子是在正屋的侧面部分。

正屋建于第一帝国时期，原是一家老宅邸，颇为雄伟，至今还有花园，房屋的三套公寓各占其中的一部分。

四十年来，大夫的这套房子一直保持着原样。里面的油漆啊、墙纸啊、装饰啊，都显示出浓厚的第一帝国时代的味道。镜子、画框、墙纸图案、天花板以及油漆都呈现出一种灰色，那是由于四十年的积尘烟灰把原来的颜色给盖上了。这套处于玛莱区深处的房子，虽然面积不大，但每年要支付高达一千法郎的租金，大夫的母亲布朗太太，已经六十七岁了，一间卧室由她居住，来打发所剩无几的最后日子。她平时帮专门制作裤子的裁缝师傅做点儿针线活，挣钱贴补一下家用。总是那些缝长筒鞋套、皮短裤、背带和腰带之类的东西，它们有一点是相同的：都是与裤子有关，而现今已经是相当不景气的活计了。她不仅要打理这个家，还必须看着儿子雇用的那唯一的一个下人，所以寸步不出，最多只是从客厅的一扇落地窗走出来，到小花园里去呼吸一下新鲜空气。她已经守了整整二十年的寡。当初丈夫去世时，她把那家专做裤子的小铺子盘给了手下的伙计，这伙计给她不少针线活干，以保证她每天能赚三十来个苏。为了将自己的那根独苗培养成长，她决心不惜一切代价，也要让儿子有一个高过他老子的地位。她一直以自己造就的这个埃斯库拉普神[①]而自豪，深信他必定有一天能出人头地，于是便继续心甘情愿地牺牲自己。她心里所想的全是怎么才能照顾好他，为他积攒点家产，并且为这个而感动幸福。布朗太太一心只希望儿子日子过得舒坦，尽心尽力爱着他，这可并不是每个母亲都能为儿子做到的。布朗太太并没有忘记自己是个女工出身，她不愿意让儿子在人前没面子，招人笑话，因为她一张口 s、sh 不分，就像是茜博太太张口总是个哪字；就这样，要是偶尔来了几位求诊的高贵的病人，或者是儿子以前的同学、医院的同事上门时，她总是识趣地躲起来，也就不用着大夫为自己的母亲而害臊了。因为母亲高尚的爱弥补了她在教育方面的缺陷，所以大夫仍然是相当尊重母

---

① 埃斯库拉普神：罗马宗教中主医道的神。

亲的。那小裁缝铺一共卖了两万法郎左右，所有的钱款都被寡妇购买了一八二〇年的公债，买公债所得的一千一百法郎的年息，就是她的全部财产。因此，邻居们在相当长的一段时间内都看见大夫和他母亲把洗干净的衣服晾在花园的绳子上，同样，为了省钱，女佣人和布朗太太自己清洗家里的所有东西。没想到这件日常小事竟然会耽误了医生的前程。因为看见他这么穷，所以谁也不承认他会有多高明的医术。一千一百法郎的年息用来支付房子的租金，而矮胖的好老太婆则拼命干活来挣钱，使这个家勉强维持了下来。而大夫在经过了十二年的艰苦奋斗和困难坎坷之后，终于能够一年收入一千埃居了，如此一来，布朗太太手头的钱差不多在五千法郎左右。了解巴黎的人都清楚，这可是必需的生活费。

让病人候诊的客厅陈设庸俗。一张桃花心木的普通长沙发，用黄色的乌得勒支花丝绒做面子。另外还有四把安乐椅、六把椅子、一张小圆桌和一张茶桌。这些全都是裁缝师傅亲自挑选的，后来并没有扔掉。老是罩着玻璃罩的座钟像一把竖琴的形状，座钟的两侧是两个埃及式烛台。窗帘是黄底子红玫瑰花案的平布做的，人们都纳闷它是怎么挂到窗户上去的，因为那布可是当年儒伊厂出的货。一八〇九年棉制品工业出的东西很差，可奥布冈普夫竟然能获得皇上的大奖。诊室里也是这种俗气的布置，里面的家具都是从父亲的卧房里搬来的。看上去一切都寒酸呆板，缺乏生气。现在，全能的广告让协和广场的华柱全描上了金，穷苦人还真以为自己是个富有的人而骄傲。这年头，一个既没啥名气，又没什么装饰，还会有哪个病人相信他的医术呢？

前厅同时也是饭厅。女佣人如果不是在厨房干活或陪着大夫的母亲，就是待在前厅做事了。一进门，看见这间朝向院子的小窗上发黄的小布帘子，就知道这屋子已经太糟糕了，老掉牙的瓶子，一个星期都不换一次的餐巾，反正都是些破旧东西。眼下这年头，就连一枚一百苏的硬币，也会让人舍不得，那个已经三十五岁的医生，还有一个什么门路也没有的老娘，当然仍是条老光棍了。十年来在他上门看病的那些人家中，一次浪漫的机会也没能赶上过。那是因为，在他行医的圈子里，所有人都跟他一个样。不是小伙计，就是开小作坊的，最有钱的主顾是开肉铺、开面包铺的，还有居民区里那些零售店里的大老板。可这些人只要病一好，十个里有九个要说这病本来就该好的；甚至因为大夫是走路上门看病的，竟然能拿出四十苏来打发他。做医生这一行，医术和马车同样重要。

生活永远是死水一潭，就算是一个最爱冒险的人在这种情况下也会受到影响的。人们常常就这样听天由命了，布朗先生行医十年，仍然是继续像西绪福斯那样做他那个一生都平庸的职业，甚至已不再有什么伤心了。但是，他仍是有希望的，哪个巴黎人心里不藏着一个小小的希望呢。布朗大夫有个小小的愿望，希望有一天被叫到一位得了重病的贵人面前，把他的病治好。然后靠着自己的信誉，谋个差事，在医院做个主治大夫或监狱医生、大街戏院的医生，或部里的医生……更何况他当初就是凭这招当上区里医生的。茜博太太曾把她的房东佩勒洛特带来给他看，大夫精心照顾，把他的病治好了。佩勒洛特先生是部长太太、博比诺伯爵夫人的舅舅，病好后登门答谢，发现大夫家里的确很穷，便要求他那个身为部长但相当敬重他的外甥女婿给他安插了一个区政府医生的职位。大夫已经在这儿干了五年，虽说薪水微薄，来得倒也及时，免得他做出更过火的事情来，流亡到国外。对于一名法国人来说，离乡背井离开祖国，实在是没办法的事情。布朗大夫自然也去拜谢过博比诺伯爵，可这位政治家的医生是大名鼎鼎的皮昂松，心中本有所求的布朗大夫立即知趣地打消了这个念头。可怜的大夫在炫耀了一阵自己受到博比诺伯爵的保护之后，又重新回到了玛莱区，在穷人家和小布尔乔亚家之间奔波，就为了混碗饭吃；另外还承担了一份年薪一千两百法郎的验尸官的差事。

布朗大夫当年在医院做实习医生时也曾相当出色过；后来由于自己工作很谨慎，也积累了不少经验。更何况，在他手下医死了人也不会闹得满城风雨。因为，他完全可以在无关紧要的生命①身上研究各

① 无关紧要的生命：原文为拉丁语。

种各样的疾病。所以很容易猜出他心里有多少积怨难平。本来他的脸就长得很，表情又非常忧郁而吓人，看上去就好像你将一双发红的达尔杜弗眼睛画在了一块黄色的平皮纸上，阿尔西斯特也未必有这样乖戾的神情。他觉得自己的医术与赫赫有名的皮昂松一样，可却被命运的铁手禁锢了。心里有着这样一种想法，这个人外在会有什么样的行为！怎么能不比较呢？皮昂松有可能每天得五六百法郎；而布朗大夫呢，最幸运的日子是每天也只有十法郎的进账！这下不就可以充分理解对民主的各种仇恨了吗？而且，这个被野心奴役着的人根本找不出丝毫可以自责的地方来。他为了想发财，曾发明了一种跟莫里松丸差不多的通便丸，他把发明交给了实习时的同事、后来当了药剂师的同学去开发。结果滑稽喜剧院里一个并不走红的女戏子把药剂师给迷住了，并将他弄得不名一文。而通便丸的发明证上的名字是那位药剂师。于是伟大的发明肥了他债主的腰包。老同学在去往重金之城墨西哥之前，又顺手牵掉了可怜的布朗一千法郎。为了讨回一点补偿，他找到了那位女戏子，可人家以为他是放高利贷的。而自从给老佩勒洛特治好病之后才有了那么点好运气，可自此以后居然没有一个有钱的主顾上门来找他。于是，凭着那两条腿，在玛莱区四处奔跑，跑了东家又跑西家；跑断了腿，才得到两个苏到四十个苏不等的诊费。对他而言，付大钱的主顾，简直就是神话中才有的“白乌鸦。”

在巴黎城里，没有案子的年轻律师和没有病人的年轻医生是最最绝望的两类人。他们身上穿的黑衣黑裤线缝都已经发白，缎子背心已经磨得发亮，头上的帽子是珍宝，手上套的旧手套，穿的衬衣是平布的。他们的痛苦全在心里埋着，生活对他们来说就像一首悲惨的诗歌。其他人倒也有穷的，但是：贫穷的诗人、艺术家们有天生的乐观，或我行我素的天性，所以贫穷的生活中也能找出欢乐的音符。而对医生和律师来说，生活给予他们的都是丑陋的一面，初出道时的种种屈辱让他们脸上的表情变得阴沉、挑衅，目光充满了愤世嫉俗，心头永远燃烧着一把不平之火。当两个昔日同学二十年后重逢时，有钱者会躲开潦倒者，会认不出他，会为如此巨大的差异而惊讶：为何一个财运亨通，攀向成功顶峰之时，另一个却三餐不继，与流氓小偷混迹于街头。事实上，见了布朗大夫的外套和背心而避开去的老同学，已不愿列举了。

于是，我们这回便很明白在茜博太太的那件事中，布朗医生的卖力配合从何而来了。女门房毫发无伤，喊叫的声音却大得吓死人，看到这一切大夫马上明白，这女人故意说生命垂危是有其居心的，而他如果可以治好这假装的重病，那自然会大大提高他在居民区中的声望。于是便进行了一次所谓神奇的手术，终于妙手回春了。他自然说手术的成功全靠他精通斯甫朗和偏方宝典，在茜博太太身上而恰好奏效了。巴黎刚出道的人无所畏惧，一切都能成为钻营的手段。可是，手段有好坏结实之分，初出道的人却无法分辨它们，所以就有了成功者和失败者。有时候，巴黎人对于一切轰动都无动于衷。就像宠坏的孩子一样，不想再要偶像了；要么，一般根本就没有什么让巴黎人迷恋，矿脉中的确可以开采出真正的宝藏，可它也有贫乏的时候；那时候，巴黎人就会抗议，不想总是把平庸之人捧成偶像。

茜博太太闯进门的做法完全符合平日的能干形象。医生和他的老母亲正在吃饭，桌上放的是所有生菜中最廉价的野苣生菜，餐后点心是一小尖角布丁奶酪，旁边还摆着一小盘干果，里面有很多葡萄干的碎渣，还有一盘很次的苹果。

“母亲，您别走，”医生按住布朗太太的胳膊说，“是茜博太太，我曾说给您听过的。”

“太太好，先生好。”茜博太太说着，一屁股坐在了刚才医生指给她的椅子上。“噢！这位就是令堂大人？您真是有福气啊，生了个这么能干的好儿子！太太，要是没有他，我今天就不能活生生地站在这儿了。”

布朗寡妇听见茜博太太对他的儿子这么夸奖，觉得这个女人很可爱。

“我是特地来跟您说的，我亲爱的布朗先生，这话可就在咱俩之间讲一下，可怜的邦斯先生进一步恶化。……”

“到客厅说去。”布朗大夫说，向茜博太太指了指女佣人。这手势一目了然。

一到客厅，茜博便原原本本地讲起了她跟那对榛子钳之间的关系，然后又将她借钱的事说了一通，列举了他十年来给邦斯和施穆克所做的桩桩件件。听她的意思，好像要是没有她慈母般的关怀，那两个老人早就活不成了一样。她假装善良，边说谎话边抹眼泪，还真的把老布朗太太说得伤起心来了。

“您知道，我亲爱的先生，”她最后说道，“万一邦斯先生有个三长两短，我无论如何得搞清楚他对我怎么办。我并不希望他死，因为我的生活就是照顾这两个好人；即使他们中哪一个死了，我还会接着照顾另一位的。我哪，就这脾气，喜欢照顾别人。要是没人让我照顾，让我把他当孩子待，我真不知道该如何是好了……所以，要是布朗先生愿意的话，请帮我这个忙，我想让先生跟邦斯先生谈谈。天哪！一千法郎的年金是不是太多了点，您说呢？这等于是帮施穆克先生……病人跟我提过，他一定会把我托付给那个德国人的，看起来施穆克会继承他的财产……可是您能指望一个连法语也说不清楚的人吗？再者说，朋友的死肯定会让他非常难过的，他会跑回德国去的……”

“我亲爱的茜博太太，”大夫一本正经地说道，“医生与这类事情无关。如果他们知道我和病人立遗嘱的事有牵连，就会禁止我行医。法律也不允许我们这样……”

“法律！把给我的遗产分给您，法律还能禁止我吗？”

“不光这样。”大夫说，“作为一名医生，我的良心不允许我和邦斯先生讨论有关他死的事。首先，他的病还没有恶化到这样；其次，我如果跟他说这事，会加重他的病情，危害他的生命……”

“可是我直截了当地劝他把后事料理好，他也没有更糟糕……”茜博太太嚷了起来，“他早就习惯了！……没什么可担心的。”

“我说了，我亲爱的茜博太太！……这不是医生的责任，去找公证人……”

“可是，我亲爱的布朗先生，如果邦斯先生主动问起，问您是否该做些准备，你是不是愿意说，先料理好后事有助于恢复健康呢？……然后，您再顺便向他提一提……”

“行！如果他想跟我谈遗嘱的事的话，我不反对。”

“这就行了！”茜博太太叫道，“我来这儿，是为了感谢您。”她把一个装有三块金币的小纸包塞到大夫手里，补充说道，“我现在只能这么样。啊，如果我有钱，您也会有的，您是上帝……——太太，您有个天使儿子！”

茜博太太站起身，布朗太太客气地向她行了礼，大夫把她送到楼梯平台。突然，仿佛是受到了恶魔的启示，这个下等阶层的恶婆麦克白突然得意地笑了，觉得医生一定会帮她，因为他帮她治好了假病。

“我的好布朗先生，”她对大夫说，“我不小心受伤，您给我医好了病，你怎么不肯帮我摆脱贫穷呢？……”

医生觉得魔鬼已经占据自己的心灵，他不愿为这小事违背良心，便以其人之道还施其人。

“听我说，亲爱的茜博太太。”他重新让茜博太太回到了屋里，把她领进诊室，说道，“我是靠您才得到区政府的职位的，我欠您的现在就报答，……”

“咱们以后平分吧。”她说。

“什么？”

“财产。”

“我一无所知。”大夫摆出一副瓦勒里乌斯·普布里科拉式的姿态，说道，“咱们别说这事了。我有个中学同学，我俩关系很好，因为生活中的遭遇差不多。我读医学时，他读的是法律。我做实习医生时，他去诉讼代理人杜尔先生那里干杂活，他父亲是鞋匠，我父亲是裁缝，他周围没多少人喜欢他，所以他也得不到多少好处。后来，他在外省的芒特弄了个事务所……可巴黎人的聪明才智不能让外省人理解，他们老为难我朋友。”

“混蛋！”茜博太太破口大骂。

“没错，”大夫继续说，“他们合伙来对付我的朋友，逼得他只能又把事务所卖掉了，当地的检察官出面解决这件事，当然帮当地人，我那可怜的朋友叫弗莱齐埃，他逃到了咱们区落了脚。他比我更穷，虽是个律师却只能在违警法庭和治安法庭为人出庭辩护。他家就在珍珠街，离这儿挺近的。您上九号，登上四楼，那儿有块小的山羊皮招牌，写着弗莱齐埃先生事务所。他专门为我们区的门房、工人和穷人办案，要价也低。他这个人诚实，要不，进出早就该有马车了。我今晚去看他，您明儿一早就去他家。他认识商警洛夏尔先生、治安法庭的执达史塔巴洛先生、治安法官维代尔先生和公证人特洛尼翁先生，他在居民区里那些最受尊敬的吃公家饭的人中间已经小有名气了。如果他承办了您的事，要是您能把他推给邦斯先生做顾问，但千万别像对我这样，提一些有伤他自尊的说法，他为人有才能，你们会合作愉快的。至于报酬，我作为……”

茜博太太不怀好意地看了大夫一眼。

“是不是上回老坦普尔街开针线铺的弗洛利蒙太太与朋友争遗产，帮她解决了难题的那个律师……”

“对。”

“太可怕了，”茜博太太乱嘈嘈地嚷起来，“人家给她争来了两千法郎的年金，她竟然不同意别人的求婚。听说，她只给了他一打荷兰布衬衣、两打手帕，就这么点东西，她以为就算了事呢！”

“我亲爱的茜博太太，”大夫说，“那包衣服可值一千法郎呢，弗莱齐埃那时刚在居民区站住了脚，正好适用，再者说，账上所记的诉讼费，她付得非常爽快……这个案子还给我的朋友招来了不少别的案子，他现在可是个忙人了呢！不过，他和我一个样，凡属我等主顾，全都一视同仁……”

“这世上都是好人老在吃苦哪！”女门房说，“那么再会了，谢谢，我的好布朗先生。”

一个光棍的生命悲剧，或者说是一个令人恐惧的喜剧，在这儿开幕了。命运把他抛进了一帮贪心人手中，他们围绕在他的病床前，个个都心怀叵测。一个是喜欢画的人，一个是贪心不足的弗莱齐埃老爷，你看见他潜藏在窟里的样子，一定会吓得发抖；还有另外一个是贪得无厌的奥弗涅人，为了搞到钱，他可以不择手段。上面的这一部分可以说是轻喜剧的序幕，到此为止，剧中人物已全部亮相。

[十八]

一个职业律师

贬义词的广泛应用是一种奇怪的现象，如果需要解释，也不是一件很简单的事情，如果您想请律师帮助，却称他为“Homme de loi①”，是对律师的小觑，就好像把在殖民地做食品生意买卖的经理们称为小业主，听起来像是摆地摊的一样。这就是称谓在人们交往中所起到的妙不可言的作用，最精于此道的是上流社会中的绅士们，也许他们不清楚“Homme de lettres”②是对文人们最鄙视的表现。要分清一个词是褒义还是贬义，“Monsieur”就是个好例子。“Monsieur”原来就是“Monseigneur”以前让人们感觉很伟大，现在对谁都可以称为“Monsieur”，只是把“Monsieur”的“Sier”写作“Sire”后，就只能在称国王的时候使用。其实，“Messire”只不过是“Monsieur”一词的变型而已，但如果你要是无意中在悼词中运用，立刻会惹来共和党连篇累牍的指责和谩骂。法学教授、法官、推事、审判长、律师、司法员、辩护律师、执行员、诉讼代理、法学家、法律顾问等凡是沾法律边

---

① 法文中“Homme de loi”的原意是“司法界人士”，但在民间口语中却是“靠法律混事”的。代表鄙视的意思。

② 法文中“Homme de lettres”的原意是著作者，或作家，但在民间口语中却是“爬格子的”或“黑笔”的意思。

的，哪怕是最低级的办案调查员，这类的公差均可称作“吃法律饭”的公务员，其实他们只不过偶尔介入一个小案子，帮着法官跑跑腿。在处理民事纠纷的案子中还有一种人是帮助执行官宣判结果，也算是“法律界人士”，在法律界这种称呼就好像称作家或文人为“爬格子的”。尔虞我诈的欺骗，相互间的诋毁，在法国的同行中是司空见惯的。一种职业有一种极具污辱性的词汇，可是一旦当“Homme de lettres”与“Homme de lois”一经变换词尾，成了复数也就失去了任何原有的刻薄，变成了“gens de lettres”和“gens de loi”这种统称为职业律师或职业作家的称谓很流行，不会使任何人感到羞辱。可是在巴黎这个大都会中每一种职业都有最低级的职员，好像有低级职员的存在会使整个从事这种职业的人都统统降低了身份，会混同于街头流浪汉，或城市平民。所以，在巴黎的平民区里的那些到处招揽小的民事纠纷案子的混饭吃的“律师”就像专门放短期高利贷者，他们与大银行家的区别就如同弗莱齐矣与律师协会的区别。可事实上，普通市民有事宁可找这小小的诉讼代理人也不愿意找司法部里的专职律师，就像宁可去小酒馆喝酒，也不愿去豪华酒店。他们只愿意和自己身份相等的人打交道，这就是社会各个阶层的人们处事的普遍心理。只有那些想变换门庭，踩着别人肩膀向上爬的人，他们宁可在上流社会中卑躬屈膝而不感到耻辱。相反，为了跻身于贵族社会，像博马舍那样，去进行一种抗争，还有就是那些暴发户，用金钱买来一个高贵的头衔。

茜博太太清晨很早就来到珍珠街，她仔细端详着弗莱齐埃的住宅。因为他就是所谓的“职业律师”，茜博太太的诉讼代言人。这是一栋普通的旧房子，是过去小资产阶级通常居住的。狭窄的过道直通到房里，一层的一小部分是门房，过道旁边是楼梯间，另外一部分出租给一个木器作坊，到处堆满了木料和半成品，使整个院子到处都是潮湿的，散发着夹杂着水汽的霉味，整个房子充满了晦气。

茜博太太走到门房前，她看到了她丈夫的同行，他是个鞋匠，他和妻子带着两个小孩子住在一间只有十平米大小的房间里，一扇小窗子朝院子开着。茜博太太一边自报家门一边走进屋子，当她谈到住在诺曼底街的那个邻居后，鞋匠的妻子热情地招呼着茜博，她一面给弗莱齐埃先生看门，一边给鞋匠和孩子们做饭，茜博太太和她闲聊了一会儿便把话题转向弗莱齐埃，谈起了他未来的法律顾问。

“弗莱齐埃是布朗先生的朋友，”茜博太太说道，“布朗先生向我推荐的，我有些事情向他请教。您和布朗先生熟吗？”

“是的，”鞋匠的妻子说，“上次我的孩子生病是布朗先生抢救的。”

“啊，你们也找布朗先生看病，哦，那他的朋友弗莱齐埃先生，人品如何？”

“哦，茜博太太，每到月底讨债的人都堵在门口，他这个人很穷。”鞋匠的妻子说道。

这句话的意思很清楚，茜博太太非常明白。她接着道：“这并不重要，只要为人正派。”

弗莱齐埃的女房门接着说：“我们虽然很穷，但我们从来不欠别人的钱。”

茜博太太想了想又说：“那您觉得这个人值得信任吗？”

“哦，我听弗洛利蒙小姐说过，弗莱齐埃先生是个热心肠，谁也比不了。”

“弗洛利蒙小姐是个开杂货铺的，靠着一个老头才得以维持着，是弗莱齐矣先生帮她讨回了一笔财产，可她为什么不嫁给弗莱齐埃先生呢，不管怎么说他也是个律师呀。”

鞋匠的妻子把她拉到走廊里，对她说：“等你到了先生的办公室，您就一切都明白了。”

靠着小院一边有几扇百叶窗，从楼梯上才能透进来缕缕亮光，污渍斑斑的楼梯上可以看出房客的职业，除了房东和弗莱齐埃先生，他们都是工匠；有裁缝，有木匠，有铁匠，住在这阁楼上的徒工在墙上乱画些女人，不堪入目。茜博太太一路走来，心中充满好奇，她打定主意去拜访这位弗莱齐埃先生。但究竟是否请他帮忙，那还要谈一谈再作决定。

鞋匠的妻子跟在茜博太太的后面说："我要上楼送报纸和牛奶，正好送你上楼。"接着又说："很怪，索瓦热太太一直照顾他，怎么能忍受呢？"

茜博太太来到三层的一个门前，一眼看去，肮脏而粗笨。门锁周围油腻腻的，手迹斑驳，设计师们在高级住宅门的锁孔周围镶嵌上玻璃显得典雅高贵，擦洗也十分容易，可这扇门却涂上了棕红色油漆，门上的小窗像是低劣的软木贴在上面，周围是三叶草形的铁栅栏，粗笨的绞链和钉头，看上去实在像个铁笼子。只有吝啬鬼和好造谣生事的小报记者才会住在这样的门里，门铃的拉手下面挂着一个发粘的小球，门铃很小，铃声很弱。楼道里的污水管散发着恶臭，天花板污渍斑斑，像是装饰着乱糟糟的图案，蜡烛熏黑了墙壁，这里的一切都使人感到憋气，丑陋。楼梯上传来沉重的脚步声和呼哧呼哧的喘气声，索瓦热太太从楼下走上来，就像阿德里昂·布劳尔那幅《去参加巫魔夜会的巫婆》中的老妖婆从画中走下来。身高有五英尺六英寸，像士兵一样冷漠的脸上，像男人一样长着胡须，一条质地低劣的罗昂布裙罩在肥硕的身躯上，头上包裹着马德拉斯布头巾，主人收到的那些免费赠阅品成了她的卷发纸，两个耳朵上垂着很不相称的金耳环。这个胖女人手中拿着一只被摔得凸凹不平的锅，铁锅里还散发出的牛奶的焦煳味，充斥在楼梯间，令人作呕，不过在楼道里还比较平和一些。

"太太，您找哪位？"索瓦热太太边问边打量着茜博太太，两只充血的眼睛凶狠狠地盯着茜博太太的衣服，好像在这里不应该穿这么漂亮的衣服。

"布朗医生介绍我来见弗莱齐埃先生。"索瓦热太太一听此言马上变得热情了："请进，茜博太太。"好像她早已知道茜博太太要来拜访。

索瓦热这个男不男女不女的佣人，像在戏台上演戏一样行了个屈膝礼，然后砰的一声打开弗莱齐埃先生办公室的门，办公室的窗子向街开着，桌子后面端坐着的正是那诉讼代理人。这办公室和一般的低级职员的办公室一模一样，文件柜是粗糙的木料做的，年代久远，已经发黑了，柜子里的卷宗卷着边乱糟糟地堆放在里面，红线头垂在外面，地板上尽是灰尘，上面仿佛还有老鼠经过的痕迹。天花板被烟熏得发黄，同样发黄的镜子放在壁炉上边的铁架上，旁边堆着可怜的几块木柴和一座在旧货市场买来的座钟，两边是仿洛可可式的烛台，油漆已经剥落，总之一些七零八碎的物件很不般配地堆放在一起。弗莱齐埃先生个子矮小，瘦瘦的，发红的脸上长满疙瘩，他总是习惯性地用右手整理着头上的假发，由于假发戴的不正，露出一点红色头皮，就像他的脸一样，怪可笑的。此时他从铺着绿色垫子的椅子上站起来，带着一副讨好的笑脸，送过来一把椅子，做了一个请坐的手势，然后提高了嗓音说："您就是茜博太太，对吗？"

女房门此时连忙抢答道："是的，先生，我就是茜博太太。"声音中却少了些刚才在楼下时说话的底气。

茜博太太看着他未来的诉讼代理人，他那沙哑的语调和眼睛里射来的阴暗的目光，混合着办公室主人的气味，一齐向茜博太太袭来，并将她包围起来。突然未来的诉讼代理人拿着惯用的腔调说道："亲爱的茜博太太，布朗先生向我介绍过您。"不过这声音就像劣质的白酒干辣辣的，透着虚假的声调，听起来刺耳而又虚伪。茜博太太这才知道弗洛利蒙小姐为什么不愿意嫁给他。

弗莱齐埃先生边说，边端正了姿势，摆出了一副职业律师的架子，可是，破旧的袍子遮不住破旧的呢裤，袍子里的棉花已经从破洞里钻出来，一件黑色的法兰绒内衣也从旧袍子破绽处露在外面，尽管弗莱齐埃先生摆出了律师的架子，又把不体面的袍子用带子紧了紧，却又把他瘦弱的躯体显露出来。他下意识地拿起火钳却怎么也合不拢，无法将柴拨拢到一起，突然，他直起身来，带着威严的表情喊道：

"索瓦热太太！"

"什么事？弗莱齐埃先生。"

"从现在起，任何来访者都不接见，听清了吗？"

"明白，先生。"肥女人答道，口气应和着主人的样子。

这位所谓的职业律师表情尴尬地对茜博太太说："她是我的老奶妈。"

这位在菜场卖过菜的索瓦热太太接着说道："现在还可以喂孩子呢?"

这样无聊的对话弗莱齐埃也只有无可奈何地摇摇头，把女管家推到门外，关紧房门，继续与茜博太太的谈话。

"请把您的事慢慢讲来，亲爱的太太。"他边说，边又摆出了职业律师的架子，拉拉袍子，"我只有一个好朋友，他给我介绍来的人，一定是对我非常信赖的，请您尽管放心吧。"他又说道。

茜博太太不停嘴地谈了一个小时，根本不容许她的代理人插嘴发问，而咱们的代理人呢则像一个士兵在聆听一个将军在训话。他默不作声，洗耳恭听茜博太太滔滔不绝的讲述，在茜博太太与邦斯的那几章中，读者已经了解了事情的梗概——鞋匠的妻子是一个好打听小道消息的人，又看到了刚才发生的场景，心中顿生疑窦，可是当茜博太太讲出了自己的事，似乎又没有什么可疑了。当茜博太太等着这位诉讼代理出主意时，小个子弗莱齐埃早已用小绿豆眼睛把要处理的问题看透了。他突然剧烈地咳嗽起来，几乎要憋死过去，他摸索着桌上的一个瓷碗，咕咚咕咚把一碗药汁灌了下去。

"布朗先生会把我的病医好的，如果没有他我早就见上帝去了。您明白吗，茜博太太。"他瞥见鞋匠的妻子关爱的目光，喃喃地说道："会好起来的。"

看他这病恹恹的样子，好像根本没有听见茜博太太的叙述，茜博太太很后悔向这样的人请教这件重要的事。

"茜博太太，在着手办理遗产问题之前，还有两件事情需要调查。"弗莱齐埃此刻又变得严肃起来，高声说道："首先，遗产是否有价值；其次，继承人的问题，遗产是战利品，继承人则应该是敌人。"

茜博太太说，雷莫南克和他的同伙说那套名画价值连城，大概值六十万法郎。

这位职业律师问他的顾主："六十万法郎的价钱是否太高了。因为做买卖的人不喜欢画，一块画布只值四法郎，一张画却价值连城，画家认同，但对于它的估价却谁也不妄下结论。例如，一个大银行家，生前收藏的许多名画，还加有印章的，少说也值百万法郎，但他死后，他那些名画只卖了个赝品的价钱。所以，我要和两位先生谈妥……还有继承权的问题。”

弗莱齐埃又端坐起来聆听着，当提到卡缪佐庭长的名字，他便摇摇头，茜博太太极力从他那张丑陋的脸上读懂些什么，可是她最终的看法却是人们常说的一窍不通的死脑筋。

“是的，亲爱的律师，”茜博太太又讲了一遍，“我的先生邦斯是庭长的舅舅。邦斯先生把他的亲戚常挂在嘴边，还有什么丝绸商卡缪佐先生。”

“就是刚刚入选贵族院议员的那个。”

“他的前妻是邦斯家的小姐，邦斯先生的堂兄妹。”

“可现在，他们什么关系都结束了，他们吵翻了。”

卡缪佐·德·玛维尔先生在芒特做过五年的院长。来巴黎时，当地人们都很怀念他，同时他的很多同事都是他的朋友。他对弗莱齐埃了如指掌，因为现在芒特的法院院长是他一手提拔起来的。

“亲爱的太太，准备和您对簿公堂的是掌握生杀大权的人物，您了解吗?”当茜博太太终于闭上了她的嘴巴时，他提醒她。

门外把守的女房门听到这里惊讶地跳了起来，就像玩具盒里弹出来的玩具。

“别害怕，我亲爱的朋友。”弗莱齐埃接着说，“您对巴黎最高法院的审判庭长一无所知，这事属平常，但您要知道德·玛维尔庭长是邦斯先生的唯一继承人，不是第二第三继承人，所以根据法律条款，邦斯先生有权处理自己的财产。别着急，茜博太太，您应该知道巴黎最高法院审判庭庭长是谁，他就是德·玛维尔先生，而且他最近又和法兰西贵族院议员博比诺伯爵结了儿女亲家。博比诺伯爵是当今的显赫人物，这更使庭长的权力、威望陡长，成为握有发放地狱通行证权力的人了。”

听到这里，茜博太太欲哭无泪，浑身颤抖起来。仿佛头顶响了炸雷。

“他可以把您送上断头台，您不知道他的权力有多大吗？穿红袍的令人害怕，又多一个穿黑袍的就更麻烦了。我现在人老多病，没有身份，没有地位，只因为我在外省时得罪了一个检察官，我被他逼得身无分文，卖掉了事务所，但我毕竟逃离了那儿，如果我不忍痛舍财，恐怕连这律师的资格都被取消。您还应该知道一点，卡缪佐庭长还算次要，更要命的是他的夫人，您要是看她一眼，定会像碰上魔鬼一样，她会处心积虑地用上几年的时间来报复一个人，设陷阱、逼你走上绝路，她已经使一个年轻的小伙子在监狱里自杀了，成为一个伯爵的替罪羊，她险些使一个高位的伯爵丢掉爵位，她还使总检察长德·玛维尔先生失去了职务，因为，她可以指挥她的丈夫……”

“难道就是住在圣弗朗索瓦街和老坦普尔街相接的地方的那一位吗？”茜博太太好像听明白了些，问道。

“是的，她有一个强烈的愿望，就是极力推举她的丈夫去司法部当部长……她可是个不达目的绝不罢休的女人。司法界的内幕我太清楚了，如果庭长夫人想把我们打入死牢，就算是我像圣婴一样纯洁无辜，也无法再在此地生存下去了。亲爱的茜博太太，庭长夫人之所以把她的千金小姐嫁给博比诺子爵，而不惜倾家荡产，就是因为博比诺子爵将来要继承您的房东佩勒洛特先生的遗产，现在庭长一家唯一的希望就寄托在邦斯先生的财产上。只有达到这个目的，才能结束他们只靠薪水度日的窘况，亲爱的茜博太太，您想庭长夫人能善罢甘休吗？我可是个律师，我宁可吃枪子绝不愿和这个女人产生瓜葛，明白吗，茜博太太。”

“但是他们和邦斯先生争吵起来了……”茜博太太强调说。

“争吵并不可怕。”弗莱齐埃先生放低声音说，“把邦斯先生气死更合他们的心意，这就可以理所当然地继承邦斯先生的财产了，岂不更好。”

“可是邦斯先生经常跟我讲，他的一群继承人，比如说：贝尔迪埃先生还有卡尔多先生，他们就像一座座山一样压得邦斯先生喘不过气来，邦斯先生打心里讨厌这群继承人。”

“难道你也想被一同压在大山下吗?”

突然鞋匠的妻子在门外高声叫道：“啊！我的上帝！封丹娜太太是千真万确的，她曾说过我会遇到很多麻烦，但她还说我会有好运的……”

“您还是听我说，太太……布朗先生和我谈起过您的事。我想，您可以从邦斯先生的遗产中得到三万法郎，这是一笔很可观的财富，您说是不是呢？亲爱的茜博太太。”

茜博太太听了这位代理人的话，慢慢地从椅子上站起来说：“您既然知道我要请您帮忙的事，为什么还要让我再重复一遍呢?”

“事情我是知道的，但我不清楚我的被代理人有什么要求，甚至您的性格如何，我都要清楚才好。”

此时，弗莱齐埃先生发现他的被代理人的眼里投来了一丝疑虑的目光。

[十九]

律师——弗莱齐埃先生

“茜博太太，您听着，我之所以了解一些情况，那是因为我的朋友布朗医生通过您才与博比诺伯爵夫人的舅舅佩勒洛特相识的，所以，我才忠实地为您服务，您明白吗?”律师说，“布朗医生两个星期为您的房东开一次药（请您注意这一点），邦斯先生经常与布朗医生聊聊天，消磨点时光。佩勒洛特先生是个大商人，最近参加了庭长女儿的婚礼。（那是因为佩勒洛特先生是个大财产的舅太公：先生的年收入高达一万五千法郎，但多少年来，他一直过着简朴的生活，每年不过一千埃居便足够了……）他把庭长女儿如何嫁给博比诺子爵的前前后后的经过讲给了布朗先生，同时，也讲了您和那个作曲家想把庭长一家的真正目的揭穿，以报家仇，所以才吵起来，律师是不能只听一面之辞，您的房东辩称自己是无辜的，可有人却说他像魔鬼……”

“魔鬼！说邦斯先生是魔鬼的人才是真正的好人呢？只有邦斯先生自己心里明白，二十年来，我把自己的私房钱都贴补了他的日常开销，花光了我的积蓄，并且说施穆克先生会照顾我的，几个星期以来，我告诉他，你应该在遗嘱上写清楚我应得的一份，他却顽固之极，死不开口，只是用双眼看着我。说会把我交给施穆克先生照顾。”

“您说他委托施穆克先生照顾你？”

“邦斯先生会立他为遗产继承人的。”

“如果我们要想解决您的问题，我们就要考虑几个步骤：亲爱的茜博太太，您不要急。首先，我要和施穆克先生谈一谈，搞清楚邦斯先生究竟有多少遗产，再找其他当事人了解一些情况，到时候，您就听我的吧。”

“亲爱的律师先生，到时我们再商量。”听了最后这句话，弗莱齐埃惊醒地看了一眼他的被代理人，清了清喉咙，提高了声调说：“您还是把话现在就说清吧，不要等再商量了，您是不是不准备请我做您的诉讼代理人了呢？”

心里发虚的茜博太太，此时感到自己好像被一张网罩住，自己的想法被看穿，但她还是言不由衷地连声说：“不，我绝对信任您，绝对。”她发现自己好像落到一个老虎口中。

“我们替别人上法庭辩论的人，如何去辩论那就要看当事人如何配合了，不过，什么样的顾主我都见过，如果您肯配合，我可以担保您所希望的结果会如愿以偿的。但庭长夫人并不是等闲之辈，她如果知道有人想从邦斯先生的财产中分一杯羹的话，她能答应吗？这种事，总会有人露出口风的，到那时，事情就不会那么简单了……”律师先生似乎是顺口说出来的无足轻重的话。

这轻描淡写的一句顺口而出的话，却使茜博太太听后感到浑身发冷：做律师的难道会拿顾主做交易吗？

只听律师先生又在不紧不慢地说：“亲爱的茜博太太，您难道不想给邦斯先生做门房了吗？如果他限您两小时之内搬走您的行李……”

“搬走行李又怎样！”茜博太太突然高声说道，并昂起头来，挺立在律师面前，就像贝娄娜①女神，她又说道：“会有人信任我的，我可以到别人那儿工作。”

“哦，您太天真了，谁还会相信您呢，他们早就挖好了陷阱等您去往里跳，当您明白是怎么回事的时候，您就是浑身长满了嘴也说不清了，等着您的只有法庭的宣判了。”

“怎么会是这样，我们从不欠别人一个铜板。”茜博太太绝望地说着。

茜博太太接着又滔滔不绝地讲着，律师先生似乎在欣赏一个艺术家在忘我地表演，努力在展示自己的才华。他眯起小眼睛，嘴角挂着嘲讽的冷笑，他脸上的冷笑掩盖着内心的阴谋，从他眯起的小眼睛里突然射出两道寒光，直逼茜博太太。他却心里暗暗发笑，他这副似是而非的表情却使人感到他有点像法国的一位诗人：罗伯斯·比尔，和他笔下的十四行诗。

“为什么我们要坐牢，凭什么，怎样……？”最后她语无伦次地重复问道。

“您想知道您为什么会坐牢吗？为什么……？”

弗莱齐埃先生的问话，就像绞刑架上的索套落在茜博太太的头上，她面如死灰，再也说不出什么，只是呆呆地望着眼前的这位律师先生。

弗莱齐埃先生看见自己的被代理人已经六神无主了，很得意，立刻换掉了阴郁的表情，用十分慈祥的声调说：“我亲爱的茜博太太，您只要和我配合周密，我会让您得到满意的结果的。”

---

① 贝娄娜：古罗马时代人们所尊敬的女战神。

“那就按您的意思办吧。”茜博太太可怜地小声说着，并站起身来，准备告辞。

“您请坐下，您现在还不知道您的处境，您既然相信我，那我就要给您讲清楚。”弗莱齐埃先生似乎用命令的口吻说着：“为了遗产的事，邦斯先生会把您赶走，是吧？到那位先生的家里做门房，是不错，但庭长夫人会放过您吗？所以，我想要告诉您的是：为了争取您应得的一份遗产，您要做好各种准备，赴汤蹈火，在所不辞。”

茜博太太欠了欠身体，却被律师先生拦住，“不要道歉，这是我应该做的事。”看见被代理人似乎在表示歉意，我们的律师连忙接着又说道：“打官司就像打仗一样，其残忍程度，远远超出您的想象，但是，人如果被逼得走投无路也会豁出性命的。”

茜博太太又一次欠起身体说道：“律师先生您误会了。”

“哦！我亲爱的太太，您一定要做好各种准备……”此时，律师先生已经换上了令人肉麻的亲热的面孔，还要继续说些什么，却被茜博太太打断了：“您以为我是强盗吗？”

“哦，亲爱的太太，您不费吹灰之力，就使得施穆克先生写了一张欠条，您好像很后悔，但您骗得了牧师，却骗不了我，您还有什么心思，我美丽的夫人……”

此刻，茜博太太终于知道了，刚刚他为什么耐心地听完自己的表白，此人太可怕了，他无所不知。

律师先生观察着自己这位顾主，接着又说下去：“哦，您一定知道，在这场遗产诉讼案中庭长太太怎么会让您赢呢？他们早会料到，您会让邦斯先生在遗嘱中写明您应该得到的一份，这的确不错，但是，忽然会有一天，警察局的先生们会去敲您的门，因为他们在邦斯先生的房间里搜到一杯有毒的剩茶，确认，凶手便是您和您的丈夫，会定为杀人犯，谋财害命，接下去便是定罪判刑。哦，就像我在凡尔赛时，曾经给一个和您很相似的女人打官司，她同样是被冤枉的，我为她出庭辩护，但一个律师所能做到的也就是挽救她的生命，却不能洗清她的冤情，最终，还是被判以重刑，关进了圣拉扎尔监狱，服刑二十年哪。”

茜博太太听了这段话，恐怖感更加强烈，她面无血色，看着眼前这个两眼冒着绿光的矮个子男人那张干瘪的脸，就像律师先生刚刚讲叙的那个可怜无辜的摩尔女人一样，她忠贞不渝地信仰并没有改变法官对她严厉的宣判，此时，两个女人却是那么相似。

“亲爱的弗莱齐埃先生，我想，我如果请您做我的诉讼代理人，求您帮忙，可以使邦斯先生在遗嘱中交代清我应得到的一份财产。”

律师先生拍着胸脯发誓似的说：“您放心好了，一文钱也不会少您的。”

“您知道吗？我和布朗先生的关系有多么密切，他说您一定会给我帮忙的，布朗先生是个远近闻名的正派人，我想，他是不会让我到您这儿来等候失望的，有您的帮助，我是不会坐牢的，更不会上什么绞刑架……”茜博太太此时也换上了最甜美的微笑，温柔地说着。

但是律师先生刚才的一席话仍然萦绕在茜博太太的脑海中，一会儿是坐牢，一会儿是绞刑架，她再也忍受不了这种恐惧，突然放声大哭起来，她被吓坏了，可弗莱齐埃先生此时正享受着胜利的快感。一小时前，被代理人的犹豫，险些失去了一个赚钱的好机会，他当机立断，一定要制服茜博太太，恐吓她，让她感到只有自己能救她于万劫不复之中，让她慢慢钻进自己惯用的伎俩中，俯首帖耳地自觉地听他摆布，茜博太太刚一进办公室的门，他的主意就打定了。一定不会让这只送到口的羔羊跑掉。这就是我们前文所说的靠法律混饭吃的所谓的律师，他们贪得无厌，不放过一个捞钱的机会。弗莱齐埃仿佛已经看到了从这案子中捞到的金钱，这足够他日后养老用的开销了，啊，享受的日子马上就要来了，不但有金钱同时还捞到了好名声，真是一举两得。

在前一天，当布朗先生把施穆克先生的难事向他和盘托出时，两个人不谋而合地打定主意。两位熟知法律和人性的先生，研究了案件的每一个细节，可能发生的问题。律师先生甚至按捺不住心头的狂喜，高声叫道：“好运送上门了。”接着他又对布朗说：“先生，事成之后，你可以当上巴黎一流医院的院长，我呢，则要到市里去当大法官了。”

弗莱齐埃先生梦寐以求的职业就是大法官，像他这样怀才不遇的人，空有满腹经纶，却穷得没有一件外套，法官的职位可望而不可即，他这样想着，好像是一个已经做了议员的律师，只需一个阶梯便是大法官的人似的。而他像一个小传教士那样，想着披上梵狄冈大主教的大红袍。其实，眼下弗莱齐埃先生要办案，最起码要得到治安法官维代尔先生的批准，尽管维代尔先生已有六十九岁高龄，且又体弱多病，传闻经常提到他要退休的消息，我们的律师先生也常常唠叨只有弗莱齐埃自己才是这个位置的最佳人选。布朗先生同样常跟我们的这位律师先生提起，有个年轻漂亮的寡妇，拥有一大笔遗产，只等着布朗医生治好了她的病便与他成婚。两个精明透顶的朋友经常相互这样聊着，仿佛明天就会成为事实。

要知道，在巴黎一个小公务员的位置会引起多少双虎视眈眈的眼睛盯着呢。去巴黎安家，似乎是天下每一个人最美好的愿望，在巴黎只要哪个烟草行有一个空缺，就会有一百个女人准备去补缺，四处托朋友拉关系。哪怕巴黎的邮政局有一个低级公务员的空缺，也会在各级政府机关里引起一场波澜，也要一级级地开会、讨论分配方案、协调关系等等。因为这大小也算是任免官员的大事啊！

在巴黎，一个令人垂涎的位置——治安大法官就是弗莱齐埃先生所希望的那个位置。他和布朗先生经常说这个年薪六千法郎的空缺。同时布朗则说他想当院长，娶一个富有美丽的小姐为妻该也不会是太难的事吧。运气好，过不了多久，一个年薪十万法郎的法官书记员的位置恰巧等着他去上任。啊……他们就这样你一句我一句地聊着。同时，就在这天晚上，他们谋划着一个神秘的计划：高风险定有高回报，要工于心计，茜博太太便是他们计划中关键的一环。如果这个环节出差错，那么整台戏便唱不成了。所以必须要使茜博太太听话，必要时恩威并用。弗莱齐埃先生显示了他邪恶的本性，一举就将倔强的茜博太太从心理上击垮了。他们根本也没有把这个女人放在眼里，只是没有她来做线索整台戏也就无法演下去而已。

最后他拉着茜博太太的手便亲热地说："放心等着吧，您的事就是我的事，一定尽力。"

茜博太太此时感到拉着自己双手的不是律师先生，而是令人恐惧的蛇皮，极其冰冷麻木。有了这种令人发憷的感觉，心里反而安静了许多，她只感到这个棕红色的假发像一团蠕动的蚯蚓，又像一罐血色的毒药。

弗莱齐埃捕捉到茜博太太似乎又有些反感，于是就更加起劲地说着："庭长夫人的恶名您知道的不比我少，不是我夸大其词，整个街区无人不知。德·埃斯巴尔爵爷的封号险些拿掉，德·埃斯格利尼翁也是她借别人的权力将男爵送入监牢的，那个在单身男监里自杀的年轻人又英俊又富有，还可以娶到一位门第高贵的富家小姐。这个小伙子就叫吕西安，还不是因为遗产纠纷，在巴黎引起各界的注意。还有埃斯黛尔小姐，她生前由一个有钱的男人供养，死后却留下了百万财富，其实吕西安在她去世时根本就不在巴黎，更谈不上要害死埃斯黛尔小姐。最可怜的是小伙子并不知道自己是这份财产的继承人……他是多么无辜啊，可是，在庭长审讯之后便莫名其妙地自杀了。茜博太太，你明白了吗。"弗莱齐埃看了一眼茜博太太又接着总结似的说："法院就如同医院一样，在这里死几个人是很正常的，不同的是如果死在医院里，会为今后医学研究作贡献，如果死在法院里，就会为制定法律条文提供依据为社会科学作贡献。比如我自己吧，您是知道的，我曾被法律玩弄得一无所有，可我只是个平民百姓，于社会无多大贡献，但我这点惨痛的教训，对您茜博太太来讲可是大有值得借鉴的地方啊……"

"不要说了，我的上帝啊，我并没有想要更多的财产，只想得到属于我的那一份，上帝呀!"茜博太太吓坏了，歇斯底里地哭叫着："上帝呀，一辈子我们安分守己地过日子，那好吧，就按邦斯先生所写的那样，我将在施穆克先生家中安度晚年，不再要别的了。"她的声音越来越低，越来越无奈。

然而律师先生并没有达到目的，他把茜博太太吓过头了，以至不再想要什么遗产了。那他自己不也就无钱可赚了吗？于是，他又变换成慈祥可亲的样子，细声安慰道："没关系，我会替你争取的。"

"可我想得到财产，却不想去坐牢……"

"不会的。"他坚决地说，"正是为了得到应该得到的东西，却得不到，才会有像我这样的诉讼代理人，您不熟悉法律而我却很精通，我们之间配合好，在法律允许的范围内，我们就可以毫不愧疚地拿走属于我们自己的那一份。"

这几句话又把茜博太太说得心思活动起来，她又高兴地说："那您就再谈谈吧。"

"您这件事我还没有仔细想，但我首先考虑到，我们会遇到什么麻烦。第一，您一定要要求他在遗嘱中写明您拥有一部分财产。第二，再摸清他准备立谁为继承人，如果您……"

"噢，不可能，他不喜欢我。"

弗莱齐埃接过话头继续说道："人将死，性格有了很大的变化，他们经常让我们感到希望，总之，您一定要让他立遗嘱，摸清他到底有多少遗产，然后再给我和雷莫南克牵好线，还有犹太人，他们对我们是很有用的。请您放心，我对我的被代理人一向是非常尽责尽职的。我是您的代理人，同样也是您的朋友，要么就是对手，我是泾渭分明的。"

"好吧，请您谈谈您的酬金吧。"

"噢，请先不要谈我的报酬，还是先设法让布朗先生负责邦斯先生的治疗吧，他是我最信任的朋友，他善良，正派，医术又很高超，我们的计划还需要他帮忙呢。"

"我信任您，律师先生。"

"那好，遇到什么难事，尽管来找我好了，尽管我这人有点变坏了，但您可是聪明人。"

"祝您好运，亲爱的律师先生，明天见。"

弗莱齐埃先生把顾主送到门口，同样也顺便说道："如果邦斯先生需要，我很乐意为他服务。那我们的事也就好办了。”

茜博太太回答说好的。可弗莱齐埃却又把茜博太太拉回来，说道：“亲爱的，如果您了解邦斯先生还没有公证人，您就向他推荐特洛尼翁先生，他是我的邻居，人品端正，记住。”

“好的。”茜博太太说道，“我会记住的。”

当茜博太太离开办公室的时候，她尽量放轻脚步。直到走到街上她才轻嘘了一口气，虽然她还没有摆脱刚才的一番谈话，头脑却非常清醒，虽然在她的心里仍然畏惧法庭、监狱，但她却打定主意，先要和自己的诉讼代理人周旋一番，看看他是如何下这盘棋。

她不由得自己对自己说：“我之所以要找这么多人帮忙，是为了打赢这场官司，是为了得到一笔财产，哼，今后他们要我帮忙，我也要酬金呢?”

在下一章里，我们将看到可怜的音乐家的死与茜博太太现在的主意有何联系。

[二十]

戈迪萨尔与女门房

“您好，施穆克先生，我们亲爱的邦斯先生好些吗?”茜博太太进屋便关心地问道。

“越来越坏了，整宿都在昏迷中。”

“邦斯先生都说些什么?”茜博太太又问。

“都是些胡话！他说我是他的继承人，可是任何东西都不能动，也不能卖……他还不停地抽泣，非常可怜，让人心酸!”

“等一会儿，我看看。我的宝贝。”女门房边走边说，“现在都九点了，还是准备早餐。您饿了吗？我只顾忙别的事了……您知道，我们已经没有一个铜板了，我去找些钱来。”

“找些钱，哪儿去找？”

“典当，上当铺。”

“什么上当铺？”

“就是去抵押些东西，换些钱来。我亲爱的，您像一个纯洁的天使，是维纳斯。可是就像有一部戏中所说的：就像一个诚实的稻草人。您经历过巴黎的七月革命，您来巴黎已经二十九年了，而且时时拿一些您的破烂去当铺，您居然不知道什么叫当铺。还有我们的银餐具、烫金线，不都送进当铺了吗？不过没什么关系，破盘子照样可以吃饭，而且吃得更多。这些都不要让邦斯先生知道，否则他会更着急的。当务之急是救他的命，要让他活下去，其他事都暂时可以不管，明白吧。”

“亲爱的太太！你真善良。”音乐家赞美着，将茜博太太的手轻放在胸前，一副由衷的赞叹。双眼噙满了泪水。

“哦，亲爱的施穆克，您不要这样，这真是太过夸奖了，您真风趣！我的父母都是城市贫民，但我们的心却和你们一样善良，一样本分地为人处世……”

“我感到非常痛苦，我的心在淌血，他就要进坟墓了，邦斯先生如果死去，那我也就活不长了，我要随他一起去见上帝。”

“噢！您太不珍爱自己了……听我的话，我亲爱的宝贝，我知道……”

“宝贝？”施穆克惊异地问，“我怎么会像您的孩子，我更糊涂了，您为什么称我为宝贝呢？”

“那好，我来告诉您，从今后，让我来照顾您起居饮食，如果您再病倒，我可伺候不了两个病人。您也不要再去别处上课了，太辛苦了，回来后，已经筋疲力尽了。现在邦斯先生的身体日趋恶化，日夜都需要人守候在床旁。这样您值夜班，白天休息，我值白班，兼顾给您做饭，哦，天啊，我要有分身术就好了，帮助他起床、洗漱、吃药，没有您的帮助，恐怕连十天都难以坚持，可是我们却坚持了一个月了，我真担心我会垮了，那一切就全都完了。您去照照镜子，您只值了一个夜班，就变得这么疲惫憔悴。”

茜博说着把施穆克面前的镜子又推近了些。

“就这样决定了。”她又接着说，“您可以请半个月的假，不要再去上课，不过请把学生花名册给我，等我回来您就去睡觉，直到晚上。”

施穆克爽快地答应了茜博太太的安排：“只是这件事暂时不能让邦斯先生知道，否则我不去戏校，也不去剧院演出，他会发疯的。他肯定会胡思乱想，因为他热爱这些学生们。同时布朗医生也交代过：要绝对保持安静，否则邦斯先生会立刻离开我们。”

“这样吧茜博太太，您做饭的时候，我会拟出一个名单、地址，您替我通知学生一声，我将非常感谢。”施穆克又说。

吃过饭，茜博太太拿了信，并换上了一件美丽的衣服，坐着火车去见施穆克的学生，她下定决心要努力保持体面的形象，出现在两位音乐家面前，还有他们的学生和家长。

茜博太太在学校里替施穆克先生请了假，对不同的对象，说不同的话，这只是为了请假容易些，只是在聊天聊起戈迪萨尔在经理室内发生的事情，茜博太太为了走进店门，确实也不容易。

在巴黎，戏院的经理们与平民百姓有着一道鸿沟，他们的保镖与国王的侍卫一样，布下了道道防线。其实我们都知道，戏院老板担心的是让艺术家要保持他们的激情和创作灵感，这一点和野心勃勃的国王相去甚远。

茜博太太是个“见面熟”的那种女人，一路上她频频向人们打着招呼，居然蒙混到里面了，和其他职业相同，同事间虽然不认识但也都点点头，而且彼此都能认出来，每种职业都有不同的特点。

“啊，亲爱的太太，您就是剧场的门房吗？您可以理解到，像我们这种身份的人根本不懂音乐，但我一眼就能看出您是门房，因为在咱们是同行啊。”茜博太太又说：“我在诺曼底一所公寓里当门房，收入微薄，哎！别提这些了，关键是你们的乐队指挥就住在我们公寓里，如果我要在剧院看门那该多好啊。每天还能看到演员、演奏员和作曲家出入，他们都从您的眼前走过，就像戏文里说的一样，您是我们这行当中最有见识的啦。”

戏院的女房门转换了一个话题问道：

“您的主人邦斯先生最近身体如何？”

“哦，他呀，已经卧床两个月了，看来没有多少日子好熬了。”

“邦斯先生可是个好人，太令人遗憾了。”

“今天就是受邦斯先生委托，要我与你们经理面谈一下他的情况，太太，请您帮忙通报一下，好吗？”茜博太太客气地说。

戏院的房门请经理先生办公室的助理帮忙通报一声：“邦斯先生的女管家，茜博太太。”

剧院经理原来只是个开皮包公司的，专门在商家和厂家之间拉关系，找货源，推销商品。凭着三寸不烂之舌，也还干得游刃有余，如今他又在掌管着剧院，正春风得意，这是一家很红火的剧院，因此他也发了大财，脑满肠肥，拿着股东们的钱为自己赚钱，就连他自己也经常自言自语说：“我怎么会越来越像博戎了呢？还是像门托尔？”

今天，戈迪萨尔经理是为了排戏才匆匆赶到剧院的，离正式开排还有一段时间，剧组的人还没有到齐，他便来到乐队聊聊，此时茜博太太来了，正赶上他心情好，于是他做了一个优美的手势把茜博太太请进了经理室。

“你只不过是个杜尔加莱。”比克西乌可以替他请到当时的名牌女演员爱洛依斯·布利兹图。戈迪萨尔和其他剧院经营者不同，为了能赚更多的钱，他和戏剧界所有的演剧团合作，从高雅的芭蕾舞到小杂剧，他还趁剧作家穷困潦倒的时候，只出一半的价钱便可以买到他们的剧本，并声称只有他一家剧院独家演出，这一手腕足以看出戈迪萨尔的利害和精明。加上他精于运作，把这些杂剧、滑稽剧作补充，加上重头的走红大戏，每天都可以给他带来可观的收入。同时他请人为他做黑票买卖，并名正言顺地拿一定戏票自由支配，从而他又额外地从合伙人身上赚一笔钱。一些没有名气的女演员如果不递些红包给他，就连跑龙套的角色也得不到。这样，本应三三分成可就大大超过了原来的收入。可其他股东的三分之二也就大大减少了。可是，总的算起来却使他们的投资获得了百分之三十的回报，这足以表明戈迪萨尔先生的才干，而且又热心又诚实，使那些小股东觉得自己找对了靠山等等。每当博比诺伯爵向玛迪法先生及他的女婿古罗将军提及此人时，他们总是避重就轻。

“他虽然有时欺上瞒下，但他很幽默，又很精明，很讨人喜欢，对我们也算忠诚。”古罗回答道，此时他已经是贵族院的议员了。

戈迪萨尔一面经营剧院，一面却把剧院的钱与格拉夫、施瓦布等合作，一起办起了铁路，他装出一副玩世不恭的样子，喝酒打牌陪女戏子，把他的精明悄悄地隐藏起来，把心计放在肚子里。这是他半生积累的更有价值的财富。他把住宅装修得像宫殿一样豪华、气派，终日车水马龙，华盖云集，丰盛的筵席、华丽的舞会，一切都那么无可挑剔，却又不经意中流露着不拘小节、纸醉金迷。他还不时地采用过去做皮包公司时所用的手段，不同的是现在又夹杂着上流社会所习惯的艺术色彩。所以，在整个巴黎，谁也没有把他当做竞争对手。他有时像个演员一样口无遮拦，令人捧腹，再加上商人的圆滑和诡诈，总让人感到他技高一筹。

现在，他正在打剧院的主意，把它租出去，自己已经有了实力，可以成立个铁路局，然后换个门庭，要像个伯爵一样，做一个企业家，再娶一个门第高贵的小姐为妻，通过上流社会惯用的裙带关系跻身于政府议会……

正当戈迪萨尔做着升官梦的时候，茜博太太被他优雅地请进了经理办公室。戈迪萨尔问道：“太太，您是要找我吗？”

“是的，我是邦斯先生的女管家。”

“邦斯先生，那位可敬的单身汉现在怎样？”茜博太太回答说先生的身体不太好。戈迪萨尔又抢着说道：“哦，是这样，我十二分难过，请您代我问候邦斯先生。他是个非常善良的人。”

“我也这样认为，他的确很善良，可我很奇怪，先生怎么会在您这儿工作。”

“因为剧院是一个很严肃的场合，邦斯先生很善良，有才华，我们这儿专门需要像邦斯先生这样的正人君子，哦，邦斯先生什么时候能够康复来上班？因为剧院要像火车一样正点，到时要准时开场，不得延误，所以我们只靠善良是不行的，那代替不了演出……请问邦斯先生什么时候能来上班？”戈迪萨尔问道。

“他已经没有希望了，尽管我和施穆克先生日夜守护着他也无济于事了。”

“难道就没有办法医治了吗？”

“是的，他是因为伤心过度，伤了肝脏，亲戚之间的瓜葛把他伤透了……”

戈迪萨尔抢着说：“我们剧院有布朗医生，他可以免费为他诊治。”

“先生，您真是好心人，布朗医生已经尽力了，医药已经无济于事了，只有向上帝祈祷了。”

“啊，我的乐队离不开他呢，新剧本马上就要开排了，怎么会这样呢？”

茜博太太做出一种若克利斯[1]式的神色说道：“您看我是否可以帮您做点事？”

“哈哈……”戈迪萨尔不禁大笑起来。

“您为什么笑，我是一个很值得信赖的人。”

“有笑声，就说明你心情很愉快，那我就直接进了来。”门外传来一个女人的声音，接着，一个漂亮的女演员径直走进来，目空一切地坐在办公室中唯一的沙发上，整理着肩上那条名贵的阿尔及利亚披肩，并拿审视的目光打量着茜博太太，就像打量着一个竞争对手。她就是当时最走红的明星——爱洛依斯·布利兹图。

---

① 若克利斯：欧洲十八世纪多维尔涅的歌剧《绝望》的角色。

爱洛依斯不但表演得好，而且在文学上造诣非常深厚，在演艺界是很有名气的。人缘也不错，经常出入大艺术家们的聚会。聪明漂亮、高贵典雅的她打开一个小香盒边闻边问道："这位太太……我是否妨碍你们谈话？"

"女人只要天生丽质，什么化妆品都是多余的。我既不闻香，也不抹红……"茜博说道。

"上帝真的给了您一副漂亮脸蛋，您什么也不需要。"爱洛依斯边说边用眼睛瞟着戈迪萨尔。

"我是一个品行端正的女人……"

"现在可不流行这种老古板了，你是女人，如果没有一个男人肯做你的情人，只能说你太没有魅力了。"

"您在胡说什么，尽管您衣着华丽，长着一副好面孔，可没有一个人向您表示过爱情，向您求婚，您怎么能和蓝钟饭店的牡蛎美人相比呢。"

话音未落，女明星一下跳了起来，瞪大双眼，仔细打量着茜博太太，只是眼神中少了些轻蔑，多了几分惊诧和尊敬。

"牡蛎美人，"戈迪萨尔说，"我常听前辈们讲到这个绝世美人，难道就会是您吗？"

爱洛依斯却说："您至少也有五十岁了，至少应该知道什么是响板舞吧。"

说罢，爱洛依斯熟练地做了一个舞蹈动作，并脱口念出一句台词："亲爱的拿西，交个朋友吧。"

"你不要为难茜博太太了。她哪儿是你的对手呢？"戈迪萨尔调解似的说。

"难道这位小姐就是新爱洛依斯①……"茜博太太提高了嗓门。

"是的，这又怎样。"戈迪萨尔大声说。

"这句陈词滥调已经长出白胡子了，再说个新鲜的吧，你还知道

① 《新爱洛依斯》：卢梭的另一部著作，流行于西方。这里指茜博太太在挖苦女明星。

什么？”

可茜博太太此时却把话锋一转突然对他们说道：“亲爱的戈迪萨尔先生，我实在没有心情再聊下去了。因为家中还有两位可怜的先生正患着重病，我刚刚从当铺里出来，您看。”她把手里的当票举给他们看。

“哦，居然是这样，真是很可怜。”

“快住嘴吧，不要再斗嘴了，茜博太太是邦斯先生的管家，她刚来通知我们，咱们那可怜的乐队指挥就要去另一个世界了，可我们马上就要开排新剧了，到哪儿去找合适的指挥呢？”戈迪萨尔先生焦急地说。

“不，邦斯先生需要帮助，我们应该搞一次募捐来给先生治病。”

戈迪萨尔忙说：“不，不，绝对行不通。巴黎的慈善机构只承认他们自己是穷人，这样搞说不定第二天邦斯先生没有得到捐助，反而欠慈善机构的钱了。那岂不是更糟了吗？”接着他又说道，“您真是一个善良的女人，不要发愁了，我会发给您一笔奖金的……”

他随手按一下铃，戈迪萨尔先生吩咐刚才的年轻人去会计那开一千法郎的支票送来。

“您怎么又落泪了，真可怜，”爱洛依斯说道，“亲爱的，请不要哭了，我们一定会尽力帮助您的。唉，我说你——外省人。”她对戈迪萨尔先生说：“你是不是打算让我上新剧的女主角，可你却又要和别的女人举行婚礼，不是我吓你，如不改变主意，厄运就在你头上。我会领几个孩子去找你，就说你是他们的父亲。”

“我们的关系早已经结束了，爱洛依斯，你是知道的，我是铁石心肠，不要威胁我。”

“那好吧，”女明星换了个口气说，“那你就让加朗热来做乐队指挥吧，年轻人才华横溢，只是没有机会，你答应我，以后我保证不打搅你。”

“邦斯先生还没有死，如果他病愈了呢。”

听到这儿茜博太太插嘴道：“从夜里起，他就没有苏醒过，而且净说胡话，不要说好起来，恐怕等不了多久……”

“那就请加朗热临时代理指挥吧，你难道没看见报纸是如何评论他的吗？……”

会计进来了，手里拿着一千法郎。

“好了，亲爱的太太，您回去后要精心照顾好邦斯先生，转告他，我们会去看望他。”

“谢谢您，仁慈的先生，我为您祈祷。”

“这笔钱出在哪儿呢？”会计问。

“由我来签字，就算剧务开销吧。”

茜博太太拿了钱向女明星深深鞠了一躬表示感谢。然后她听到剧院经理要求爱洛依斯推荐来的指挥在二十天内把《莫希干人》排演完毕，那就可以把邦斯先生的位置让他来做。

茜博太太做梦也没有想到，撒谎能给她带来一千法郎的收入，对于她来讲简直是个天文数字，接着，她又盘算起一桩卖画的勾当了。首先，要把那个阴险的伙伴费莱齐埃的嘴堵上，要想把埃里·马古斯收藏的画卖掉，就必须让他们两个绝对保密，不得走漏风声。

奥涅弗人自边远的外省来到巴黎，就像一个睁眼瞎，由于长期生活在偏僻的乡下，渐渐形成了鼠目寸光，愚昧无知且固执的性格，就在渐渐熟悉了巴黎这座城市之后，在街市的菜场里，他认识了茜博太太夫妇。

茜博太太健康美丽，性格开朗活泼又很泼辣，成了在菜场做生意的男人们的焦点。他们设法挑逗她来做情妇，那时的巴黎流行着找情人的时尚。

贪婪就像一个绞索，它随着欲望的日渐膨胀，绞索便越拉越紧，终于有一天贪婪扼杀理智，雷莫南克估计自己和埃里·马古斯的积蓄大概有四万法郎了。如果都属于自己一个人，那他就独有四万法郎，就可以将风流的茜博太太娶回家，独自拥有这份甜蜜。雷莫南克此时在午后的阳光下，抽着烟斗，眯着眼睛想入非非。仿佛自己的钱袋一下子鼓了起来，漂亮的茜博太太为自己精明地打点着一个店铺。有她坐在柜台后面，来往的市民都会进店转一转。财源滚滚而来。又有美人又有钱，那就要在玛德莱娜大街租一个体面的铺子，专门收藏倒卖价值连城的古董，他躺在黄金堆上望着缕缕青烟变成了金币落下来……

一阵当当哐哐的声音把他惊醒，那正是他的眼中钉——小裁缝。

雷莫南克打开店门，整理着货架，小裁缝则在搞卫生，扫街面。自从邦斯先生卧床不起之后，他就替他的太太担当起看护的工作。这个瘦小枯干、脸色黝黑的人，就是雷莫南克先生的眼中钉，是他通往爱情路上的绊脚石。一时间邪恶胆陡生，他心中的绞索套越发拉得紧了，他为什么不去死，雷莫南克发狠似的咬着牙。越是这样茜博太太越是得意，自己已徐娘半老却得了意外之福。

清晨起来，茜博太太心情特别好，她若有所思地看着这个奥弗涅人收拾货架。心里却想：他到底爱不爱我呢?

“早晨好，”雷莫南克走过来，打着招呼，“事情进展得怎么样了?”

“我很担心，出了麻烦会把我也牵进去的。”茜博太太回答道，紧接着她又说：“小心你的鬼眼神早晚会被邻居们发现的。”

她一转身进了雷莫南克的店铺里。

“我有话要和你讲清楚。邦斯先生的亲戚们都在蠢蠢欲动，他们会联合起来向我们发难。他们依仗权势派一些人来二十四小时地盯梢我们，千万不要出差错。你要真心爱我，就不要乱讲。否则，我不会劝施穆克卖画的，即使上了法庭也不能说出画的来龙去脉。等到邦斯先生一死便没有证据，究竟是有多少幅画，是什么时候出手的，谁也说不清楚。”

“一定，绝对能做到；可他们要的票据到哪儿去找呢?”雷莫南克说。

“我哪里有收据，那要施穆克先生来写，我会去找他的。你告诉马斯古，嘴一定要严。”

“这我们都懂，我们只需要您这样又知书达理又聪明漂亮的女人来帮忙，不然，您就嫁给我好了，把茜博甩了吧。”

“看谁来了，这下可好商量了。”茜博太太说。

来的是埃里·马古斯先生。每星期他都会来两次，对这几幅画，他早就垂涎三尺了。

“有没有别人和您谈起过邦斯先生的那些小宝贝。”茜博太太急切地问。

“有一位律师先生写来一封信，多么可笑啊，一个在街头揽案子混法律饭吃的人，谁能信得过呢？因为我没理睬他，过了几天，他居然找上门来了。”埃里·马古斯先生说，“接着他还留下了地址，我告诉房门，我不见这位先生。”

“您真是个好买家，就这样定了，我回去就劝说施穆克先生卖上几幅画给你，不可能太多，不过，有言在先，是施穆克先生推荐您到这儿来的，对吧，是雷莫南克把您推荐给施穆克先生的，这件事，我纯粹是个帮忙的，是你们两方面商定的价钱：四幅画四万六千法郎，不要节外生枝才好。这是其一。”

这个犹太人听到这儿极不情愿地点点头。

“其二，”茜博太太接着说，“您把三千法郎付给施穆克先生，是买画的钱，剩下的四万三千法郎您心里也很明白，事成之后，我们三个人均分。一切都妥当了，我们再去找那个所谓的律师，给邦斯先生的财产作一个评估，设法给您一个好价钱。但是，我们的事情在没有办妥之前，千万不要让他知道，听清了吗？”

“不过，我还没有仔细看过邦斯先生的家产，这是要仔细看看，心里才能有数。”

“那个好办，先生，你们俩还是商量好。过几天，一切都会办妥的。现在，我还要去找律师谈谈，还有那个布朗医生，他们都了解这件事，可不能小看了这两个人。”

在去弗莱齐埃家的半路上，正好遇上律师，他急于想知道事情进展如何，迫不及待地去找茜博太太。

“真抱歉！弗莱齐埃先生，我正准备去您家呢？”她一脸真诚地说。

弗莱齐埃见面就指责埃里·马古斯没有诚意要做生意，可是，当茜博太太告诉他马古斯先生出远门了刚刚回到巴黎，很快马古斯先生就会安排和他会面的，请他帮忙估一下价值。一番动听的话语，使得律师打消了满腹狐疑。

“我们之间是代理与被代理的关系，最好要以诚相待，因为这个案子是涉及邦斯先生的财产继承问题，我就像处在十字路口一样，需要请代理人的可不只您一个人。”

这几句沉甸甸的话，句句砸在茜博太太的心里，她深深感到，这个吃法律饭的人有多利害。他像幽魂一样，处处游动，暗中在做手脚，我可不是他的对手。茜博太太心想，事不宜迟，夜长梦多，画要早出手。茜博太太的猜测与实际差不多。弗莱齐埃已经行动了。医生出钱给律师定做了一套制服，使得他能够很体面地去拜访卡缪佐·德·玛维尔庭长。这是一次关系到事情成败的关键性的拜会，只是定做衣服需要时间，才耽搁了。弗莱齐埃原来打算与茜博太太会面后就去试一试新衣服，和茜博太太分手后，律师便取回了自己的新装，顺便换了一顶新的假发，雇上一辆马车，体面而又得意地准时十点钟来到了庭长的家，希望能和庭长的太太先谈一谈。看弗莱齐埃一身新装雪白的领花、雪白的手套、整齐的假发，身上散发着幽幽的香水气，不过，那样子怎么看怎么像华装里包一具骷髅，华丽而又令人恐怖。虽然律师先生其貌不扬，发绿的眼睛里闪着邪恶的光，一脸的横肉，长着几个疙瘩却端出了一副不可一世的架子，是的，茜博太太初次在办公室中见到他的时候，他就像刽子手中的一把普通的杀人用的屠刀；可是今天，在庭长太太的客厅里，他俨然像一把精致的小匕首，虽然也可以杀人，却实实在在的是一件小装饰。

[二十一]

交好运的弗莱齐埃

沸沸扬扬的汉诺威街几天来一直不得安宁。庭长家把自己唯一的一套住宅给女儿做了陪嫁而自己却到别处另租房子住，使得博比诺夫妇和退休部长夫妇都觉得很不妥。不久，楼上的一个房客退租回乡下了，庭长夫妇随后又搬回到三楼上，但卡缪佐太太却又留下了玛德莱娜·威尔、一个厨娘和仆人。无形中又增加了几千法郎的开销，本想不租房子住省下房租生活可以宽裕些，这样一来，只靠年俸一万法郎维持生计，日子便显得很平淡了。德·玛维尔太太对此十分不满，她希望富有，随着庭长财产转移到女儿名下，卡缪佐先生便失去了竞选庭长的资格。这样一来卡缪佐太太是绝对忍受不了的。她要拥有百万财富，她达到理想，达到她的要求仅靠这一万法郎的年薪是不够的。于是，阿梅莉很固执地把眼光落在了议员的位置上。但要当议员首先要在玛维尔田庄的社区里当选。阿梅莉自从拿定主意就开始精心筹划，不达目的是不会甘休的。近两个月，她便经常出入老卡缪佐的家，使尽浑身解数。老卡缪佐刚刚进入贵族院，被封为新男爵。如果要想让丈夫竞选议员，没有男爵的帮助是很难达到的。首先老男爵必须将十万法郎的遗产留给自己，他们就可以把原来玛维尔田庄中属于别人的那块土地买回来。这样，他们的收入就会增加一倍还要多，将来和女儿生活在一起也很方便，他们的玛维尔田庄也就更完整更有规模了。为了能让丈夫当上议员，阿梅莉鼓噪喉舌告诉老男爵，自己的丈夫能否当上议员，对整个卡缪佐家族是举足轻重的，他就有可能在司法界立足而后登上大法官的宝座，让那些官员们都刮目相看。阿梅莉还向公公哭诉，自己把房子作为博比诺子爵与女儿成婚的嫁妆之后，财产也没有了，怎么能参加竞选呢？她还一再问老人是否不愿意让儿子入议会，因为假若不如此的话，他绝不可能在司法界有地位，而如果丈夫当选，则会让部长们害怕。

可是，老男爵已经有些力不从心了，他也希望能留给儿子一笔财产，可是他已经把田庄的收入用来经营铁路了，周期长、不易运转。只有让儿子再等一等了。

“这样没有良心的人，他们现在的一切，如果没有庭长，没有庭长修改了七月法案，哪来的钱去投资铁路。这些奥尔良家的人，你不把刀架在他的脖子上，他们是不会‘出血’的。”

庭长太太无可奈何地回到家里，心里憋着一肚子火，眼看区议会马上就要改选了，原来的老议员宣布退出竞选。天赐良机给了庭长，可宪法规定被选举人要拥一定的财产，所有权要一年以上。老男爵前几天许诺，如今让庭长夫人空欢喜了。

此时，在门外我们的律师先生正向玛德莱娜·威尔献殷勤，这两个狡猾的家伙倒是臭味相投。

“尊敬的小姐，”弗莱齐埃肉麻地称道，“请麻烦您通报一下庭长夫人，有一件与夫人有关的私事，要直接与夫人面谈，由于我经常在帮助别人做诉讼代里人，很少有机会来亲自拜望夫人，夫人很可能对我不太熟悉，但这无所谓，因为此次来访主要是有关夫人的财产及财产继承权的事情，不敢耽搁了才冒昧来访。”

精心编造好的措词是很有效的。女门房很痛快地进去通报了。

此时，等在门外的弗莱齐埃心里暗自得意事情正按自己意向在发展着，他那种外省人的倔强性格，刁钻而隐藏着残忍。但他没有那种果敢、决然的勇气，更没有成大事者所必备的那种冷静与深沉。弗来齐埃患有闭汗症，无论什么灵丹妙药都没有用，当他踏进阿梅莉房门时，他却忐忑不安，好像感到身体似乎在冒冷汗。

“即使发不了财，也会有些好处。”他自己宽心地想，“没关系，布朗医生保证过，只有能排汗就能治好我的病，说不定我还能一举两得呢？”胡思乱想间，庭长夫人身着便装走来请他进去。律师马上打住自己的念头连忙说道：

“打扰您了，庭长夫人。”他行了个礼。这是见到上司的规矩。

“不要客气，先生。”庭长太太一眼便看出这是一个混饭吃的律师。

“我之所以唐突求见，庭长夫人，实在是我感到此事关系到您和您的家庭利益的大事。我想，德·马维尔先生日理万机，对家庭这种事情很可能顾不上了，地位高的官员们经常这样，但这绝不是一件小事，我想找庭长谈之前不如先和太太商量一下，七八十万毕竟不是一笔小数目。当太太的可能会比庭长们更善于处理家庭琐事，不知您意下如何……。”

阿梅莉心中一颤，几十万的遗产从天而降。她极力掩饰着自己的惊异，就像长官听汇报不重繁琐的过程，只求简单的结果一样，她却显出是一脸不屑，打断他说：“是什么遗产？”

“是这样，是您自己的遗产，可是您和庭长马上就要被剥夺继承权了。为了您的利益，我才来见您的。”

“那请您讲清楚。”玛维尔太太已经掩饰了焦急，摆出一副居高临下的样子，同时紧张地在心里估量着对方。

“我来自外省——芒特，是德·玛维尔先生的同事勒勃夫院长介绍我来巴黎的。”律师先自报家门后加重了语气说：“夫人，我知道您是一位不凡的女性。谨慎、精明，我想，我不说您也能知道我为什么要自报家门。这样我们谈问题就更方便了。”

一番巧妙的辞令，使得原来想急于知道详情又心怀轻蔑的庭长夫人，终于愿意很平等地与弗莱齐埃先生谈话了。她没有回答只是做了个请讲的手势。

“夫人，”弗莱齐埃继续说下去，“我在芒特市做律师时，事务所就是我的全部财产，是我从勒弗鲁先生那儿买下来的，您一定跟他很熟吧？”

夫人不置可否地点了点头。

“我用我的全部积蓄，加上部分借款买下了事务所，并且辞去了代斯洛舍大律师的工作，他是法国有名的大律师，我在他那儿一直工作了六年，才独立开办了自己的事务所。可万万没有想到，我得罪了当地的检察官——名字叫……”

“奥利维尔·维纳。”

“噢，对了，就是总检察长的公子，夫人，您不知道，他正在追求一位可爱的太太。”

“是奥利维尔·维纳吗?”

“正是他，他追求的是瓦蒂纳尔太太。”

“哦！那可确实是个漂亮的女人。”

“瓦蒂纳尔太太对我很好：灾难由此而来[1]，”律师继续往下讲：“我必须努力工作偿还欠债。我需要为更多需要帮助的人提供服务，获取酬金。由于我的正直、公平和勤奋，赢得了当地市民的信任，业务繁忙，收入自然也就渐渐多了起来，没想到，我因为勤奋得罪了同行业的同事们，他们串通起来，无端生事。您是了解的，干我们这一行的人，如果心藏歹意想加害一个人，那简直易如反掌。太太，我只不过是在一个案子中为双方做了诉讼代理，我的确是有些不对，但别人可以，轮到我却不行了，我曾给布约纳帮过很多忙，但这次偏偏就是他带头生事的。其实，他是在检察官奥利维尔的威逼下才这样做的，我也知道。他们污辱我，在市民面前贬低我，大庭广众之下说我行贿受贿，您想，芒特是个小城市，这样一来，哪儿还有我的立足之地呢？没有办法，我卖掉了事务所，失去了全部财产，只身来到巴黎，一心想东山再起，可是由于我的身心都遭到了重创，很难恢复，现在，我来拜访您，只想通过您请求您的丈夫未来的司法大臣或首席大法官，可怜可怜我这个被诬陷和被欺凌的小律师。我没有大的奢望，只求有一个能够工作的环境，安安静静地生活，勤勤恳恳地工作。我如果去当治安法官之类的低级位置，我想只要您和庭长先生一句话便可以办到，因为现在的司法大臣都明眼您丈夫的前程，很想找

① 灾难由此而来：原文是拉丁文。

个效力的机会呢……还有呢，太太，您不要着急。”他看庭长夫人有些不耐烦了，便意识到，该进入正题了：“夫人，我的朋友布朗医生有一位病人，已病入膏肓，时不多日，庭长先生是这个老人的遗产继承人。可是这个老人不定什么时候立张遗嘱，那庭长先生的继承权可就化为乌有了，这位医生觉得应该把事情通报给您，为的就是不让庭长先生的财产受损失。而他呢，也和我一样是平民百姓，却怀才不遇，但也没有大的请求，只想谋一个主任医师的位置，这些都是您所不屑的职务，但得这个位置，我们将乐意献犬马之劳，为您的利益赴汤蹈火，在所不辞。如果不是他和老人的关系相处非常好，老人是不会将这些事说给医生听的，那我想帮您的忙也无从谈起了。我知道这两件事都很麻烦，可我们又迫切需要，况且，这位医术高明、学识渊博的医生还是博比诺子爵的救命恩人呢，他的祖父非常感激医生呢，如果您可以帮我们两个如愿以偿，难道一个治安法官保证您得到遗产还是难事吗？我可以保证，遗产几乎百分之百的属于您，只是必须拿出一小部分分给其他继承人和几个热心帮忙的人。我可以给您先办事，您可以后给我帮忙。”

弗莱齐埃先生滔滔不绝地说完以上这些话，用眼睛看着庭长夫人，发现夫人正注视着他，并开口说道：

“律师先生，您要求我做的事，我听明白了，可是有关我的事，我还没听明白呢？”

“夫人，您做事非常明了，”律师又开始说了，“卡缪佐先生是邦斯先生旁系中唯一的继承人，邦斯先生准备立遗嘱，但是，还没有立，再就是邦斯先生已时无多日，就要告别人世了。夫人，错了，邦斯先生打定把遗产让给一个叫施穆克的德国画家，您别忘了，遗产总值差不多有七十万法郎呢？”

阿梅莉听到这儿暗吃一惊，如此大的一笔遗产要旁落他处，“如果是这样，那我和他闹的不快，还中伤他，恐怕是犯了错误……”

“太太，如果您和他关系好，他会非常长寿的，他会比我们活得都长，但天有天道。我们是不知道的，您现在明白了吗？您需要给我们一个实际的答复。德·玛维尔先生办这些事是不费吹灰之力的，但是身居高位的人不知道这区区小事对两个平民百姓来讲是多么重要。他和他的舅舅变成现在这种势不两立的局面，居然还把邦斯先生从上流社会中驱逐出去，当然庭长先生也是为了大家的利益才不得已这样做的。可是，邦斯先生和他唯一的朋友一起生活在一室，互相照顾，他现在已生命垂危，此时，立一个遗嘱也是非常合情合理的，是有效的。可是，亲爱的夫人，无论是对你我来说，这七十万都不是小数目，况且，卡缪佐先生这唯一的合法继承人，却是竹篮打水一场空，搞不好还要被不知真情者指责。这种事情很难、很烦，跟下等人打交道就是这样。所以像这样的案子，一般的律师是不愿意接的，因为这种事俗话说得好：清官难断家务事。唯一适合做此案代理诉讼的是我，您看，第一我有真学实才，有辩护经验；第二我对您忠贞不贰，只要违背您的利益的事实，我都会措词强烈地予以反驳。此外，我不但能和高等律师对垒，也善于接近那些下等人如仆人、门房等来取得对您有利的证词……说到这儿不禁又想起正因为此，所以巴黎区的总检察长因心胸狭窄，容不下像我这样出身贫寒而又有才华的律师，所以至今，我还是在区里为那些鸡毛蒜皮的事进行调解，那都不算什么案子。哎！如今我要是能为您服务，也就给我自己带来了希望，还有我的朋友布朗医生。”

这时的庭长太太满腹心事，她越听到后来心越烦。因为在芒特的奥利维尔去年到巴黎任副检察长，他的父亲是资深检察长，无党派的代表，庭长太太本来就与他家不和，那位维纳先生经常在众人面前指责庭长如何如何。可是律师先生却一点也不知道这一环节，他怎么也想不到哇！可是精明的弗莱齐埃却把庭长夫人这一变化看在了眼里。

“您除收取当事人双方的酬金外，还有其他事情吗？劣迹有吗？”庭长夫人严肃地问。

“绝对没有，勒勃夫先生可以作证。”

“他一定能替你说好话吗？”

“是的，可以的，据说维纳先生已经离开芒特市了，虽然身材矮小的检察官令人色变，可他毕竟已经走了，谈谈无妨了。如果您认为合适，我可以现在就去芒特一次，因为详情要等几天以后。节不便让您知道得太早。不过有您对我的承诺做酬金，您还担心我不尽力吗？”

“如果真像你所讲的那样，我才会答应这两个位置，现在两件事都不是事实。你要保证勒勃夫为你担保。”

“还有一点，您让庭长签发一份委托书，注明此案由我全权代理。”

“这些都好办，关键是邦斯先生真的病危了吗？你要搞清楚。”夫人面露微笑问道。

“说实在的，邦斯先生的病再重，有我的朋友布朗医生负责也会好起来的，我的朋友心地善良，不会因为同情我的遭遇便对邦斯先生草率从事，就是为了您的利益，他也仅仅告诉一些别人不可知的内情而已。可怕的是布朗先生千方百计挽救老指挥，可是他身边还有个女门房，她会把邦斯先生送进坟墓的，因为她有可能得到三万法郎的遗产，当然她不会去杀他，但是一个危在旦夕的老人，也许一句话就会把他气死的。那个女门房年轻的时候是巴黎有名的美女——牡蛎美人。这种人徒有漂亮面孔，心地却是阴暗的，他们为小利而失大义，是个典型俗不可耐的乌鸦嘴。为了得到遗产，她什么恶毒的语言都会抛向邦斯先生，使他得肝结石，开刀，天哪，邦斯先生哪儿能手术开刀呀！只有等待死亡了，布朗医生左右为难，但又不能为病人做主……。”

“这个十恶不赦的魔鬼！”阿梅莉尖起嗓子吼了一声。

听到与自己嗓音如此相似的声音，律师不禁窃喜，这种虚假的调门代表什么样的心情，他太明白了。这笑声使他想起不知哪个故事中的主人公，一个法院院长和他的夫人。他的夫人就像哲人苏格拉底的太太一样聪明，而院长却不像苏格拉底一样豁达了。院长为了达到目的把马料里拌上盐却不让马喝水，当他的夫人赶着马车经过河边时，马不顾一切地跑到河里去喝水，可怜马车中的院长夫人……院长名正言顺地摆脱了自己的太太，眼下的事实与之是多么相似的重复啊。

“你的朋友还是应该告诉邦斯先生，请他辞掉这仆人，如果沾上这种瓜葛，咱们的交易就结束了。”庭长太太说。

“这可行不通，邦斯先生和他的画家朋友都把她当做亲人呢。再者，佩勒洛特之所以请布朗医生看病还多亏这个女人的介绍。所以医生只能再三叮嘱她要对病人温柔些，可是，适得其反，邦斯先生已经卧床不起了。”

“医生对邦斯先生有什么预测？”夫人问。

“最迟不过两个月，您就可以拥有遗产了。”

如此干脆、露骨的回答，稍有头脑的人立刻会感到两个贪婪的心是多么相似啊。庭长夫人听后也感到有些后怕。她垂下眼皮，努力装出悲天悯人的样子，其实是在掩盖自己贪婪的欲望。

“您有什么事要转告勒勃夫吗？”律师问。

“请稍候，我写个请柬你带给他，请他明晚来赴宴，见面谈一谈，为你过去的不公做些可能的挽救。”

庭长太太走进书房，律师先生好像现在已经是治安法官了，感觉全变了，神气活现地享受着权力与尊严，他本能的品质中转换出来的却是力量了。为了达到目标就要像外省人样，丢掉人格，丢掉正义，只要成功。他镇静地站在庭长夫人前面，把谎言变成证据，把推测当做事实，只要得到她的信任，能够成为自己通往目标的阶梯，他和布朗医生就有熬出头的希望。他仿佛已经从茜博太太手中拿到一千埃居，加上阿梅莉的五千法郎就可以得到一套舒适的住宅了。有些人自私、残忍，但他也有人性的另一面，就是豁达和仁慈，弗莱齐埃非常感激布朗先生的帮忙，为了布朗他也会在所不辞。

当夫人把信交到他的手中，看着面前这位对未来充满憧憬的人，也不像刚进门时那样丑陋了。可能是因为他马上要为自己去办一件重要的事情，看起来自然会有些变化了。

庭长夫人想到这儿严肃地对他说：

“弗莱齐埃先生，你发誓，对我是一片坦诚，你所做得一切都不会伤害德·玛维尔先生。”

“我发誓，亲爱的太太，如果哪一天有谁玷污您或庭长的荣誉，我会挺身而出。当那时，保护庭长就是我的首要职责，因为那时我已经是治安法官了。我的人生已经禁不起第二次打击了，对于我来讲，一次足已。另外，只要我行动，我一定事先得到您的同意。”

“那好，收好信，我就等你消息了。”

“我告辞了，太太。”一边向庭长太太深鞠躬一边想，真是个厉害有心计的女人，有了这个靠山，事情会顺利得多。

到了芒特市，他首先找到的是瓦蒂纳尔小姐，他的麻烦事都是因为她才惹起来的。和她交往，爱情真的像苦果。再说他和那位勒勃夫实在是不很熟，只有请瓦蒂纳尔小姐再来帮帮忙。

[二十二]

策划遗嘱的开端

几天后，趁着施穆克休息时，负责照看病人的茜博太太来到邦斯先生的床前，和可怜的邦斯先生产生了一场用她的话来说就是“口角”。邦斯先生被诊断为肝炎，肝炎本身就是因为心情郁闷、营养不良造成的，发展到这个程度，病人极易狂躁，发脾气，吵闹之后反倒觉得心情好些，可对身体却造成更大的恶性循环，如此的恶性循环便会导致病人的死亡。此时，如果刺激病人发火，无疑是给病人服了一剂毒药，发火后的病人身体极度虚弱，肝脏损坏严重，最终发生深度昏迷，死神也就来临了。尽管布朗医生再三叮咛茜博太太一定不要给邦斯先生吃得过饱，不要吃油腻食品，可是茜博太太这个一般的、居心不良的下等女人一样，不相信科学，不听医嘱，任意给邦斯先生吃东西，以至布朗先生不得不警告她说：

“你如果再给邦斯先生吃饱饭，那就不如一枪打在他胸口上算了。”

平民百姓长期生活在贫困之中，无论是病人还是家属，他们都把吃看得格外重，病人不愿住院治疗一半原因是因为在医院吃不饱。医院为了防止家属探视带来食品，干扰正常治疗，据说要对家属进行严格的检查。

茜博太太为了自己的财产，经常会找些不愉快的事讲给邦斯先生听，她知道，只要她开个头，老头子就不听清楚不罢休。她漫不经心地说他去找剧场经理却和爱洛依斯小姐吵了一架。

“您到剧院去干什么?”邦斯先生开始讯问。

“等我把她挖苦了一阵才告诉她我是谁，她听了之后就马上道歉了，算了，还是原谅她吧，您问我为什么去剧院?”

天生的长舌妇很有接下去的讲话技巧，她把想说的话讲够了再接着你的问话又滔滔不绝地讲开了，话从她的舌尖又源源不断地流向邦斯先生的耳朵。

“我去他那儿是替您和戈迪萨尔先生谈一谈，看看是不是能等您的身体好些了再去上班，可我无意听到了有一个叫加朗热的人要来指挥歌剧《莫希干人》……”

邦斯先生听到加朗热这个名字立刻狂躁起来：“那个家只可以写一些乐评之类的文章，倒很风趣，但是，让他指挥一个乐队来演奏一部歌剧，噢，那简直是亵渎音乐。”

“啊，亲爱的邦斯先生，他是个恶魔，我们不要为他生气了。不过就您现在这样的身体，同样也不能去指挥一个乐队，您瘦得只剩下一个骨头架子，手无缚鸡之力，连给我们记账的气力都没有了……噢，我要上楼上一趟，他们欠我们十七法郎呢，还有我们买药剩下的零钱，都还没算清呢。其实刚才咱们聊到的剧院经理倒是个蛮不错的人，很帅，像他那么好心肠的人一定不会得肝病，我和他谈起您的身体状况，他暂时决定找人帮助您完成作品，他还要来看望……”

“帮助我完成作品。”邦斯先生一猛劲居然从枕头上抬起头来，用很怪的声音喊道。

被人顶替了工作，对一个生病的人来讲，犹如落入死神的手掌，预感到死亡的来临，总是不甘心离开这个世界。

邦斯先生继续叫喊："我会好起来的，会的，不久便会去上班，您为什么要去找戈迪萨尔，你这个害人精，是你夺走了我的生命……"

茜博太太用同样的嗓子喊道：

"对，对，是我害了您，我走好了，你不要让施穆克先生再去求我回来，您忘了，是谁在服侍您养病……"

"可再过几天我就会好起来的，这是布朗医生讲的，可这样一来，也没有用了，人们会说邦斯先生的风格已经过时了，"邦斯先生一心以为身体会康复，"茜博太太，您为什么会到那儿去，那是个肮脏的地方，只有加朗热这样的人到了剧院才会觉得快活，他会去找要找个小角色的女戏子，也会去奉承戈迪萨尔那市侩……"

"邦斯先生，您心里只想着您自己，难道您就没看到施穆克先生为了让您康复，几个月都没有去上课了，他日夜陪伴着您，本来我是夜里看护您，白天休息，难道您就不吃饭了吗？不能上班，是因为您有病，您也真够自私的，您只是想到自己，为什么不替施穆克想想呢？"

"他不会出这种主意，我不相信！"

"您是说，去剧院是我自己要去的，就算是这样，施穆克继续去上课，晚上去剧院指挥乐队，您以为我们不知累，天下到哪儿去找施穆克这样的好人，让邻居们看看，谁见过像您这样的病人，您好不了，还要拉着我们陪着您一起去死，我可不是施穆克先生，他愿意，我不愿意。"

茜博太太达到目的了，床上的邦斯先生已经痛苦得说不出话来了，只是无力地哼着，好像一口气上不来就会死去。茜博太太立刻换上温和的声音请他安静下来，抚摸着邦斯先生的头让他入睡。

"噢，亲爱的，您是病人，您要安静，布朗先生要您不能激动，您总是任性，医生一会儿就会来的，看到您狂躁不安，会埋怨我没有尽职。真气死我了，有了我的照顾，您应该感谢她才对，您这副样子对大家都没有好处，施穆克先生都是为了您好，像对待亲人一样，以后您一定要听我们的，您的病才会好起来。”

“施穆克不会擅自做主让您去剧院的……”

“他陪了您一夜刚睡下，我去把他叫来。”

逼着好心肠的施穆克先生来判断是非，太难为他了，也许我的情况就是这样，那我宁愿不知道，他连忙喊道：“不，不……”

邦斯先生环视着房间，房间里到处都是他精心收藏的艺术品，眼中充满了忧伤，这些心爱的画，都是他心爱的朋友，一生为伴，还有仁慈的施穆克，难道真的要告别了吗？

此时茜博太太看在眼里，立刻装出欲哭无泪的无限悲哀的神情，残忍地折磨着垂危的邦斯先生。没有了社会生活，失去了工作，人就没有了存在的意义，就连健康的人也无法接受的事实，更何况像邦斯先生这样的人呢？一阵痛苦之后，就像死人一样静静地躺在那儿，似乎连呼吸的气力都没有了。

茜博太太见状仍不罢休：“您是不是该为了施穆克先生立个遗嘱，请来特洛尼翁先生很方便，他为人正直。”

“不要提特洛尼翁，不信任……”

“那随便请谁好了，反正都一样，给我多少也是您说了算。”茜博太太撇着嘴，好像根本不稀罕老邦斯先生的钱。

快中午了，施穆克来到邦斯的房间，静静地看了他一会儿，茜博太太示意他不要出声，绕过床，她贴在画家的耳边说：

“感谢上帝，他终于睡了，刚才就像斗红眼的公鸡，您能有什么办法呢？”

“不，我神智很清楚，也很安静，亲爱的朋友，是茜博太太去剧场让他们把我辞掉了。”凄凉，无力的但却是清晰的低语。

邦斯先生停了下来，他没有气力把话讲完，茜博太太却用手指指他的脑袋，意思是他已经糊涂了，并低声用关切的声音说：

“千万不要让他激动，他需要安静。”

“她说是你让她找戈迪萨尔的?”

“是这样邦斯先生，”施穆克立刻答道，“您必须停止工作，等您病好，您的财产足够您安享晚年了，到那时，我们卖掉几件古董，到乡下去找一个安静的寓所……”

“你不要听信她的话。”邦斯敏感地说道。

邦斯先生环视了一下周围，没有看到站在床头后面的茜博太太才又说道：

“她是想把我折磨死。”

“是谁在折磨您，您说清楚。”女门房一下蹦了出来，双手叉腰，唾沫横飞：“我忠实得像一只看家狗，您却这样评价我，天下哪儿还有什么公平呢?”

她哽噎着，仿佛站不稳似的顺势倒在一张软椅上，但紧接着她又挣扎着站起来说道：

“我夜以继日地在这干活，并没有人说我好，我也该休息了，你们还是请个女护士来吧。”

此刻，女房门的声调虽然不高，但口气里的仇恨，就像弓上的毒箭射向垂暮的邦斯先生，给他造成了致命的震动，施穆克先生从来没有经过这种场面，惊呆在那儿。

茜博太太见自己已控制了局面，又说：“就这决定了，你们也不要傻待着了，赶快给布朗医生打电话吧，我呢，现在就把账算清楚，单据齐全，我原是没有准备向邦斯先生讨回的，但现在一切都变了：这张是向邻居家借的五百法郎借条；欠我三个月的工资，六百法郎，垫付半年房租这是收据，加上税票共二千法郎，还有向你洛特借来的一千法郎，其实这是戈迪萨尔的那一千法郎……”

“亲爱的茜博太太，请您不要生气，邦斯先生是个病人，难道您就不能原谅他吗？我知道您心地善良得像圣母，这些我都知道。”施穆克先生连忙劝解道。

“您是这样讲，可邦斯先生一直像防贼一样监视着我，他从来没有信任过我，生怕我把他的遗产抢走呢。”

“噢！请您闭上嘴，否则他会立刻死去的。”

“邦斯先生，再见吧，免得您看见我就生气。我现在回家休息几天，我等待你转变了对我的看法，明白我所做的一切对您是多么有利，您虽然很厌恶我，我还是劝您多多保重早日恢复健康。”她转过头来又说：“施穆克先生，邦斯先生就像是个孩子，我是不会计较的，现在我们什么都不要讲了，您赶快请布朗医生推荐个护士。噢！我还会给您送来晚饭的。”说罢，恶狠狠地瞪了一眼躺在床上的邦斯先生，重重地转身摔门而去。

傍晚，茜博太太在邦斯先生的门外告诉施穆克先生，晚饭放在饭厅里。只见一脸愁容的画家眼中充满了泪水说：

“茜博太太，请您原谅邦斯先生吧，他是因为病得太厉害，糊涂了才说了上午那些话。”

看得出画家想说服女门房回来，但又没有勇气责备一个重病的老人。

“邦斯先生与我只是主仆关系，双方愿意才可能订契约，可现在我可受够了，他又不是我的父母，并且还讨厌我，算了吧。如果是您，我就是天涯海角也会跟着您、服侍您，不要说一点点积蓄，我可以连家都抛弃了，也不在乎。可现在，邦斯先生却把我当做恶人，我实在不能忍受了。还有，我上午给他的清单，要赶快还给我，那是我仅有的一点积蓄。”

听了茜博太太的这句话，施穆克先生更加犯愁了，因为提到这些日常开销的琐事，他真的一窍不通，他只会画画。

“茜博太太，看在上帝的面上，请您原谅邦斯先生，请您回来继续照顾他，不要再换新的护士了，就算是我求您了。”说罢跪倒在茜博太太脚下，吻着她的手。

女门房连忙扶起施穆克先生说：

“您真是个好人，可是我刚才回到家里，我丈夫体温稍高，躺在床上休息，在盼望着我回家呢，更何况，一进门他便发现我泪水满面，非常生气，再也不愿意我回到这儿来，并且要亲自登门取回我的钱，您是知道的，男人才是真正的一家之主啊！这三千多法郎是他半生的心血钱，我们结婚这么多年，辛辛苦苦，省吃俭用，明天他来的时候千万要把钱还给他，他是一个不讲情面的人。其他的事等我回去，慢慢和他商量。你放心吧，为了您，亲爱的，我就忍下这口气吧，您真讨人喜欢。”

“哦，我不值得您喜欢，我很可怜，我只有朋友，我要为朋友献出一切。”施穆克先生由衷地说：“茜博太太，太感谢您了。”

“您还需要钱呢，先生。就算您暂时不还我的钱，可您也要有几千法郎来应付开销啊！真是没办法。啊，有办法了。”

“什么办法，快讲出来！”

女门房好像突然才发现房间里的画似的，装出了那副天真无知的样子说：

“看这里堆得乱七八糟的画，干脆卖掉几幅算了，反正您房间里还堆着那么多呢。卖上几幅，没什么关系。就卖您房间墙角那几幅吧。”

“为什么呢?”施穆克先生问道。

“邦斯先生精明得很，等他病好了，他会四处看，只要看到客厅里一幅不少，就好多了。等他身体完全康复了，我们再把卖画的事告诉他，如果您觉得不好担责任，就说是我没钱买菜了，逼您卖的，几个人总不能空手去维持生活呀，还有邦斯先生的营养费、医药费……噢！没关系，就说是我的主意。”

“这是邦斯先生的财产，我不好随便做主。”善良的画家还是这样说。

“那您就等着茜博把他送上法庭吧。”

“邦斯先生再也禁不起刺激了……”

“那您说怎么办，是卖画还钱，还是把法官传票给他看好呢……”茜博太太寸步不让地说。

“还是先让法庭催他还债，他自然就会做主怎么办了。”施穆克家无奈地说。

已经天黑了，茜博太太还是急不可待地找到执行官商量，把画家传到法庭，执行官庄严地通知他立即还债，施穆克被法庭的庄严吓坏了，加上对法律的无知，使得他再也没有心思辩论了，只得同意了茜博太太卖画的建议。

埃里·马古斯和雷莫南克先生清晨便来到邦斯先生家，以合法的手续买走了垂涎已久的画。施穆克则代表邦斯先生填写了一式两份收据，四幅画按茜博太太盘算好的价钱共卖了五千法郎，用以邦斯先生的日常开销。

“这些画还真值些钱。”施穆克说。

“是的，如果我花十万法郎，您是否肯出让一些画呢。”雷莫南克用最可靠的声音说。

在施穆克的房间正进行着另外一笔交易，从邦斯先生存在房间里的画中精心挑选了八幅画连同画框一起买走了。

马古斯把渴望已久的画拿到家里，马上把茜博太太叫了过来，诉苦抱怨画价太贵了，有破损了等等，只给三万法郎作酬金，并立刻取出崭新的法兰西银行发行的千元面值的票子。女门房一看到这么多钱，开心得很，就痛快地答应了。雷莫南克用四幅画抵押给马斯古先生，同样也给了三万法郎算是茜博太太的酬金。转眼，手捧着六万法郎的女门房欢天喜地地离开了。

第二天，马古斯先生觉得雷莫南克先生的四幅画越看越可爱，舍不得再松手，便直接给他送去了七千法郎，古董商爽快地出具了发票，交易结束了。茜博太太再三叮嘱合伙人一定要保密。一个女仆，一下子竟不知道如何处理这笔意外的横财了。

“您去买铁路股票吧，现在是低价股，市价比票面低三十法郎，但三年内，保证您可以翻一倍：这样就只有几张薄纸单据，随您存放在哪儿，都很方便了。”

“好吧，我考虑考虑，不过我现在马上要去律师那儿，他等着给邦斯先生的财产估价呢。我马上就去找他。”

雷莫南克对马古斯说："她要是个寡妇该多好。那我就发财了，她可腰缠万贯呢！"

"她一下子赚了我那么多钱，可以去炒股，两年后就能扩大一倍。可我却是用我太太的私房钱买了股票……我们上街逛逛去。"

"听说茜博也病得很重，那太好了，我就娶她做我的太太，帮我料理店铺，她可是个精明能干的漂亮女人。"雷莫南克又说。

［二十三］

施穆克登上了宝座

"您好，我的弗莱齐埃先生。"茜博太太走进律师的办公室说，"您的看门人说您要搬家了，是吗？"

"是啊，我亲爱的茜博太太，我租了布朗大夫楼上的住房。我正想办法借两三千法郎，准备把房子修饰一通。我要正式注册律师公会了，因此要找个好房子，要注册巴黎律师公会，得有像样的家具，还得有一个书房，等等。我是法学博士，经过实习，如今又有势力，噢，我们的事到哪一步了？"

"我存了笔钱的银行里，"茜博太太说，"我钱不多，二十五年来就积下了三千法郎，如果你同意，请帮我开一张兑款单……"

"律师不准出具兑款单。这样吧，我给您打一个收条，利息是百分之五，如果官司赢了，我在邦斯遗嘱里帮您争取到了一千五百法郎的年金，您再把条子还给我。"

"茜博太太，你同意了，明天就把钱送过来。"律师见对方没有回答就接着把话说完了。

"我当然愿意，这样就说明我的官司赢定了，是吗？律师先生。"女门房不饶人地说。

“听布朗医生说，您很会办这种事，不过您不要太过分了，免得日后良心不安，折磨一个生病的人，上帝是不会原谅您的，要是再像昨天一样，他准会得胆结石……”

“不要冤枉我了，律师先生，除非您是想把我送进监狱，那对大家都没有好处。再说，是那个邦斯先生太过分了，正如玛维尔太太说的一样，他吝啬、狡诈，是个老顽固。对，马古斯先生正在家等您呢?”女门房提醒说。

“我们一起走，您的年薪多少，就在今晚估价总值是多少了，总值多，年薪还要多，要是有八十万法郎，您就可以得到一千五百法郎年金了。”

“那你们一定要仔仔细细地去工作。”

施穆克给邦斯先生吃了安神剂，是昨天晚上布朗先生留下的，却是茜博太太加大一倍剂量冲制的。已经一个多小时了，邦斯先生还在酣睡着，三个各自心怀鬼胎的人，把老音乐家的所有一千七百件藏品细心地看了一遍。

施穆克先生正在午睡，他们便放肆地大胆地鉴赏起来。每当这时茜博太太便提醒：“小声些，快看价值多少。”而马古斯却陶醉在这艺术品中，越看他们越希望邦斯先生早些死去。发生在人与人之间为了金钱而演的这场戏，实在是令人胆战。他们为客厅里的东西估了价，前后用了三个钟头。

“每件也就值一千法郎。”精明的犹太人这样说。

“总共就是一百七十万法郎。”律师的脑子正转着。

“不能按单价算，”犹太人接下去说，“买这些东西我要用现金，何时出手可是未知数，大家都不是外行，越是古董出手越慢，几年过去，价钱算法可就不一样了。当初进的价，加上利息，可能就要贵一倍了。”沉默一下他说：“最多八十万法郎。”

“要不要再看看玻璃制品和鼻烟壶之类的精致器皿。”雷莫南克及时地说。

“能去看吗?”弗莱齐埃问。

女门房先进屋看了看邦斯先生仍然睡得很深沉，三只猛兽便几乎同时窜进卧室。

眼前一亮，他们又同时惊呆了，这简直是一座宝库，没有比这更精美的红宝石嵌品。此时，律师比商人显得更老辣更沉稳，像条冷冰冰的蛇一般伸直了身子，扯着扁头，像画家笔下的墨菲斯托里斯：三个人又像魔鬼渴望天堂的金子一般贪婪，由于贪婪心虚，他们不约而同朝床上的病人看了一眼，病人此刻突然睁大双眼，高声叫道："警察，有小偷，杀人了……"其实邦斯先生是在梦游，他直挺挺坐在床上，目光呆滞，只是有一种潜在的本能在下意识地保护着自己的财产，就像保护自己的生命。两个商人跑出去了，可律师先生刚走到门口，邦斯先生便清醒了，问道："茜博太太，这位先生是谁?"

"噢，这个先生可是稀客，"她朝律师眨眨眼睛示意着，"他是代表您亲爱的侄子玛维尔庭长和太太来探望您的。"

再精明的律师也不得不佩服女门房的聪明，一颗心放回到弗莱齐埃的胸腔里。

"最亲爱的邦斯先生，我受庭长先生和太太之托来探望您的病情，并向您道歉，如果您同意，他们准备把您接到玛维尔庄园去休养，您从小就非常疼爱的小姐会精心照料您，使您早日康复，而且庭长太太一直就觉得错不是您一个人的。"

"这就是说，您是受我的那些继承人的委托来我这儿，噢！难得您找了一个精明的向导。你们是来看我的藏品，我的古董，跟您来的人有估价师，有中介人，有买主……我可亲可敬的亲戚，还有您茜博太太，谁允许您把陌生人领到我的家里来，趁我熟睡，估价我的财产，居然把卡缪佐家的人也带来了……你们都从这儿给我滚出去。"老邦斯气愤到了极点，他疯狂地嘶喊着，最后他竟然站起来，还要去客厅看一看，这都是愤怒与恐惧使然。

茜博太太见状吓呆了，一个箭步冲上去，把他扶住，忙不迭地说："安静、安静，他们都走了，您赶快躺在床上。"

“我要去客厅……去客厅。”谁听到了这种喊叫声，谁就能知道什么样才叫垂死挣扎。

放倒了邦斯先生，女门房冲到客厅追上那三个同伙，听到律师对犹太人说：

“如果你们能按我定的价钱成交，并联名签署一份正式文件，就一定会有一大笔收入。”

转过身体，他又在女门房耳边悄声说了一句话，另外两个人听不清是什么，可又不好意思去打听，就跟着一起走下楼来。

当茜博太太回到老音乐家的卧室，老人虚弱地问道：“那些人都走了吗?”

“谁走了，您看见谁了，您的神志有些混乱，刚才要不是我手快，您险些跌倒在地上，您还没有退烧呢?”

“我的亲戚不是委托一个先生来过吗?”

“我看该把您送到精神病院去了。”茜博太太不耐烦地唠叨着，“你到底看见谁了?”

“马古斯，还有古董商雷莫南克。”

“是啊，茜博也卧病在床，我丢下他来侍候您，雷莫南克给我送信，说要我早些回家。好了，我要回家服侍我的丈夫，他可是我的靠山，顾不了许多了，您还是安静地躺着睡一会儿，我已通知布朗先生，他一会就会过来陪您。”

“刚才谁在我的房间里?”

“谁也没有在，那是您的幻觉。”

邦斯先生经这样一折腾已再也没有气力了，身体软绵绵的瘫在床上，连眼睛都睁不开了。

耳朵听到一声关门声，他努力想坐起身来都没有力气了，心里却明明白白地想：他们在骗我，他们是盗贼，施穆克一定被他们害了。刚刚我很清醒，我没有幻觉……

为了证实自己是清醒的，也为了搞清楚自己心中所担心的，一股无穷的力量支撑着老音乐家，他走出卧室，来到了客厅。一看到自己一生精心收藏的油画、铜雕、中国瓷器，他立刻轻松了许多，老音乐家也可以称作收藏家。他穿着睡衣，打着赤足，就像逛商店一样边走边清点着自己的藏品，发现它们还都在原来的位置上。可是突然格勒兹的一幅肖像画取代了原来挂在这儿的塞巴斯提亚诺·德·比翁博的《在祈祷的马尔特骑士》。他的脑海中立刻像闪电一样跟着就是一声巨雷、暴风雨；八件作品全部被更换了。重病缠身的老邦斯，眼前一黑，重重地摔倒在地板上，完全昏厥了过去。不知过了多久，施穆克从自己的房间里走出来，才发现躺在地上的老邦斯。

施穆克小心翼翼地把他安放在床上，当他轻声地呼唤已游离的灵魂时，发现一双呆滞的双眼射出了寒光，喉咙中发出含混的声音。陷入绝望中的德国人此时不知哪儿来的勇气，竟生出了无限的温情与爱心，一双从未不做家务的双手，居然也能为邦斯先生烫了一条热腾腾的毛巾，擦拭着他的脸孔和双手，然后用自己的双手抚摸着老音乐家的前额，以万能之神似的伟大爱心和意志，呼唤着游离的灵魂，他挚诚的亲吻就像雕塑家的《圣母哀痛耶稣之死》圣母亲吻着基督。这种强大的力量，传给了生命的另一端，终于游离的灵魂又回附到邦斯的躯体，终于又睁开了双眼，血液又重新流遍全身。施穆克见状，忙把预备好的药水掺了些威士忌小心地灌入病人口中，随之，整个机体又振作起来，冰冷的前额恢复了些暖意。邦斯先生此时感到友情在自己的生命中是多么神圣，多么强大。

“是你救了我，其实刚刚我已经死去了。”邦斯先生感到了施穆克的泪水滴在了自己干枯的脸上。这是悲喜交加的泪水。邦斯先生终于能开口讲话了，施穆克先生在死亡与生命之间煎熬着，为自己的朋友一遍又一遍地祈祷着。当他感到筋疲力尽的时候听到邦斯先生说话了，“啊！上帝，你终于醒过来了。”

再看施穆克先生，自己却瘫倒在地上，他再也支撑不住了。倒下的时候，他仍旧双手合十，仍旧在祷告上帝，不知是自己的虔诚感动了上帝，还是真的出现了奇迹，这是连医生都难以做到的奇迹。

医生们认为，病人的康复是医和药的共同作用的结果，可是许多女性却能够感到另外一种神奇的力量，那就是爱，母子间、朋友间，这种两个生物体间无形的传递爱的气息，死亡的人也会感觉得到，她能把游离的灵魂唤回到了朋友的躯体。反之，邪恶却会把一个活生生的生命断送。

“亲爱的施穆克……”

“别讲话，我在聆听你内心的话语，亲爱的朋友，纯洁的灵魂，上帝永远会在你的左右，你是给我爱的、唯一给过我爱的人。”邦斯先生说着，声音中充满从未有过的幸福感。

即将回到上帝身边的灵魂，给施穆克带来了不是爱情却胜似爱情的享受。

“邦斯先生，我可以养活你，你一定要活下去。”

“亲爱的朋友，我已经受了几次致命的打击，我们很快就会分手，你是我一生中最忠诚可靠的朋友！哦，请不要难过，听我讲，我们每一个人都要听从上帝的安排，在我离开你之前，我要告诉你，生意上的事，你一点都不懂，茜博太太是个骗子，是她领来的人拿走了那八幅最珍贵的藏品。”

“不，邦斯先生，那是我卖给他们的。”

“你……”

“我们被法庭传讯了，要我们还债。”

“谁控告我们？”

“你看。”施穆克拿来法院的传票给邦斯先生，邦斯先生仔细看了一遍，把它抛在地上，没有说话。这位天才的鉴赏家，从不关心别人的品质问题，现在他不得不揭穿茜博太太的面纱。于是，艺术家的激情和智慧及一生沉积的情感使他恢复了精力。

“好了，现在你要不打折扣地去执行我的指示：到门房去通知那个女人，让庭长的委托人立即到我这儿来，否则，我就要把我的藏品全部捐献给国家博物馆。”

茜博太太听了施穆克的传话，哈哈大笑：

“一定是我们可爱的病人又发烧了，他什么也没有看见，从来我就没有带什么人到过他的房间。”

施穆克把话带了回来，邦斯先生似乎显得更镇静了许多：“这个毒蛇一样的女人，比我想象的更奸诈、更阴险，你在休息，她带来了三个人：马克斯、雷莫南克，还有一个据说是庭长委托来的，此人比前两个加在一起更难对付，他们趁我熟睡，来评估我的财产，正在讨论我的那些鼻烟壶时，我醒了。那个陌生人还跟我谈了话，替庭长夫妇向我道歉，现在茜博太太却和你说我在做梦。亲爱的朋友，我不是做梦，在我和陌生人谈话时，那两个人夺门而出，我想茜博太太如果讲出实情……可是我的好心没有得到响应，那就不要怪我要设圈套了，这个女人不会自己承认的。亲爱的施穆克，我知道你总把他当做你的天使，可就是这个天使，几乎天天都要夺去我的生命，夺去我的财产，难以相信，忠心耿耿地服侍我们，却暗藏着如此深的杀机，你我都没有想到……八幅，他们付了多少钱？”

“五千法郎。”

“啊，这些画价值连城，至少要付十万法郎。我没有时间上诉了，更何况会把你卷进去。因为法律就像一条排污沟，所有的丑陋最终都会集中到那儿去，像你这种不懂艺术的人，是没有见过这些的。以后你会很富有的。”

“当时，买那些画……”邦斯先生喘口气接着说，“我用了四万法郎，我已经保存了近四十年，他们用高超的手段把它们窃为己有。我自己已经无所谓了，我担心你，我要把我的一切都留给你，可是你一定要留心，提防别人在窥视你的财产。你不要以为对你说几句好话，就是你的朋友，他们会像海盗一样抢走你的所有。像茜博太太这样，谋财害命的女人你也会把他们看做是天使，我要让你看清他们的本质。你要她帮我请一个公证人为我立遗嘱，她就会立刻呈现出原形。”

听着邦斯先生的话，如同在看一本人生启示录，邦斯先生不会空口无凭，但如果说茜博太太是恶魔，那世界上还会有好人吗？

施穆克来到门房对她说：“可怜的邦斯不行了，他请您帮忙找一个公证人，来立遗嘱。”

他说话时，屋子里还有雷莫南克和他的妹妹及两个邻居，三个仆人都正在大门口闲聊。

“还是您自己去找吧。”茜博太太假惺惺地说。

“谁都可以立遗嘱！我丈夫病得也很厉害，世上的一切我都可以舍弃，只要能保住茜博，他是世界上最疼爱我的人……”

她独自走进门房，施穆克还站在原地，没搞清她要做什么。

“先生，”二楼的邻居问，“邦斯先生病得很厉害吗？”

这个邻居告诉他本区的公证人里特洛尼翁先生，就住在附近的街上。

雷莫南克询问是不是要请他来作公证人。

“好吧，”施穆克说，“可是邦斯先生现在一分钟也不能离开人，可茜博太太又生气了……”

“茜博太太说邦斯先生得了癫狂症……”二楼的这个邻居就在法院工作，名叫若利瓦尔。

“不，邦斯先生很清醒，只是身体非常虚弱令人担心。”

所有的人都在听着他们的谈话，施穆克不认识弗莱齐埃，所以也就不会刻意去留心他魔鬼般的心肠。是他策划这一幕，茜博太太大胆的演技，远远超出了她原有的水平，极微妙、极具欺骗性。

撒谎，就是靠法律混饭吃的人的本能，把垂危的病人说成疯子，这就是说邦斯先生现在已经失去理智，他的行为不具备法律效应。这谎话的力量有多大，就可想而知了。当邦斯要把委托人再请来时，一个疯子的话便没有人相信了，远处布朗医生在朝这儿快步走来，雷莫南克趁乱赶快离开了这是非之地。

[二十四]

邦斯先生的圈套

十天以来，雷莫南克先生在众人面前扮演着伪君子的角色，实在是让诚实的人厌恶。因为能够拯救人们于苦难的只有万能的上帝，而他才是不惜损坏别人的名誉与利益而使自己达到目标的人，他现在唯一想得到的就是茜博太太了。有了她，将来开张的新店铺一定财源滚滚。因此，当他得知茜博每天都要喝药，便恶从胆边生，慢慢地让小裁缝死去。

这天早晨，他像往常一样倚在铺门口悠然地吸着烟斗，仿佛看见满面春风的茜博太太坐在玛德莱娜街上的古玩店里，……忽然，他看见街边有一个锈蚀得很厉害的小铜片，小孔上边系着一根细细的线。雷莫南克心中窃喜，他趁着女门房去邦斯家的时候，便去探望茜博的病情，顺手把小铜片放在茜博的药杯中，寒暄了几句后便转身，出门前顺手提走了杯中的小铜片。这些氧化铜，就是俗话说的铜绿，尽管量很小，却使药里带上了毒素，对身体健康有着摧毁性的作用。这个再简单不过的小伎俩，把一杯治病的良药变成了致命的毒汁，每天就是这一点点铜绿，日久天长便可以取了小裁缝的命而神不知鬼不觉。只过了三天，可怜的茜博发现自己开始脱发，接着牙齿也开始松动。罪恶的行径显现出来，他把小裁缝的心肺胃肝的功能破坏了，胃不能吸收营养，也不能排除毒素，这种现象使雷莫南克卑鄙的目标接近实现了，可难倒了另外一个熟人，那就是布朗医生，茜博先生吃了他的药怎么会是这样呢，凭他丰富的医生经验，他断定，一定是有人在他的药里做了手脚，可却百思不得其解，他把茜博先生的杯子拿回去化验，并没有明显的不同成分在药中。原来，雷莫南克见自己一手制造的后果有些害怕，那天他没有给茜博的药中放那种小铜片，自信的医生此时断定，茜博先生很少晒太阳，总是在潮湿的门房里做工，房间的空气龌龊，门前还有一条排污沟整天流淌着污黑发臭的脏水，有可能使他的血质发生转变。这儿是巴黎最肮脏的环境了。诺曼底街是巴黎没有水龙头的老街，路面开裂，污水渗上街面，造成了巴黎特有的污泥。

茜博每天要工作时间很长，像苦行僧一样只想拼命工作、拼命挣钱。潮湿的环境使裁缝的膝盖红肿变形，已患严重的关节炎多年了。而茜博太太整天四处游逛，很少在小屋待上一会儿，所以布朗先生认为，健康的妻子陪伴着一个多病的丈夫是很自然的事情。

“布朗先生，我丈夫得的是什么怪病?”

“太太，您的先生得的是风湿病，他全身的骨骼都酥了，血液中充满了毒素，再吃什么药也无济于事了。”

如果有人想要加害别人，那他们之间不是有财产纠纷，就是有情感的矛盾。茜博先生既没有钱也没有艳遇，所以不会有人会对他下毒手，难道是女门房，不，不可能，因为她要离开小裁缝自由得很。何况她端给茜博喝药前，她总是习惯地用自己的舌头试一试温度。布朗先生想到这些，消除了疑虑。

虽然，许多谋杀案中的情节和眼前发生的事情有些相似，可他们之间很少争吵，更何况现实还没有七窍流血，或虐待的迹象，没有任何证据供人们参考。以往，在下等人中间发生的谋杀案，情节有时简单得很，谋杀案暴露在光天化日之下，总有些预兆，像仇恨、贪婪，众人都可以看得出，但他们并没有什么刻骨的仇恨，一句话有时就会是一条人命案。可是由于茜博没有财产，也没有情敌，而雷莫南克的动机又隐藏得很秘密。至于女门房自己也没有动机，因为茜博对太太非常好，女门房虽然没有文化但是如果没有好处，你让他去杀人，那她是绝对不干的。再说，每次大夫看她给丈夫喂药时，总要先尝一口。布朗先生太了解她了。她可以折磨邦斯先生，却不会对自己的丈夫下手。小裁缝的事看来只有医生最关心，也只有医生才有可能把事情搞清楚。可医生现在却走入了调查的误区，他认为，任何病在某个病人身上发作都会出现偶尔不合常规的现象。茜博先生的悲剧就产生在这个环节。由于一个人长期饥寒交迫，就这么一点点致命的物质便使他归西了。就连邻居家的饶舌妇也觉得茜博的死一点也不奇怪。这倒使雷莫南克大喜过望。

“茜博先生迟早就会死在他的风湿病上。”一听就是左邻那个高个子女人在说。

“是的，他操劳过度，很少休息，那怎么行呢。”

另一个女人应和着：“他应该每星期休息两天，晒晒太阳，放松一下就好了。”

街边的杂语，往往给有心的人以提示，大法官也可以从低级执事那儿捕捉到关键的一环。对于茜博的死，好像邻居就给定了性，结论很清楚。只有布朗先生，双眼充满了疑虑，他在思索，雷莫南克看在眼里，很是不安。所以刚才他看到医生朝这儿走来，便建议施穆克，由他去帮忙把弗莱齐埃所建议的公证人。

弗莱齐埃低声告诉茜博太太：“请您节哀，因为我们还有很重要的事去做，等邦斯的遗嘱公证完毕，我会立刻回来。”

矮小的律师走了几步远，便迎面遇上了布朗先生：

“啊！亲爱的布朗先生，一切都很正常，事情有转机了，等到晚上我再细讲给你听。你先考虑一下你愿意去哪个医院做主任医生，我决定做治安法官了，我决定去向塔巴洛家的小姐去求婚，你呢，我想把让现在的治安法官把他的孙女嫁给你，不知是否合你的心意。”

弗莱齐埃的一番话把布朗先生说得晕头转向，他见医生愣在那儿不等他答话，便飞也似的向街口走去，直奔一辆新型的公共马车。当停在舒瓦瑟尔街口，大概是下午四点左右，弗莱齐埃知道这个时间只有庭长夫人一个人在喝茶。

玛维尔太太走到门口迎接弗莱齐埃先生。这一转变，说明律师的芒特之行没有白费心思，勒勃夫已经向瓦帝纳尔太太解释了当时芒特市的一些误会，解除了阿梅莉对巴黎代检察长的畏惧。阿梅莉心里明白，别小瞧眼前这个小小的代理人，他是重新获得遗产的敲门砖。

当律师把马古斯与雷莫南克的信递给庭长夫人，信中表示他们愿以九十万法郎收购邦斯先生的全部藏品，不知是否公道。看到到这儿庭长夫人的眼里射出了两道得意的目光，几乎忘记了代理人的存在。

“亲爱的弗莱齐埃先生，”阿梅莉用几乎献媚的语调说，“庭长先生委托我邀请您明天来吃饭，是我们的家宴，都是自己人，作陪的有我的女儿和女婿博比诺男爵，还有我的公证人贝尔迪埃、代理人夏尔先生。我想，我们根据您提供的方案先商量一下，我把事情全权委托给您，那两位先生听从您的安排。他们的能力是很可靠的，只要您提出来就可以了。玛维尔随时可以为您提供您所需要的证件及任命书。

“那就是遗嘱生效的那天，我需要它……”

“好吧，到时一定送上。”

“太太，为了您的利益，我才要求委托书的，这件事最好不要让您的代理人直接出面。您放心，我只要答应您的事，我会百分之百地投入全部精力，所以我也要求您的代理人，也要同样投入百倍的精力和忠诚，这种事情关系您的利益，关系我的荣誉，所以只能成功，不能失败。这笔九十万法郎的遗产可不是小数目，所以参加这项工作的人都要绝对可靠才好。此案错综复杂，您总不能让您所信任的代理人为难才好，因为有时律师要承担一些责任和风险的。”

弗莱齐埃又一次给庭长夫人提醒，此事参与的人越少越好。

“凭您卓越的才干，只要求治安法官的待遇太委屈您了，换了我是您……我就要重归芒特市，要做大法官。”

“治安法官的位置对于维代尔先生当然是不屑一顾的，但我却可以使这个位置像一匹驯服的马，忠心地为您，为庭长先生效力。”

“您说得有道理，看得出，您确实把我们的利益放在了第一位。难得有机会把我们的难处告诉一个可靠的人而且愿意帮助我们的人。”庭长太太被感动了，把心里话一股脑掏了出来：“在决定我女儿的婚事时，庭长一心想把别人准备出售的牧场买下，来扩大玛维尔庄园，后来为了女儿今后的幸福，我们将漂亮的庄园送给了女儿。这是我们夫妇唯一的女儿，很想再把周围的牧场买下来。那是一个美丽富饶的场地，牧场主是一个英国绅士，在那儿住了整整二十年了，最近他要回国，因此出让这块土地。那儿的别墅优雅宜人，南面就是玛维尔家园，北面是牧场，牧场的一端主人修了一个大花园，盖了一所房子，有小溪从花园经过流向草场，整个牧场就像一幅优美的图画。与我的女儿只隔花园相望。弗莱齐埃先生，您看整个的牧场和别墅估计需要多少钱能够买下呢？大概要七八十万吧，估计牧场的年收入在二万法郎左右，如果英国人知道我们是买主，估计他会多要二十万，但买卖牧场通常建筑是不算价钱的。那他还是要损失一些利益的。”庭长夫人一口气把心里话都告诉了这位新结识不久而又得力的知心朋友。

“太太，现在遗产基本不成问题了，如果您需要，我愿意效劳，以最低的价格给您买下来。以我在芒特时的经验，可以轻松驾驭这些，我以地产商的身份去与英国人谈判。瓦蒂纳尔的事务所最初就是靠这类的业务使事务所的资产倍增，声望也随之越来越大。”

“您是不是那时就对瓦蒂纳尔小姐很动心吧，他的父亲一定很富有的。”

“他家的太太很会花钱……这样定了吧，我一定让英国人按我们的价钱出手他的庄园。”律师见越扯越远，便赶紧把话题稳住。

“那我将非常感激，弗来齐埃先生，我们明天再见。”

“啊，太太，对不起，耽误您的时间了。”话是这样说，可语气早已没有了以前的卑微。

想着明天就要到玛维尔家赴宴，律师心中喜洋洋的。他心里想：“我要把这些人稳稳地抓在手里，把案子抓到手里，绝不轻易让别人插手，但要买通治安法官的执行史塔巴洛，当上那个德国人的法律顾问。就是这个塔巴洛，居然拒绝把女儿嫁给我，到时候，我如果成为治安法官，会让他拱手把女儿送上门来。塔巴洛小姐是她的独生女，很苗条，红头发，就是身体不太好，在罗亚尔广场，她母亲有一处房产，将来只有留给她唯一的女儿。她父亲还会留给她每年六千法郎的收入。她虽然不太漂亮，可是却拥有一万八千法郎的收入，这个跳板是上帝赐给我的。”

从诺曼底街一路走来，做了一路的美梦：想着从今后衣食无忧的快乐生活，想着维代尔小姐马上就要成为布朗太太，将来自己和医生联合起来，足以构成了社区的核心，治安法官的权力是不受其他行政长官控制的，反之，却有权力监控他们的行为。边走边想，已经来到了街的尽头。

当施穆克来到邦斯先生的房间，和他谈起茜博的病已经到了医治无效的程度，雷莫南克已经帮他请公证人特洛尼翁先生了。邦斯先生听到这个人的名字，忽然想起，茜博太太在他耳边没完没了的提起的不就是特洛尼翁吗？并且一再说此人如何正直，如何公道等，并建议在音乐家请他做遗产公证人。自早晨醒来后，邦斯先生的怀疑就得到了绝对的证实，他的脑海中又把自己的计划补充得更加完善，像茜博太太这样的女人，不彻底让他原形显现，施穆克这样单纯的男人是不会看清她的蝎蛇之心的。

几天来，发了的事情和来自四面八方的传言使得施穆克的头都昏了。邦斯真诚地告诉他：“如果门房真的要死了，那这栋房子恐怕要乱上几天，他们也就顾不上我们了，我们呢，也可以安静些日子，你知道他们一直在监视着我们的一言一行。”邦斯先生歇了一口气接着说：“听着，你现在要赶快到剧院去一趟，一定要找到女明星爱洛依斯小姐，请她在演出后到这儿来一下，我必须见她一面。接下来，再去找施瓦布和布鲁讷，请他们明天中午前，装扮成顺路的样子，上楼来探望我，记住，一定要找辆马车乘车去办事。”

老音乐家交代完毕，便静下心来想自己要做的事。他越来越感到，自己的确离坟墓越来越近了，他决定把自己的财产全部留给施穆克，有了这笔财产，他就可以摆脱现在的窘境。为了防止他们那些人一直想把水搅浑，到处散播邦斯先生已神志不清、老糊涂了等谣言，所以他要当着两个证人的面口述他的遗嘱，使卡缪佐一家人找不到借口不执行遗嘱。因为他早有预感，茜博太太和公证人特洛尼翁一定是在设计圈套在他的遗嘱上留有漏洞。因此，邦斯先生将计就计，利用洛特尼翁准备一份亲自撰写并口述的遗嘱，签封后锁在自己的柜子里，然后让施穆克躲在旁边的柜门里亲眼目睹女门房是如何将遗嘱偷出来，拆封后，再放回原处的。等到明日上午两个朋友来时，自己撤掉这份遗嘱，当着证人面重新立一份有效遗嘱。女门房信口雌黄咬定他是疯了，神志不清时，他立刻能够想象得出，卡缪佐一家人的狠毒、贪婪。病倒在床之后，邦斯先生这个可怜的老人，为了排遣孤独和寂寞，他回味着自己漫长的人生经历……

多少个世纪以来的艺术家，往往在自己的坟墓前树立两尊火炬神，通往天堂的路被火炬照亮，火炬同时也把每一个上帝的子民的一生功过是非做一个客观的评价。这火炬神雕塑，不但表现了雕塑家的伟大思想，同时也表明了人类共有的两重性。

一个人走到了生命的终点，他的理智才能够达到完美无缺的境界。人们经常能看到一个年轻的女孩，却具有非常冷静而深刻的头脑，她们往往能像哲人一样评论周围发生的事情。她们真诚而客观，不为世俗所左右。

但是，还有一个不容忽视的事实，那就是人有两种不同的归宿：那就是天堂与地狱。

路易十四生前是法国皇帝，却死于坏疽、肺结核，邦斯先生在发高烧，邻居的太太患胃病及战场上的士兵所受的伤痛，临终前他们同样都会有着出奇的冷静，令人感叹；而那些精神分裂症的病人，病因在脑子里，他们的肉体只不过起一个传导作用，把营养和神经系统所需要的物质提供给大脑，所以这种人一旦死亡，他们的精神和肉体同时消亡，因为他们的肉体是随大脑的存在而存在，这就是灵魂与尸体的区别。

邦斯先生是个鳏夫，这个近乎于完美的男人，到了晚年，才认识到阿梅莉的狠毒，在他即将向人们永远地告别的时候，才真正认识到了人世的险恶。在短短的几个小时里，他很快做出决定，就像往日一样，眼前的素材足以用来攻击和讽刺对手。他和人生的最后联系，就是这激情的纽带在一瞬间崩断了。面对着众多生灵在他周围的绝世表演，把他与人们的友情全部化为乌有，他唯一的愿望就是早些回到上帝身旁。这时他明白了，为什么我们的前辈把死亡看做是一件极乐世界。邦斯先生对施穆克有着慈父般的情愫，为了他死后遗产能够顺利成为施穆克的财产，避免卡缪佐一家的伤害，这位老音乐家决定请求女明星爱洛依斯小姐。

“她把我的位置通过雷莫南克让给了加朗热，我想她就会帮我这个忙。”

施穆克走到街上，门房一片混乱，谁也没有注意他，他便按邦斯先生的吩咐，一刻也不敢耽搁，迅速赶回来，看到邦斯先生很安静，便放下心来。

特洛尼翁早有准备，所以立刻和施穆克来到邦斯的房里。女门房放下将要去世的茜博不顾，还是跟着公证人来到了楼上，然后返身走出来，却把房门留了个缝，能够清楚地看到里面的三个人的一言一行，这一切对于她来讲，简直比生命还重要。

“尊敬的先生，”邦斯说道，“我身患重病，将要离开人世，但我头脑清楚，这是上帝的意志。这位是我唯一的朋友，施穆克先生。”

特洛尼翁礼节性地向施穆克点点头。

“施穆克先生是我忠实的朋友，他为我减轻了许多死亡前的痛苦，我要立他为我的遗产继承人。请您告诉我，立怎样的遗嘱才能使我的朋友在继承财产上不遇到障碍，因为他是个德国人，对我们的继承法不很熟悉……”

“障碍总会有人设置，不过只要有您的遗嘱是不会有大问题的。”

“遗嘱怎样立才合法律程序呢？”

“只要是现场有公证人、证人，所立遗嘱便可生效，如果您没有直系亲属，那么证人的证词就可以证明您的神智非常清楚。”

“世界上我没有任何亲属，只有施穆克这唯一的朋友……”

施穆克在低声啜泣。

“假如您只有旁系远亲，法律是允许您自由处置您的财产的，但是，您的继承条件不要与道德水准相违背，也许您曾经听说过，因立遗嘱人的继承条件与事实相悖而遗嘱无效。所立遗嘱还需要有证人在场，证明其精神状况，合乎这些条件，遗嘱就不会引发异议，另一种就是指词清楚，合乎手续的自撰遗嘱也是合法的。”

“由于特殊原因，我决定，由您口授，由我自己来写，然后交给我这位朋友，不知是否可行？”

“当然可以。”公证人说，“我来讲，您来写。”

“请把那个文具盒拿给我，施穆克。”邦斯说。

“先生，您给我讲的时候，声音一定要低，我怕有人偷听我们的事。”邦斯补充道。

“请您先讲一讲，您所拟定的遗嘱，大概有哪些要求。”特洛尼翁说。

几分钟之后，茜博太太看见施穆克把公证人仔细检查过的遗嘱用蜡封好，由邦斯交给施穆克，把它藏在写字台的暗格里，邦斯先生要回了钥匙，用手帕包好，放在枕头下。然后按照规定允许，邦斯先生送给公证人一幅油画。

在客厅里，特洛尼翁看见茜博太太，她问：

“邦斯先生看见我了吗？”

“太太，我现在可以告诉您的只有一点，贪婪不会得到任何东西，一切都将要落空，邦斯先生有一个合情合法的遗嘱，我很赞同，您不会要求我向您泄露立遗嘱人的秘密吧。”

可以想象得出，像茜博太太这样的女门房，听了这番话，心里非常不安，她边看护着茜博，一边筹划着，等雷莫南克小姐来替她看护她的丈夫时，她准备在凌晨，人们都熟睡的时候，去偷看遗嘱到底写了些什么。

[二十五]

女门房中计

爱洛依斯·布利兹图晚上十点准时来到邦斯先生的家来问候老音乐家，女门房认为这理所当然，但她生怕她会说出戈迪萨尔送的一千法郎，所以一直把女明星送到楼上，像侍奉女皇一样恭敬有加，极尽之能事。

爱洛依斯见她这样，不由得说：

“您干得很不错，比我在剧院里演得还像，这门房就像您的舞台，亲爱的。”

爱洛依斯衣着华贵，是她的情人用车把她送到门口，因为一会儿他们要去参加歌剧院大名鼎鼎的舞女玛丽埃特的晚宴，所以打扮得更让这些房客们瞠目。二楼开花边店的夏波洛先生刚和女儿、太太看完戏回来，正迎面碰上女明星，不禁有些意外，她比舞台上还要漂亮。

“这就是女明星吗？茜博太太。”她问道。

“是个风骚女人，晚上只要花几个钱就可以看到她拙劣的表演。”女门房低声凑到夏波洛太太耳边说。

“维克托莉娜，把路让开，到妈妈这儿来。”

这叫声任何一听都会明白，爱洛依斯回过头来对高声呼唤女儿的母亲说：

“太太，如果您的女儿碰我一下，就会变得更美丽……”爱洛依斯迷人地一笑，看了看夏波洛夫妇。

“她比在台上更迷人了。”夏波洛先生由衷地说。

太太却拧他一把，把他推进屋里。

“这三层就像五层一样高。”爱洛依斯说。

“小姐您是不太习惯。”

“哦，亲爱的老朋友。”爱洛依斯走进房里，看见老音乐家无力地躺在那儿，眼睛深凹下去，面色灰白。“我们剧院的人都很想念您，身体见好吗？戈迪萨尔经常谈起您来，可是，每天都有许多事情清晨就把他堵在办公室里，每个人都忙碌着排新剧的事，很难有一点闲暇，不过我们大家都非常想念您……”

“请您回门房去吧，茜博太太，我要和爱洛依斯小姐谈谈我们剧院的乐队指挥人选问题，您不必在这辛苦了……施穆克，请你把门关好。”

邦斯先生用眼神命令施穆克把茜博太太送出门外，并把门锁上了。

“好哇，你这德国佬，你变心了。”当她在门外听到了清晰的锁门声，心里恶狠狠地说：“你不要得意，迟早我会和你清算这笔账的，这都是老邦斯的主意，我饶不了你们……不就要谈谈剧团里的事吗，那一千法郎的事如果风骚女人提起，那我就说她是在吃我的醋，因为那天戈迪萨尔先生对我很热情，对，就这样对付他们。”女门房一边下楼，一边想着对策。

进了门房，茜博说他的心里就像火烧一样，因为她上楼时，雷莫南克又用小铜片在药汁里涮了几下。茜博又喝下了像毒汁一样的药水。

“亲爱的爱洛依斯小姐，”邦斯对女明星说，“我有件事只有请您帮助我，才可靠。您能答应我吗？”邦斯先生恳求道，“请您帮我请一位您信得过的、公道正直的公证人，请他明天上午九点钟准时到我这儿来，我的朋友施穆克先生是我财产的唯一继承人，我希望您所推荐的公证人在我的朋友受到伤害时，能够挺身而出，为施穆克先生的利益服务，为他辩护，做他的参谋。所以要请的人一定要广受尊敬，有社会威望才好。不要像那些街头混饭吃的律师一样没有原则，趋炎附势，就像贝尔迪埃那样的。我的朋友很可怜，我想为他找一个可靠的依托。我想到了您，您和很多上流社会的人都是朋友……”

“这没有问题，邦斯先生，”爱洛依斯小姐爽快地答应着，“莱奥波尔德·昂那坎，是一个很有修养的人，他就是布鲁埃尔伯爵夫人的公证人，他从不涉及与他身份不符的交际场所，他就像年轻人的慈父，他会阻止你用自己的钱去干不应干的事，他总是告诉我们要如何节俭，以朴素为美德，他却有一个规模很气派的事务所，外加六万法郎的年薪，经济可靠，他是一个很坚持原则的公证人，无时无刻不在想着如何更好地替雇主履行责任和义务。他的子女们继承了他的传统，他对子女要求严格，对他的妻子，对他的家庭有着很强的责任心，并且，他的学问很深，甚至有些古板，在公证人这个行业里，尤其是在巴黎，他是非常有权威的，绝对不像您刚才提到的那些所谓的小公证人，贪图小利，且不负责任。”爱洛伊斯说完，还怕邦斯先生不放心，又告诉他说：

“明天早晨八点，我就会让他过来，您放心休息吧，愿您早日健康，再给我们一些美妙的音乐。哎，无论怎样，竞争很残酷，老板跟我们这些人斤斤计较着这点收入分成，世上没有一个好人，好了，不说了，再见，亲爱的。”

“爱洛依斯，请你千万不要对任何一个人讲。”

“这不是台上演戏，我能分清楚。”

“亲爱的，你现在的老爷怎么样？”

“哦，不过是个区长，博杜瓦伊先生，是个没头脑的人，你知道吗？克勒威尔是戈迪萨尔的股东，他死后，什么也没有给我留下，我告诉你，他们这些人才一钱不值呢。”

“他生病了吗？”

“生病？他是死在他太太的手里，他如果和我在一起生活，不会有这种事，再见了。邦斯先生，跟您谈起克勒威尔，就是要告诉您，两个星期之后，您就会在阳光下散步的。看看，说说，那有您喜欢的古董、玉器，您呀，本没有什么病，看您的眼睛就知道了。”

说完，爱洛依斯轻提裙衫，匆匆走了。她更坚信，她的表兄加朗热的指挥棒，是稳拿了，她从楼梯走过。所有的窗口都有人影晃动，他们好奇地看着女明星从这儿走过，感觉却是各不相同。

弗莱齐埃的本性就像豺狼，咬到口的肉是不会再放弃的，他一直躲在门房里，陪着茜博太太聊天，直到爱洛依斯小姐走出这栋房子，他知道遗嘱已经立过了，因为公证人绝不会置名誉被毁的危险把遗嘱透露给像他这样靠混法律饭吃的小人物的。弗莱齐埃不禁看了一眼从门前经过的爱洛依斯小姐，要想打探些消息，就从这儿下手，主意此刻打定。

“对您来说，现在是很关键的时候，您明白吗？”弗来齐埃对女门房说。

“哎，可我的丈夫，就是有了钱，也没有用了。可怜的茜博，你命真苦。”

“关键的是您一定要知道，遗嘱里关于留给您的那一段，也许您根本就没有被写进遗嘱。”弗莱齐埃说，“我只能代表继承人，您被遗漏了就一切都完了。自己写的遗嘱，总会有漏洞的，他把遗嘱放在哪儿了，您能拿到手吗？”

“放在写字台的暗格里，钥匙在枕头下，这我全知道。”

“遗嘱上过封吗？”

“蜡封的。”茜博太太认真地说。

“我们只能看一看遗嘱，绝不能损坏遗嘱，那就是犯罪。我们看一眼，又没有证人，说到底也算不上犯罪。老邦斯现在睡眠怎样？”

“应该睡得很死，可上次，你们非要看个仔细，耽误了那么长时间……这样吧，凌晨，我去换施穆克值夜，只有在那时候，才有可能把遗嘱拿出来，看完立刻放回，时间不能太长了。”

“就这样，四点钟我准时来。”

“雷莫南克小姐替我看护茜博，她会给您开门的，不要敲窗，会惊动邻居的。”

“您还是点支蜡烛在窗口，作为记号……”

夜已经很深了，施穆克坐在椅子里，痛苦地守候着邦斯先生，邦斯先生则静静地躺在床上，脸上的肌肉在抽动，仿佛很痛苦，又好像在养精蓄锐，保存生命。

“我想，我会有气力的，我可以熬到明天晚上，”此时的邦斯头脑异常冷静，“亲爱的施穆克，我听见了上帝的召唤，等到明天晚上，等公证人和我的朋友走后，你就去教堂，我准备在明天中午请杜普朗迪神父为我做最后的弥撒，神甫还不知道我生病的事。”

说完便停下来，缓慢地喘着气，好久好久。

“上帝没有安排给我一个家庭，我希望有一个妻子，有好几个孩子，在一个安静的村庄里过着平静的生活，有人爱我，我也把爱献给他们，现实是公平的，有些人得到了我所得不到的，但得到幸福的同时，痛苦也随之伴在他们旁边，他们同样感到不幸。仁慈的上帝，在我将要离开人间的时候，把你送到我的身旁，是对我寂寞人生的补偿，亲爱的朋友，我真诚地把你当做我一生最忠实的朋友，我得到了你的爱，对于我来讲是无比幸福的，我需要有人来爱我，我非常感激你。同时我把我所有的爱都给了你，你使我的爱尽然释放，我同样也感到幸福……哦，你不要哭，不然我就不讲了，能和你这样无顾虑地交流多么令人难忘啊，多么美好，当初我如果听你的话，我可能还能延续几天生命，我本来就不属于上流社会，如果早些离开，所受的伤害不会像今天这样深，现在，我心中只有你的存在……”

“哦，不要这样……”

“不要争辩，亲爱的，你就像一个没有离开过母亲的孩子，天真得有些无知，上帝正是因为对你的爱，才把你送到我的身边，要我来告诉你，如何提防邪恶，放弃轻信，因为高尚的信任只属于像你这样纯洁的人，属于天才。不要轻易地使用‘信任’这个高尚的情操。不久，你将会看到你不愿看到的场景，看看茜博太太是怎样来偷这份遗嘱，她一透过门缝向里张望就是在看我们是否睡熟。这个坏女人，清晨一定会来演戏。你现在按我说得去做。”邦斯告诉施穆克。

施穆克感到很痛苦，他说：“我突然感到，你离我很遥远，好像我们一起向坟墓走去。”说着他走到邦斯床前，虔诚地拉起邦斯的手，放在自己的胸前，痛苦地垂下脑袋，祈祷着。

“你在说些什么?”邦斯好奇地问。

“我在请求上帝，允许我们一起升入天堂。”

邦斯此刻强忍着肝脏的疼痛，好容易亲吻到施穆克的前额，把自己的灵魂化作良好的祝愿，献给了上帝脚下的羊羔。

“听着，施穆克，临终的人讲的话，必须服从……”邦斯费力地说，“你床后的地方有一小扇门，打开门便是我房间里的这个珍玩橱，你要悄悄地把里面的藏品都腾出来，你把我房间这两边的画都要拿出来。然后你假装在床上熟睡，门不要关紧，留一条缝，好让茜博太太能看到你是确实在睡觉，今天她会提前来换你值班。你一定要装得非常疲倦，很快便深深地睡去，当她像往常一样坐在扶椅上时，你就可以从你房间的那扇小门进去，把这边门上的纱帘掀开一角，你就会发现一切了，懂吗?”

“她要干什么，偷遗嘱吗?”

“我虽然不敢断言她会干什么?但我可以断定今后你是不会再把她看做天使了。”邦斯好像都说完了才又说：“你随便给我演奏点什么曲子，我们放松放松，不要老被烦心的事缠绕，就用你的诗来伴我们度过这一夜吧。”

施穆克在钢琴前坐定，在这个房间里弥漫着一种令人难以言传的感觉，这种感觉只有通过音符才能够表达，是痛苦的战栗，还是真诚的感动……只有这音乐的精灵把这个单纯善良的人带到了理想的伊甸园。在他的心中激荡着真善美的主题，任他在琴声中驰骋，他时而把柴可夫斯基美丽的悲怆演奏得淋漓尽致，时而把肖邦的热血激情推向极点，然后转向李斯特的完美主义，帕格尼尼的小提琴似乎也魔鬼般地夹杂在琴声中，使施穆克先生的钢琴声达到了完美至臻的境界，如同诗人在演奏自己的作品，又像演奏家在写诗，那般流畅，那般和谐，仿佛来自天籁的仙乐，那般神圣动听，就连乐圣听了，都会放下手中的琴来聆听这来自内心的表述。他是在创造，在宣泄，夜莺百啭柔肠的啼鸣，使森林更加富有生命力，演奏家来自内心的感受更加丰富了作曲家的想象力。这是一幅色彩绚丽的大自然画轴，超越了人类的羁绊，充分展现着上帝的精神，音乐家又把拉斐尔的风格通过音符飘荡开来，令人沉醉在这色彩、光线和音符的组合中，荡气回肠。

夏波洛一家被吵醒了，女佣敲门进来，让他们白天去剧院演奏，这是公寓，再说已经是凌晨三点了。是的，邦斯先生仿佛听见弗莱齐埃与茜博太太在谈话。不一会儿，茜博太太果然提前来替换施穆克先生。邦斯先生和演奏家相互用眼睛打了个招呼，便各自躺下去熟睡了。一切都按预料的那样在发展着。

对心无城府的施穆克，茜博太太始终把他不放在眼里，正是这大智若愚的才能使施穆克先生凭借着他假以人们的天真无知，才使这伟大的推论成为现实。

所以当他对茜博太太痛苦地说："今天他一直非常狂躁，就像魔鬼附体一样，大喊大叫，只有听见我弹琴，他才慢慢地安静下来，邻居却嫌吵闹无法入睡，其实我这样做只是能够使病人安静下来，这样可以延续他的生命，我弹了一夜琴已经支持不住了，但心里却很高兴。不过，真感谢你这么早来替换我，那我就去睡觉了。"

一席话，更使女门房不把他放在心上了。她绝对不相信这个德国人会在欺骗她。

"哦，不要难过了，茜博今晚也不好，如果再这样折腾一天，我看他可能也托不过明天了。这是上帝安排的，你我都没有办法去挽留他们。"茜博太太很真诚地安慰施穆克。

"善良的茜博太太，你就像上帝的使者，专门来陪伴茜博先生和老邦斯的。有了你他们走得才会这样安详，如果上帝真的把茜博先生招走，那我们就生活在一起吧。"现在的施穆克已经学会了些周旋茜博太太的话。

孩子是天真无邪的，他们的顽皮不会使人去提防，单纯、正直的人，一旦突然觉悟了人生的真谛，人们是来不及设防的。

"我亲爱的，您赶快去休息吧，看您红肿的眼睛，真让人心疼，为了邦斯，您竟不顾自己的身体，好了，就算是茜博离我而去，有您这样的好心人陪伴我今后的日子，这也是上帝知道我们如此善待这两个将要离开人世的老人给我们的奖赏。完事后，我会饶不了那个二楼的长舌妇，她不过是个卖针线的妇人，竟敢口出狂言，伤害我们……”

茜博太太边说边把施穆克送回房间，同样虚掩上门。弗莱齐埃来到邦斯的房间，手里拿着一支点燃的蜡烛和一个小刀片，这都是拆遗嘱用的工具。茜博太太很容易便从枕头下面找到了包钥匙的小手绢，因为邦斯先生故意脸朝里面躺着，手绢露出一个小角，取出手绢丝毫也不会惊动侧身熟睡的病人，这个女人此时并没有觉察有什么蹊跷，她轻松地拿了钥匙，走到写字台前，轻车熟路地打开暗锁，找到暗格的机关，取出里面的唯一的一张纸，这就是遗嘱。她大喜过望，跑到客厅里。

目睹这一切发生在眼前的情景，老邦斯尽管早已料到，但还是不胜惊讶，蹲在柜门后的施穆克先生，浑身发抖，好像自己偷东西被主人捉到了似的。

“快回去看护您的病人。”弗莱齐埃从女门房手中接过遗嘱说，“他如果此刻醒来，看见您在守候在他的床头才好。”

弗莱齐埃轻轻地打开蜡封，动作灵巧而娴熟，一看便知不是第一次干了。他读着这份遗嘱，吃惊地瞪大眼睛：

我的遗嘱

一八四五年四月十五日，今天，本人身体状态较好，头脑清楚，与公证人特洛尼翁先生共拟此遗嘱，其内容可供证明。本人二月初得病，自感将不久于人世，故对自己的财产做出处置，兹立遗嘱如下：

我向来震惊于历代名画历遭损坏，甚至濒临毁灭，哀叹美妙的图画这样辗转于各国，终不能妥善地保管于一地，以供名画的鉴赏者共同仰慕观赏。本人一向主张大师们的不朽杰作不应狭隘地属于某一个人的私藏品，而应是属国家的瑰宝，应展现于大众面前，一如上帝的恩泽，普惠于天下的臣民，作品才为之不朽，流传百世。

我以毕生的财力，搜集、精选了这些大师们的真迹，均为绝世珍品，一代名家的辉煌之作，画面完整，未作任何修复；这些画，是我一生的幸福之寄托，想到不久再将拍卖，可能落入别国人之手，就像我搜集到它们之前一样流散四方，以至到了遥远的俄罗斯，我不胜悲伤；因此，我决意使这些宝贵的财富，从此和这些出自名家之手的画柜一起，从今以后，彻底摆脱流浪的厄运。

鉴于以上心愿，我将我的全部藏画遗赠给国王，捐给卢浮宫，若能接受此捐赠，给我的朋友威廉·施穆克先生两千四百法郎的终生年薪。

若国王以卢浮宫享有用益权者的名义，不接受附有上述条件的遗嘱，那么，藏画则遗赠给我的朋友施穆克，同时还包括我的全部有价值的财产，条件是将戈雅的《猴头》一画交给我的外甥卡缪佐庭长；将亚布拉罕·米尼翁绘有郁金香的《花卉》一画送给我指定的遗嘱执行人，公证人特洛尼翁先生，以及十年来为我操持家务的茜博太太两百法郎的年金。

最后，由我的朋友施穆克将鲁本斯的那幅安特卫普名画的草图《垂下十字架》交给教区，装饰本区教堂，以此向杜普朗迪神甫的善意表示衷心的感谢，我得仰于他的庇护，才能以基督徒的身份离开尘世。”

（附表从略）

“彻底完了，”弗莱齐埃心里想着，“计划全部都落空了，啊，庭长太太，这个老邦斯太狡猾了，这下我可领教了。”

“怎么样？”茜博太太走过来问道。

“这个老邦斯，他像是撒旦，把所有的藏画都交给了国家博物馆，谁能和法兰西去打官司呢？这份遗嘱滴水不漏，无可挑剔，谁也无法推翻它，我们全都被骗了，我的前程毁了，全完了……”

“他什么都没给我吗?”

“两百法郎的终身年金。”

“啊，这太无情无义了……这个老鳏夫……”

“您赶快回去，把他的遗嘱封好放回去。”

[二十六]

索瓦热太太来到

弗莱齐埃在茜博太太一转身的时候，将一张白纸塞进了信封，将遗嘱放入自己的口袋；接着以他高超的技术巧妙地封好信封，等茜博太太转回来，他把信封拿给她看问道：“你是否能看出是拆看过。”

茜博太太拿起信封看了又看，摇摇头。同时她又感到有些失望，信封内依然鼓鼓的，她原以为律师会把遗嘱给毁掉的，现在他又装回去了。

“有什么好办法呢，弗莱齐埃先生?”她问道。

“您是遗产受益人，是您的事，我只不过想帮助您，如果我也是这些财产的受益人，那我当然会有办法的。”律师似乎是漫不经心地说。

“我正想和您商量这件事呢?”头脑简单的女门房急切地说。

“壁炉现在火烧得正旺……”说他做出了准备离去的样子，站起身来。

“那好，这件事天知地知……”茜博太太说。

“如果是这样，那就谁也无法证明有什么文件存在了。”弗莱齐埃说道。

“您呢?”

“不要提我，如果邦斯先生没有留下文件便死了，那我可以保证您能得到十万法郎，这就要看您如何处理手上的信封了。”

“噢！是这样，许诺时答应给十万法郎，兑现时就想要花招，……”茜博太太差点说走了嘴把犹太商给带出来，急忙停住话头。

“为了少惹麻烦，我不便久留，您看着办吧。我们还是到您房间再说吧。”

茜博太太拿着信封，转过身来，向壁炉走去。突然，从门后同时伸出两只手紧紧地把她的胳膊抓牢；……邦斯和施穆克原来早已躲在门后的黑影里，紧贴着墙壁一边一个等着她走近，把她夹在俩人的中间动弹不得。

“啊……”她尖叫起来，同时用力扭动着身体，向前冲去，跌倒在地，浑身不停地抖动，不知是真的害怕呢，还是装腔作势，谁也弄不清楚，倒是给重病中的邦斯先生刺激很大，他从来也没有见过女人躺在地上抽搐，身体摇晃着。施穆克先生见状，忙丢下女门房，赶紧上前扶住邦斯先生，慢慢地把他送回床上躺下。可怜这两个相依为命的男人感到非常痛苦，他们仿佛在做着一个很违心的事情，实在有些为难。

当邦斯先生刚刚被安顿在床上，施穆克先生想坐下来喘口气，这才又听到躺在地上的茜博太太的哭声，只见她伸出双手，请求两个朋友原谅她，一副悔过自新、痛改前非的样子，眼睛里噙满了泪水，非常可怜。

当她发现两个男人在审视她的时候，便主动地说：“我完全是好奇心驱使、想偷偷看看，文件里到底写了些什么，这是女人的小毛病，您也是知道的邦斯先生。我不知道怎样拆开您的信封，所以就原封拿回来了……”

“你这个披着羊皮的狼，装出很可怜的样子，其实，你的心比豺狼还要狠毒，你就要想要邦斯先生的命，滚出去！”施穆克由于被欺骗而万分愤怒，神色威严地喝令道。

女门房看见一贯顺从的德国人脸色变得如此难看，却立刻像女神一样傲慢地缓缓站起。狠狠地朝施穆克瞪了一眼，气得他浑身发抖，然后趁施穆克厌恶地把头扭向窗外时，顺手把桌子上那副精巧的小框架藏在裙子里，走了出去，她知道，马古斯早已垂涎这个小镜框，他不止一次赞叹道："这可是无价之宝啊！"

在楼下的门房里，弗莱齐埃焦急地等待着女门房赶快下来，看她到底把那个被偷摸的文件信封烧了没有。当茜博太太慌慌张张从楼上下来的时候，满脸的惊慌失措、胆战心惊的样子，就料到可能出事了。

"您怎么了？"

"亲爱的律师先生，您可真是一个好代理人，您左一个好主意，右一个好主意，要我听您的安排，这下好了，楼上那两个男人把我轰了出来，年薪也没了，您可彻底把我毁了……"

接着她又唾沫横飞、连珠炮似的开始说了。有枝添叶、无中生有，可是她的拿手好戏。

"赶快说主要的吧，别啰唆了，到底出了什么事，快讲出来。"他催促着女门房。

她把刚在楼上发生的事情添油加醋地描述了一遍："事情就是这样。"

"您听清了，并不是我把事情办糟了，而是楼上的那两个男人早就对您产生了怀疑，这是他们给您设的圈套，等着您去往里跳，您居然一点头脑也没有，人家偷偷监视您，您却一点也没有察觉，您是不是还瞒着干了什么事。"律师的双眼露出魔鬼般的凶狠。

"我做的每一件事，都是按您的安排去做的，怎么会有什么事您不知道？"这回她真的颤抖了。

"我可没有做过任何违法的事，对吧？"显然他想赖掉夜里来过邦斯的家。

茜博太太感到头皮发麻、浑身发冷。她惊呆了。

"这不是普通的偷窃，这是犯法的。"弗莱齐埃用冰冷的声调说着。他看见茜博太太已经被吓得抖成一团。

“我是您的法律顾问，您放心吧，不过您所做的一切事情我都要知道，只要是我想知道的事，不管采取什么办法，我都会打听到的。如果，在这期间您什么事都没有做，那个德国人不会对您翻脸的。”

“其实也没什么大事，前几天，我总是讲，邦斯先生糊涂了，从那以后，这两个男人的脸色就开始变了，这一切，我都是遵照您的吩咐去做的，邦斯先生早就不喜欢我在他的左右了，他从来不听我的，可是，那个施穆克我心里还是有数的，他已经说过，茜博死后，我们就在一起生活。”

听了这些话，弗莱齐埃也只有相信了这个女门房。

“这样就好，我会保证您应该得到的那一份。我答应的，就一定能够兑现，兑现之前，这一切还仅仅是允诺，执行当中是不能出任何差错的，为了您一千两百法郎的年薪，我们就要密切配合，严格地按我所说的去做。”

女门房低声地答应下来，绝对按律师先生吩咐的话去做，她已经再次被击垮了。

“就这样，我会和您联系的。”弗莱齐埃口袋里装着邦斯的遗嘱走了。

他兴奋地回到家里，这份遗嘱就是一件有利的武器，有了它就可以重新开始与卡缪佐一家谈判了，如果他们不按事前允诺的条件去满足我，那他们的财产也就告吹了。

清晨，雷莫南克让妹妹照料着店铺，他就可以去探望茜博了，几天来他一直就是这样关照他的朋友。一进门正看见茜博太太在端详着梅佐的那幅画，心里搞不明白，画布上就涂了这么一点颜色，就真的价值连城了吗？

“哦，这正是马古斯做梦都想到手的那幅珍品。”雷莫南克站在茜博太太的背后说道，“马古斯先生说没有把这幅小的藏品搞到手，非常遗憾，多大的价钱他都会答应。”

“他开价多少呢？”

“那就看你以后肯不肯嫁给我，”雷莫南克又说，“嫁给我，我就给你从他手里要两万法郎，不嫁给我，也许你连一千法郎都卖不出去。”

“为什么?”

“如果你是画的主人，签一份票据，真正的继承人就要把你送上法庭，如果你肯在茜博死后嫁给我，那就是我个人的名义从施穆克那里买来的。只要我账面符实，就不会有麻烦了，我看这幅画，你还是暂时存放在我的店里，过几天，你还会有很多烦心的事等着你呢。在我家里，再找出几幅画也不奇怪，因为我是生意人。再说我们之间关系如此亲密，难道你还不放心吗?我看还是写个收据在你手里，好吗?”

在这样的情况下，这也许是最好的办法，虽然不情愿，无奈的女门房也只好接受了这一建议，谁叫自己当场被人捉住了呢!可是，从此以后茜博太太的命运又和雷莫南克紧紧地联系在一起了。

“这样定了，你还是写个收据给我送过来。”说完她把画藏到衣橱里。

“亲爱的，”旧货商又压低声音对她耳语道:

“布朗医生对茜博已经束手无策了，谁也挽救不了茜博了，昨天临走前他告诉我，今天白天他可能不再来了。这就是说……真是太不幸了。以后这里也不是你待的地方了。我会很快在嘉布遗会修女大街上开一个宽敞的古董店，就凭我几年来的积蓄，再加上你即将得到的那一笔，我向你保证，如果有你来帮我料理古董店，那我们俩的财产不发愁不翻番吗?你当老板娘，还有我妹妹料理家务，多完美啊。”

一阵痛苦的嘶叫声从茜博先生的喉咙里发出，打断了两个人谈话，死神就要降临了。

“您赶快离开这里，我丈夫已经到了这般地步，您这魔鬼还有心来跟我谈什么老板娘之类的事……”

“我真糊涂，我把事情搞颠倒了，这也都是因为我爱你，请原谅。”

“如果您真的爱我，这个时候请不要和我谈这些事吧。”

雷克南克只得扫兴地回到自己的店铺里，心里却还想着要把女门房娶回家。

大概十点钟刚过，大门口一阵混乱，原来是神甫在给茜博先生授临终圣体。茜博所有的朋友，左邻右舍全来了，男男女女们把大门口挤得水泄不通。所以，当莱奥波尔德·昂纳坎先生和他的一个同事来到门口时，那几个无时无刻不再窥视邦斯先生的人，却偏偏在这关键时刻忽略了。施瓦布和布鲁纳从看热闹的人群中穿过上了二楼来到了邦斯先生的房间，也同样没有引起茜博太太的注意，及至当昂纳坎公证人向隔壁的女门房打听邦斯先生的公寓时，她也顾不上多说话，只是顺手指了指邦斯先生在楼上，先生们便都顺利地来到邦斯先生的房间……就在这一刻，邦斯先生正式撤销了昨天的遗嘱，立德国人施穆克为他的全部财产的继承人，遗嘱是在合法的代理人及公证人的监督下撰写的。仪式结束后，邦斯以同样的方式向各位先生致谢，并请昂纳坎先生在执行遗嘱时，全力维护施穆克的权力。从昨天晚上，他与施穆克的长谈到现在立完了遗嘱，邦斯先生了结了一生中最后一件事，让他唯一的朋友认识了人心的险恶，如果没有半夜茜博太太上演的闹剧，也不会使得施穆克先生真正觉醒。正是为了这个天真的朋友能够成熟起来，邦斯先生耗尽了他的精力。现在他无力地躺在床上，虚弱地告诉周围的人，要求马上给他进行授临终圣体的仪式。施穆克看着他的老朋友邦斯先生，感到一刻与不能离了他。便请求施瓦布先生去把杜普朗迪神甫请来。

楼下门房看热闹的人早已散去，茜博太太坐在丈夫的床前发呆，楼上的两个男人不再用她做事了。而经历的二十四小时所发生的一幕又一幕的事情，使施穆克一下成熟了，他看清了茜博太太一伙人的卑鄙行径，看到老邦斯先生为了自己，不惜绞尽脑汁与这些人周旋，不畏死神，反而平静地完成了人生社会生活的最后一幕，不禁万分悲痛，忘记了时间和饥饿。

已经到了下午两点，女门房还没有见德国人的面，觉得有些异常，同时，她也不放心自己的利益究竟能有多少，她请雷莫南克的妹妹到楼上去问问施穆克是否吃过午饭。

楼上，老音乐家刚刚对杜普朗迪神甫做完人生最后一次忏悔。接下来就是举行临终领圣餐仪式。雷莫南克小姐在门外敲门，由轻到重，把这神圣静穆的仪式打乱了。幸好邦斯先生早有吩咐，并要施穆克发誓，任何人也不能进来，所以雷莫南克小姐任凭在外面怎样敲门，也无人理会。她似乎感觉不妙，慌忙跑到楼下，告诉茜博太太，施穆克不给她开门。这是一个重要迹象，弗莱齐埃把它记在心里。他知道，邦斯先生在巴黎除了庭长一家再没有别的亲戚，施穆克从来也没有处理过一个死人的丧事，在巴黎他更是举目无亲，也不会有谁来给他帮忙。他现在一定是处于哀痛之中，一堆棘手的事情等着他去处理。这正是一个接近他的好机会。所以自从吃了早饭，他和布朗医生便商量着如何去和他打交道，并且要取得施穆克的信任，一切才可能进行下去。

布朗医生和弗莱齐埃刻不容缓地立刻分头行动。

布朗医生的邻居康迪纳是圣弗朗索教堂的执事，原来父亲是个玻璃商，住在奥尔良大街已经十几年了。康迪纳的太太是负责教堂椅子出租的管理员，布朗医生经常免费给她看些小病，为此，她很敬佩医生的为人，并经常把自己心中的不快向医生倾诉，关系自然很密切。每逢节假日和星期天，布朗医生和律师都要到教堂望弥撒，与教堂的执事、门卫等下层的神职人员关系都很不错，凡是到教堂来的男女信徒们，都会给这些下层人员一些钱物，康迪纳太太和施穆克也很熟悉。因此弗莱齐埃决定在计划中利用康迪纳太太，更重要的原因是她有两件摆脱不开的烦心事：她的儿子小康迪纳，本来可以在教堂里有一份安稳的工作，每年有固定的年薪，虽然微薄但足以糊口，可他却迷上了演戏，不愿意在教堂里做门卫，却到奥林匹克马戏团当跑龙套的，到处漂泊，过着居无定所的生活，没有钱了就回到家里跟母亲强索。结果含辛茹苦大半生的康迪纳太太，依然身无分文。而另一个是老康迪纳，人很懒却酗酒，没几年便把她家的玻璃店给典押了。从此便离开了商界，当教堂里混个差事。落魄到了这个地步，老康纳尔并没有改掉老毛病，反而越来越懒，越喝越醉了。

康迪纳太太总是唠叨给布朗医生听她那不幸的身世。结婚时她有一万两千法郎的陪嫁，没有想到，日子却过得这样清苦。所以当她又在向医生诉苦时，布朗医生想把她介绍给邦斯家做厨娘来代替茜博太太，再合适不过了。想到这儿布朗医生不禁喜出望外。但他接着又凉了下来。因为推荐索瓦热太太去邦斯家，他去是绝对不行的，他看到施穆克不给雷莫南克小姐开门，就足以使诡计多端的弗莱齐埃心里明明白白了。但是索瓦热太太如果由杜甫朗迪神甫去推荐，他们就不会有疑虑了。只要她们到了那儿，邦斯家的一切动态将了如指掌。

杜甫朗迪神甫一向是最受人尊敬的，所以刚到门口，便被茜博的朋友们拦住了，大家纷纷向神甫问候、致敬。

布朗医生把神甫拉到一边对他说：

“邦斯先生如果把胆结石取出，他可能还会活下去，可怜的邦斯先生如果下决心，手术是完全可以的，是他的结石症引发的肝病，结石从腹壁外都能摸到，难道还不要命吗?”

“我先把圣体匣送回教堂，马上就会回来，”神甫说，“因为施穆克先生过于悲伤了，他需要得到仁慈的帮助。”

“那好，等您回来一定要劝一劝邦斯先生，现在做手术还来得及，手术过程也不会有什么差错，这些我是可以担保的，您一定要利用您的威信去劝说他。”布朗作为医生说这话是很自然的。但他又接着说：

“啊，是这样，神甫，现在我才知道施穆克先生在法国举目无亲，一直是茜博太太给两个先生料理家务。听说昨天，他们之间发生了不愉快的事，可能过两天误会就会解开，可是现在无论是邦斯先生，还是施穆克都需要有人来料理食宿，这才是最急需解决的问题。”

教堂执事康迪纳在房门口正忙着什么，医生朝他喊道：“康迪纳，回去问问您太太，能不能帮几天忙，照顾一下楼上的两位先生。”没等执事回答他又跟神甫说：“即使茜博太太没有和他们闹矛盾，在这时候也是需要再找一个帮手的。您说呢?”

“那好，康迪纳太太在教堂管理椅子等杂物，一向都很认真，所以才让她收椅子租金的，等一下我会向施穆克推荐的。”

神甫走后，布朗医生来到邦斯的床前，施穆克正在声泪俱下地劝着老邦斯，希望他能够接受手术。邦斯先生只是一味地摇头，一步步走向死亡。最后，他用仅有的一口气说：

“我想安安静静地去见上帝。”

施穆克抓起邦斯的手，紧紧地贴在自己的胸前，希望能够把自己的生命传导给邦斯先生，希望他活下去，宁可自己少活几年。

当神甫回来的时候，布朗医生告诉神甫，今晚需要派一个教士来为老音乐家守灵了。病人已经进入了回光返照阶段，过不了多久，他就会停止呼吸的。另外，请您转告康迪纳太太尽快过来料理这边的事，还需要带过来一个临时打杂的女仆。施穆克先生已经崩溃了，他家有这么多藏品，没有人看管是不行的。

听了布朗医生的话，善良的神甫觉得很有道理。尤其对于本区的医生，从来都不会有什么怀疑，他相信医生应该是很可靠的人，以救死扶伤为天职的。因此他招呼施穆克到门外去。可不知为什么，施穆克无论如何也不愿松开邦斯的手。可怜的老人更是抽搐着，用力抓住施穆克，仿佛一松手便会跌入深渊，所以人们常说，临终的人，总是紧紧地抓住什么东西才肯停止呼吸。此刻邦斯先生的脑海中，不知出现的是什么图景，只见他紧紧地抓起被单，包住自己，好像抓着的是一件无价之宝，生怕被别人抢去，那种急切、防范的表情是任何人都无法理解的。

当施穆克来到门外，神甫对他说：

“邦斯先生死后，只剩下孤单单的您一个人，茜博太太又走了……。”

“神甫，是她害死了我的朋友。”

“可今天夜里，必须要有人守候邦斯先生。您一个人是不行的。”医生说。

“我要陪伴着他，我要为他祈祷。”施穆克的脑海里单纯得只剩下一个念头了。

“您首先要保证您的精力，您要和证人一起去开死亡证明，要人穿上他生前准备好的衣服，要通知亲友葬礼的时间，还要给守灵的教士准备夜宵等等，还有很多想不到的事情都会发生，您一个人能应付吗？对待邦斯先生这样可尊敬的老人，他的葬礼您是不能草率的。

施穆克瞪着布满血丝的眼睛，发疯地吼叫着：“他不会死的，我可以救活他。”

“您不充分休息，您也不会坚持多久的。到时，谁来照顾您，您怎么能照顾好邦斯先生。”

“啊……”施穆克不语。

“所以，我们替您请的康迪纳太太，是我们教堂里的管事，很可靠。”神甫补充道。

邦斯死了会给施穆克留下一笔财产，同时也会给他留下许多社会责任。每一件，施穆克都要从头学起。

“他天真得像个孩子。”医生对神甫说。

“我像个孩子吗？”他喃喃地重复道。

“就这样吧，我去告诉康迪纳太太，叫她帮忙再找一个女仆来。”神甫说。

“不必您辛苦了，康迪纳先生是我的朋友，我告诉他一声就解决了。”医生说完就去办了。

死神的阴影笼罩着将要离开我们的人，他在苦苦地与死神搏斗，他挣扎着，用尽最后的气力在努力摆脱死神的缠绕。人们听到的只是一阵阵痛苦的呻吟，偶尔几声喊叫也显得有气无力。此时的邦斯先生正处在阴影当中。施穆克、神甫和医生守候在床前。突然，邦斯先生猛烈地挣扎了一下，仿佛是灵魂挣脱了肉体的羁绊，之后他以异常清醒的头脑，绝对平静的脸色，似乎嘴角还露出一丝微笑，环视了周围一眼：“医生，我终于熬出来了，您说得对，现在我好多了。啊，亲爱的神甫，施穆克到哪儿去了？”

“施穆克先生在休息，他已经一天一夜没睡觉了，您身边除了他再也没有别人了，茜博太太已经被辞掉了……”

“她是一个专做坏事的女人，”邦斯一听到他的名字，立刻表现出极度厌恶的神气，说，“施穆克需要一个老实本分的人来照顾。”

“是的，所以我们建议他请康迪纳太太过来帮忙照顾您……”

“知道，就是出租教堂椅子的太太。”邦斯说，“她是个信得过的女人。”

“她很少与茜博太太那样的女人来往。”医生说。

“就让她来这儿，神甫，让她的丈夫看门，我就放心了。谁也不会再从这儿拿走我的东西了……”

施穆克听到这里，高兴地拉起邦斯的手，心想他终于好些了。

“我要赶快去通知康迪纳太太，不然就来不及了。”医生匆匆走了。

[二十七]

当死神来临的时候

神甫还在邦斯的床边劝着他请康迪纳太太照顾施穆克的时候，律师已先走一步把她叫到自己的家中，用他那套蛊惑人心和狡诈的手段，软硬兼施，把她收为了自己的手下。康迪纳太太长期被这个贫穷的家庭拖累得面黄肌瘦，两只无神的眼睛只能看到眼皮下的蝇头小利，淡漠的嘴角里讲出来的经常是苦涩的话语。像大多数生活在贫困中的女人一样，被太多的痛苦折磨得有些麻木了。很难分辨出弗莱齐埃这种职业骗子的真相。她只知道，也许从今后就衣食无忧了。所以她不假思索就答应把索瓦热太太当做自己的朋友推荐给施穆克先生。另外，律师还让自己的女仆在邦斯先生周围布下了耳目，随时向他报告他们的行踪。像一张牢牢的网，网中有两个螳螂。他还答应索瓦热太太事情办好之后，帮她开一个小酒馆作为酬谢。这样老奸巨猾的弗莱齐埃既把他那所谓的奶妈安顿好，又在康迪纳太太身边安插好了密探，一举两得。在邦斯家女佣的房间里，随时支起了一张床，索瓦热太太便睡在那儿。白天为施穆克料理家务等。当这两个女人和布朗先生来到三楼的那一刻，刚好邦斯先生停止了呼吸。施穆克先生似乎没有察觉到，依然紧握这朋友这双逐渐变凉的双手，好像在交换着思想、交换着感情。他示意康迪纳太太不要打扰他们，可当他看见同来的索瓦热太太那一副五大三粗的身材，还有那一脸的横肉，不由大吃一惊。对于这些，这个男人般的女人早已司空见惯了。

“这是索瓦热太太，是杜普朗迪神甫保荐的，”康迪纳太太低声说，“她在主教家做过饭，人很实在，以后由她来服侍您的饭。”

“您不必低声说话了。”索瓦热太太喘着粗气大声插嘴，“这位先生已断气多时了……他已经死了。”

施穆克惊呆了，此刻他真的感到邦斯先生的手冰凉了，并已经发硬了。他不相信这一切，可是邦斯先生那双没有了生命的眼睛是施穆克从来没有见过的。只见索瓦热太太拿了一个镜子对着邦斯的口鼻，镜子上没有一点呼吸的痕迹，她便使劲把施穆克从死人身边拉开了。

“快松手，不然彻底凉了你就想松也松不开了。况且，趁着他的身体还有些热气，要赶快给死者换好衣服，等会儿就穿不上了。”索瓦热太太告诉他，并很有经验地把邦斯先生不闭的双眼合上了。索瓦热太太是个有经验的看护，她把邦斯的衣服换好，然后用棉花塞住了鼻孔、耳朵等器官，就像个商店的伙计在打包裹一样熟练，再找一块床单，用床单把他盖住。

“得找块床单，哪儿有……”她问施穆克，这可把施穆克吓得呆若木鸡。

刚刚经过了神圣的宗教仪式，对这个即将进入天堂，前程一片朝阳的人，施穆克心里感到欣慰，可是转眼，却被一个陌生的女人，像货物一样搬来搬去，他痛苦极了，几乎昏倒在地上。这个只知道艺术的人，从来没有见过死人，更不知道如何处理这些事情，面对唯一理解他、爱护他，把他当做朋友的人，他不由得泪如雨下，一句话也说不出来。

“您随意办吧。……”施穆克呆呆地说。

“我去找茜博太太，看床单在哪儿。”索瓦热太太说，过了一个钟头，她又回来了。

“先生，需要准备一些必需品，您的钱……”施穆克瞪了康迪纳太太一眼，目光中充满仇恨，他用手指了指摆在那儿的邦斯算是回答了。

“要什么都拿走好了，不要打扰我，让我为他祈祷吧。”说完他跪倒在床前，不再说话。

索瓦热太太趁下楼找床单的时间，赶快给弗莱齐埃去送信。得到消息，律师立刻乘马车到庭长家来取赋予他代表继承人利益及权力的委托书。

一个小时之后，康迪纳太太又来到房间里，对施穆克说：“先生，茜博太太刚失去丈夫，我问他您家的事，她不但不告诉我，反而把我骂了出来，先生，您先听我说两句好不好……”

康迪纳太太的人生经历了太多的磨难，她和所有的贫困的小市民一样，早已习惯了苦难，消极地忍受已成为她们抗拒苦难的唯一办法。她丝毫也没有意识到此刻来打扰施穆克先生是多么残酷。

“先生，首先要买床单来盖死人，要买餐具，要买柴米做饭，晚上守灵的教士就要来了。厨房里什么东西都没有怎么行。原来你们用的东西都是茜博太太给你们的。再者还要给索瓦热太太买张床……”

“你别讲了，你看他可能昏过去了。”索瓦热太太指了指床边的施穆克，“我说他为什么不回答呢?”

“喂，我来告诉你怎么办。”

索瓦热太太看了看屋子里的东西，像小偷一样敏锐，想了想钱可能在什么地方，就一直走向邦斯放钱的柜子，拉开了第一个抽屉，就准确地找到了钱袋。她拿着钱袋在施穆克的眼前晃了晃，施穆克点了点头，像木偶一样，算是知道了她们在用钱。这些钱就是卖掉了邦斯先生最珍贵的藏品得到的。

“钱在这儿，你清点一下，然后我要用一些去买煤米、蜡烛、食品用具等等，因为他的厨房是空的，什么也没有。刚才，我在衣橱里好容易找到一块床单来盖住他。可怜的他像出生时一样，一无所有。”索瓦热太太说。

“总共一千两百五十法郎。”他们对施穆克说。

施穆克点点头，索瓦热接着便量床单，比大小，开始缝制裹尸体的布。这时施穆克就像一条忠实的狗守在邦斯旁边，谁要动他一下，他就扑上去撕咬，因为这是他的主人，他在捍卫他的主人。索瓦热太太不耐烦了，她双手抓住施穆克，把他拖到沙发上，按倒在上面，使他动弹不得。

“太太，快，把尸体包裹好。”她对康迪纳太太急促地说。

施穆克悲痛欲绝。当两个女人收拾好了一切便又把他放回到床边，对他说：“先生，可怜的人死了，您总要把他收拾得像点样子，他才能体面地升上天堂。”

两个女人走了，不一会儿便买回了一切需要的食物和用品，开了一张三百六十法郎的收据，然后把收据和钱一起放回抽屉里。

晚上，一份四人的晚餐，丰富又可口：烧鹅、果酱蛋包、肉冻、生菜，施穆克如同嚼蜡地吃了一点，剩下的便风卷残云般地被厨娘们扫光了。九点钟，教士带着四支大蜡烛和教堂的烛台随康迪纳来了，他们看见施穆克紧紧地抱着老邦斯的尸体，熟睡着，着实大吃一惊。不得不以上帝的名义告诉他，必须离开死去的邦斯。

教士开始为死者念祷文，而施穆克则虔诚地跪在地上，祈求上帝，允许邦斯的灵魂升天之后会经常来看望他。

半夜，女人招呼施穆克和教士吃夜宵，别人都离开了这间屋子，再没有人打搅他的邦斯了，他终于有了笑容，却比哭还要悲切。终于自由了，他朝邦斯扑过去，紧紧地拥抱着邦斯。凌晨，教士回来了，发现他又像疯子一样躺在床上，便再次强行把他拖开，好为死者进行第二次超度，天亮了，教士告辞离去。

“您立刻去吃饭，因为您马上就要去市政厅，去通报邦斯死亡的事，领一张死亡证书。不吃饱怎么能办事。”

“请别人去，我不能离开这里。”

“您是唯一亲眼看见邦斯先生死亡的，只有您去。找一辆车，请一个邻居作证。”医生说。

对于一个人的正常死亡，法律上不知还有多少麻烦事在后面。九点钟，索热瓦太太请雷莫南克陪他坐车去了市政厅领取邦斯的死亡证明。一路上施穆克在想：与其有这样繁琐的文明我宁可要印第安人的风俗，只有在天国，人与人才真正平等，在巴黎，平等只是一句空话而已，上流社会的人死了，自然会有亲戚朋友争着去给他们办这些痛苦而琐碎的麻烦事，可是下等人就像逃不脱的债务一样，没有谁去替他们分担这些痛苦。

“哎！邦斯先生离开我们大家独自去了，真是一件令人遗憾的事。”雷莫南克听到旁边的先生一声长叹，便安慰似的说：“不过，他给您留下了丰厚的财产，真正是一件大好事，他为人善良、正直，邻居们都在传说，您是他的财产继承人，可您是个外国人，那需要办的事还多着呢，更麻烦。”

施穆克麻木地坐在车上，依然沉浸在巨大的痛苦之中，精神和肉体在痉挛，理智在丧失。

“我看您还是请个代理人吧，找一个经验丰富，有威望，值得信赖的人才好，平时，我如果有些小麻烦，总是去找执达史塔巴洛，如果您愿意给他一张委托书，他就全权替您办妥一切事情了。”

这番好意的关心同样是弗莱齐埃的杰作，他们事先商量好了，一个人的大脑在极度悲伤中处于空间状态时，每听进去一句话都会留下很深刻的印象，的确这句话真的印在了施穆克的脑海中了。旧货商见施穆克毫无生气的眼睛直直地瞪着他，便停住了嘴边的话。

旧货商此时心中暗暗盘算：如果他一直这样痴呆呆的，那我要买他楼上那些小东西可就容易多了，搞得好，我手头这不多的钱可能全部都买下来呢，只是不知他……

“先生，市政厅到了。”车夫的喊声惊醒了旧货商，他极不情愿地把施穆克拖下马车，扶进了市政办公室。

事情就是这样，不巧，办事员手中有好几份死亡证明要办理，只好耐心等待，可怜的施穆克就像被钉在十字架上一样难受。

“这位一定是施穆克先生吧。”当听到有人叫他的名字，他吃惊地抬起头，依然是痴呆的目光看着说话的人。

“请你不要打搅他，你难道没有看见他是多么悲痛。”旧货商说。

“这我一看就知道，先生失去了最好的朋友，他一定会非常体面地为朋友留下好的纪念的，因为他的朋友留给他一笔巨额遗产，给朋友买一块永久的墓地，再立上美丽女神的雕像，才算体面呢。”

雷莫南克不耐烦地挥挥手，可对方却同样对他不客气地挥挥手：“我做我的生意。我代表我们公司向您介绍，如果您需要殡葬方面的服务，我将愿意为您效力。”到此时旧货商才明白是怎么回事了。

于是雷莫南克推了推施穆克。

“我们公司将为您分担痛苦，帮助您办理各种法律手续，因为您处于深度痛苦之中，无法去寻找墓穴、选石料、找雕塑师等等，我们公司一条龙服务，价格合理，您可以参考我们以前的作品：拉雪兹神甫公墓最宏伟的墓地就是我们承办的。”

人们都认为死亡是人生的终点。但就是在这终点也会有高低贵贱，尔虞我诈。上流社会在生前就会为自己准备好墓地，可大多数人总是感到死亡之神来得太突然，于是，在毫无准备的家庭中就会出现各方面的商人、小伙计、骗子之类，直到把你家搅得比死神来临更显得可怕。他们手中拿着模型直逼家属就范为止。

“邦斯的家属和证人进来办手续。”

一声叫喊，忙得雷莫南克拉住一个人请他帮忙把施穆克扶到桌子旁。幸好医生提供了所需要的一切材料，因为我们这位当事人只知道说他是我的朋友一句话。

签完字，在掮客的帮助下，把施穆克抬上马车，趁势掮客也挤在一边，看样子，无论如何这笔买卖他是做定了。

一直在门口守望的索瓦热太太看见马车停下来，连忙上前扶住施穆克先生。掮客却一直吵闹着跟到楼上，说："我帮这位先生去挑块墓地，再立两尊艺术雕像来纪念我们这位热爱艺术的朋友，您看好吗？"

雷莫南克此时又进言道："我看这许多事，还是请个代理人吧？"

"那好，就请我去办。"说完掮客掏出一张名片递给索瓦热太太，并凑到耳边说事成之后，会给您四十法郎的报酬的。

"好吧，谈好之后我会按名片通知你的，放心吧。"索瓦热太太立刻答应下来。又是一笔暗地里的交易。

施穆克几天来终于喝了几口汤，吃了点面包，精神也恢复了少许。可是他又一头钻进邦斯的卧室去祷告了。痛苦又重新弥漫了整个空间，时间不知过了多久，又一个掮客不断地喊叫着："我们公司独家发明，如果您把邦斯先生交给我们处理，几天后我们会还给你一个活着的邦斯。"

"是真的吗？可以说话吗？"

"说话，您为什么一定要让他说话呢？我们用香料和防腐剂处理过，他就可以永久地保持现在这个样子，我们的技术，不亚于埃及的奇迹，您要抓紧时间决定，再过一会儿，就不能保证按您的要求去做了。"

"请出去，邦斯是一个永远的灵魂，他在上帝身边永生。"

"真是吝啬鬼，继承那么多财产，连给朋友做防腐都舍不得，哎！"

"谁也没有办法，财产到手了，死尸还有什么用，一点良心都没有。"茜博太太在门口恶狠狠地诅咒着。

[二十八]

施穆克继续在痛苦中煎熬，人们从中可了解巴黎人去世的过程

一个钟头后，施穆克看见棺材店的伙计随着索瓦热太太走上楼来，那人穿黑衣，像个工人。“先生，”她说，“康迪纳十分热心，把教区棺材店老板叫来了。”棺材店老板满含同情和安慰地行个礼，以行家的目光审视了一下死者，脸上带着肯定做成这笔生意的神色问道：“您需要什么材质的棺木？冷杉木？普通橡木？还是加铅皮？这种最合适。”接着他又丈量了一下尺寸，估计说：

“身高一百七十，葬礼是否在教堂举行？”

施穆克看了他几眼，就像疯子在看热闹。

“还是找个代理人吧，先生。”索瓦热太太说。

“好吧。”受难者说。

“您看去找塔巴洛先生好吗？他是全区最正派的邻居，他会尽力给您办事的。您可太忙了！”

“塔巴洛先生，是谁和我提起过此人……”施穆克此时还真的出现了大脑空白时所留下的印象。

“只要您和代理人谈清您的要求，您就可以清静地悼念您的朋友了。”

下午两点钟，塔巴洛的首席书记来到楼上，这是一个谨慎的年轻人，他让人看起来很谦虚，而且这种年轻人往往让对方不设防线。这人名叫维勒莫，他坐在施穆克身边，很小心，这打动了施穆克。

“塔巴洛派我到这儿来先了解一下情况，然后在一起商量方案，为了维护您的利益，为了您朋友的葬礼更加体面，这是不是您的最终

目的呢?”年轻人小心地询问。

“我没有更高的要求，我也是一个来日不多的人，只要在这期间不要再打搅我就可以了。”

“这是肯定的，有了我们，任何事，只要您同意，都不会再麻烦您。”年轻的维勒莫说。

“就这样定了，要办什么手续吗?”

“这儿有一份文件，是您给塔巴洛先生的委托书，请您签名。”接着又说：“我读给您听，看还有什么补充条款。”

至于委托书都有些什么，施穆克根本没有听进去，无非就是送殡仪式、购买墓地、葬礼如何进行等等。施穆克补充一点就是要求墓地留有他本人的位置。最后他被告知，等账单出来后，请他签字付款。

“只要能够让我安静地陪伴在你身旁，我什么条件都可以答应。”当他重新为朋友祈祷的时候默默地对自己说。

弗莱齐埃正朝着自己事先设计好的目标一点点接近，索瓦热太太和年轻的维勒莫紧紧地盯在施穆克的周围，任何行为都不会离开他们的视线。

这一天是邦斯的遗体被送往墓地的日子，因此遗体早早地就被人移到了楼下的一间空房子里。房间里只有点着的蜡烛陪伴着即将离去的亡灵，却不见施穆克悲哀的影子。因为昨天傍晚，索瓦热太太发现施穆克倒在邦斯床前睡着了。可怜的人，几天来就没有真正合过眼，现在他再也支持不住了。当人们把他抬到索瓦热太太的床上，他竟一直睡到了现在。醒后，他发现房子里空荡荡的，只留下了可怕的回忆。经过了休息之后的痛苦来得更加真切。索瓦热太太现在正在看着他吃饭，像唱《耶利米哀歌》似的提醒他找要换的衣服。茜博太太多少年来把他照顾得只剩下两套换洗的衫裤，到邦斯生病时，他的衣服已经像他吃饭一样简单了，哪儿还有什么黑礼服呀……

“您不穿黑色礼服，全区的邻居都会耻笑我们的，我们一定要按礼节办事……”

“那我怎么办?”

"买孝服啊!"

"孝服!"

"我不需要约束。"他愤怒了,痛苦使这纯洁的人愤怒了。

这时,一个全套黑色礼服的先生走进来,还佩戴着徽章和银表链,戴着白手套,一切都是标准的葬礼服,只有手中的短木棍和三角帽是他的职业标志。

"亲爱的先生,我是葬礼司仪,请吩咐。"

看他的礼貌、端庄、有分寸,而且脸上挂着职业性的悲哀,永远用低而温柔的声音向人们报告着什么,仿佛他是代表死神来迎接新的成员的。听了他的表白,施穆克就像看见了刀斧手,浑身发抖。

"请问先生是死者的什么亲属?"

"我是他唯一的亲属,是他的朋友。"

"您是财产未来的拥有者?"司仪又问。

"继承人?"施穆克重复着,"我无所谓。"

"死者的其他亲属呢?"

他指指满屋的古董、藏画说:"都在这儿,都是些惹人烦恼的东西,他一生最爱这些。"施穆克语无伦次地说。

"不要听他乱讲。"索瓦热对司仪说,"他是疯子,不要理他了。"

当维勒莫再次来到楼上,施穆克依然目光呆滞地坐在那儿,司仪先生一下认出了维勒莫就是商谈出殡事宜的先生,便对他说:

"时间已到,可是亲戚朋友还没有到,灵车就要出发了。"

"先生没有什么亲戚,只有一个朋友就是继承人自己。"

司仪出于经验,一眼便看出施穆克的痛苦是发自内心的,便走到他身边劝慰说:

"坚强些,先生,痛苦会过去的,为了使您的朋友无牵挂地上路,您一定要节哀。"

维勒莫这个代理人并没有在报纸上给邦斯的葬礼发讣告,只是通知了玛维尔庭长一家,所以爱洛依斯小姐一点消息也不知道。剧院的朋友们怎么能来呢?

“您走在出殡队伍的前面，一定要穿上黑色礼服。”司仪严肃地对施穆克说。

只听可怜的德国人用抖动的声音说：“我的心中一片黑暗，死神就在我心中，感谢上帝，我会和邦斯先生在天堂相遇的。”

“看来我们还应准备一些丧服用来出租才好，这位先生这样的装束是不能参加葬礼的，幸好我这有一件长袍给他穿在外面，遮盖住他的衣服，别人看不见就可以了……好了，先生站起来。”

维勒莫用双手支撑着他的身体，司仪赶快将一件又大又旧的黑袍子套在施穆克的身上，正好从头到脚盖个严整，一条黑色丝带牢牢地在颌下系了一个美丽的结。

现在已经十点半了，这四个绋谁来执呢？司仪急得团团转。

“啊，弗莱齐埃先生！”维勒莫快步迎上去。

“这位先生是亲属吗？”

“不，他是卡缪佐庭长的代理人。”

“那好。”司仪露出满意的神色，“这就有两个执绋的人了。”

然后他将两双漂亮的麂皮手套很礼貌地戴在律师和维勒莫的手上，交给他们每人一支绋。眼睛四处寻找着另外两个可以执绋的人。

“啊，托比那！”只见呆傻的施穆克突然兴奋地高叫着，并紧紧地握住来人的双手不停地说：

“邦斯是爱你的，你知道吗？”

这个叫托比那的人是在乐队专门管理乐谱的人，邦斯知道他靠在戏院当差这点微薄的收入要养活一家人，生活很拮据，便每月自己补贴他五法郎。托比那感激不尽，永远也不会忘记邦斯的好处，邦斯的去世使他格外伤心。

“我每天都在打听邦斯先生的消息……”

“我知道，你一定会来送邦斯的。”施穆克紧握着托比那的双手说道。

“这些势利眼的人，根本不让我上楼，以为我是邦斯的穷亲戚来争遗产的，我再三说明，我是戏院的当差，只是来看望一下邦斯，他们都不允许，可怜的邦斯，生前我们没有见上一面，没有听见我一句感谢的话……”说着他伤心地哭了。

“该死的茜博太太……”施穆克终于见到可以交谈的朋友了。

“邦斯先生是天下最仁慈的好人，他总是无私地帮助我这个当差的。我们一家都来为邦斯先生送行，我妻子领着三个孩子在教堂里等着呢。”

“以后我只要有饭吃，我照样帮助你，你不要担心。”有人真心地爱邦斯，施穆克非常高兴。

司仪的难题也解决了，托比那和殡仪馆的掮客各执一绋。六个人先后走下楼来，弗莱齐埃在经过平台时对两个守候在家的女人说：

“一定要把房门看紧，一个人也不许进去，康迪纳太太你如果还想在这儿工作的话，就一定要多加小心。”说完话他还严厉地看了两个女人一眼，凶气逼人。

临时的停尸房停着两副灵柩，两个出殡的队伍同时出发，这对于爱看热闹的巴黎人来说并不觉得奇怪。人们看到富丽堂皇的白色柩车上面高高地挂着一个绣着字母“P”的徽章，惹得路人驻足，但后面只有孤零零的一个送殡的人，这就是老音乐家邦斯的灵柩，没有人表示哀悼，而周围的邻居则纷纷涌到茜博的灵柩前，向他告别、洒圣水。一个下等阶级的灵车后面却跟着一群送行的人，这个和邦斯先生的丧事形成了很强的对比。

两个出殡的队伍从诺曼底街向教堂缓缓地走去，在奥尔良大街的两旁站满了看热闹的巴黎人，他们指手画脚地评论着、比较着。幸好施穆克多少天来被痛苦包围着，神精早已麻木，身体虚弱得连路都走不了，殡仪馆的代理人只好找一个当差的来扶着他前行，一不小心便会跌倒，所以当街上的人议论纷纷时，他什么也听不见，于他倒少了许多伤害。

“啊，这个是那指挥的队伍，吝啬鬼。”

“是谁在给他执绋呀。”

“噢，都是那些下等的戏子吧。”

"瞧，这是茜博老爹的队伍，多勤恳的人啊：为人老实，真可惜。"

"他一天从早干到晚，从来不见他休息。"

"又多了一个苦命的寡妇，如果他活着，太太就不会吃苦了。"

走在茜博灵柩后面的是雷莫南克，人们因为他失去了一个好邻居而安慰他。

在教堂前维勒莫早已安排好，为了防止乞丐打搅施穆克，康迪纳和门房在他的两旁把不相干的人都赶得远远的。教堂的门口早备有四辆马车是接送亲友去墓地的。其实只需要一辆就可以了，因为索纳公司的经纪人在为死者做弥撒的时候就离开教堂，早早地等候在墓地门口准备向家属介绍墓地以及装修的情况。所以，当施穆克一行人坐着车前往墓地时，后面的是两辆空车，像邦斯先生这个阶级的人去世，不会有随众者赶来送行的，只是跑趟空车也会有报酬。这些车夫为了一顿酒钱，是不管车上有没有人乘坐的。

从教堂到拉雪兹神甫公墓，虚弱的施穆克就像自己将要被送进坟墓一样，他紧拉着托比那的双手，生怕失去这个刚见面的朋友，这是唯一可以寄托对邦斯先生的怀念之情的人。托比那能为邦斯先生执绋同样感到万分荣幸，他知道自己无法报答邦斯先生对自己的帮助，所以他把今天当做一生最重要的日子。如果施穆克需要他来解脱孤寂的痛苦，他愿从此陪伴他。当施穆克在痛苦的深渊中挣扎时，紧紧地拉着他的手，他宁愿自己被拖下深渊，只要施穆克得到少许的解脱。

从教堂到墓地有一段很漫长的路，在车上，送葬的亲友们便不像在教堂或墓地那样做着礼节性的悲痛，亲人们也利用这个时间在车上稍微调整一下悲哀的情绪，人们开始闲聊着。

弗莱齐埃和维勒莫坐在前排谈论说卡缪佐庭长如何忙于公务，脱不开身……等等。

"那第四个执绋的人是谁?"律师问维勒莫，托比那凑上耳朵听着。

"是墓地承包商的掮客，想揽下这个工程的建造和装修。"

“这样装修墓地加上三个艺术女神恐怕要一万法郎。”

“是的，这项工程开销庞大，什么样的遗产也会被花光，还是离这场官司远一点，不管是谁赢谁输，也没有多少油水了。”维勒莫说。

“这就与我们无关了，”弗莱齐埃接着说，“这些承包商……”弗莱齐埃凑近维勒莫的耳边说：“天知道，遗嘱写些什么，也许根本就没有遗嘱呢，谁看见遗嘱了？我敢说谁也不会付钱给他们。”

维勒莫诡诈地笑了笑，又和律师低声交谈着。他们的声音压到了最低程度。可是，尽管车轮发出有节奏的咚咚声和周围其他马车的踏踏声，可是托比那是在后台当差的，善于察言观色，捕捉细小的声音，他猜到了，这两个混法律饭吃的小人物，一定在搞点鬼把戏，坑害这无依无靠的可怜人。最后，还听到他们提到什么一个词“克利希”[①]。这说明他的猜测是正确的。他暗暗下定决心，一定要搞清楚他们谈的话题，绝不让邦斯先生的继承人遭这些小人物的暗算。

经维勒莫办理手续买下的三平米的墓地，施穆克在司仪的引导下，穿过围观的人群来到了还来不及装修的墓地旁，邦斯将长眠于这个坑穴中，他的灵柩架在坑穴的上面，有四个人正紧拉着绳索，将棺木缓缓下滑，教士们做着最后的祈祷。看着这冰冷阴暗的坑穴，施穆克的胸膛一阵剧痛，倒在了邦斯的墓旁。

［二十九］

人们会发现，有了遗产，就要监管起来

托比那和公司经理索纳先生把可怜的德国人抬到了附近的大理石作坊。这下可慌了这伙人，包括索纳先生和太太，还有索纳先生的合

---

① 克利希：巴黎郊区的一处监狱。

伙人维特洛太太，他们殷勤地护理着他，关怀备至，他们把湿毛巾搭在他的额头上，给他喝了一小口醋，他这才慢慢地从梦中醒来，他刚才看见了邦斯先生还活着……最后，他睁开了眼睛看见了周围的一切。

这时托比那悄悄地坐在一旁，他发现这个弗莱齐埃有着一副死神般的嘴脸，正悄悄地和索纳先生商量着什么。

直到下午两点钟，施穆克才慢慢地苏醒过来，睁开眼，看着这陌生的地方，他好像是在做梦，咬咬手指，知道自己并不是在梦里。

两个太太正端着一碗肉汤，恩威并用，强按着施穆克喝下去："伤心过度，会伤害您的身体的，您一定要多保重……。"

施穆克说要回诺曼府街去。

"先生，您看，这就是维特洛先生连夜为您设计的草图，是您的真诚启发了他的灵感，一定会很漂亮。"

"这是拉雪兹公墓空前绝后的雕塑，"能说会道的索纳太太插嘴说，"为了感谢您的朋友，您也应该好好纪念他才对呀！"

这些刻意准备的图，其实已经几易其身了。最早他是为德·玛尔塞部长设计的，可部长夫人想把纪念工程交给斯迪德·曼；这些承包商的图样因而被拒绝，因为人家实在害怕质量低劣的纪念物。因为这个七月革命产生的部长只在位了三天。后来，他们便把三个女神修成了军队、财富和国家，代表着光荣与神圣，准备作为夏尔·凯勒的纪念广场的装饰。后因两个工程是同一个承包商而再遭拒绝。十几年了，这草图适应了无数个家庭，今天，还是这草图，维特洛又把它恢复成了艺术三女神的原来样子。

"完成这个宏大的工程，大约需要半年的时间。"维特洛说，"请您先看看工程预算和订单，不包括材料费，总共大概七千法郎左右。您如果愿意使用我们的大理石，我们可以给您选择优质的石料，总价也不过一万二千法郎，那您和邦斯先生将成为不朽的魂灵了。"

"等一等，诸位，我刚刚得知有人对遗嘱提出异议，而且来头不小呢。"托比那贴在维特洛的耳边低声说道："听说卡缪佐庭长又恢复了继承权，这个可怜的德国人可能得不到一文钱的财产呢。”

维特洛太太没好气地对维勒莫说：“是谁介绍来的这笔生意呀，有头无尾。”

托比那终于领着施穆克摆脱了这群生意人，走回了诺曼底街。

“不要离开我，托比那。”施穆克说。

“现在是下午四点了，施穆克先生，我吃完晚饭还要去剧院上班。六点整，剧院就要开门了，再说我太太是引位员，她也是不能晚的。”

“可是，邦斯先生曾和我说，周围有一群想陷害我的人，却没有朋友来帮助我，在法国，我举目无亲，只有您是邦斯的朋友，您为他伤心，所以我想您一定会帮助我的，请您告诉我应该怎么办。”

“我已经察觉到了，刚刚我已经把您救出了克利希监狱……。”

“监狱。”施穆克失声叫道，“我怎么会进监狱？”

“现在您安心在家里，我会来看您的。”说完托比那转身下楼去。

“先生，慢走。”索瓦热太太一声招呼，让这个在剧院里当差的人吓了一跳。

“噢！谢谢太太，您是先生的佣人还是戏院里的演员呢？”托比那先生调侃地说：“您很幽默。”

“你来这里干什么？是想和先生做生意呢，还是想趁机骗先生的钱呢？”

“想骗先生钱的不是我，你最清楚，我虽然很穷，但我也算是个艺术家，邦斯先生是我的朋友，而你是只不过是邦斯家的女佣人。”托比那神气十足地把这肥妇挖苦了一顿。

“你不过是剧院当差的，你是谁？”

“托比那很愿意为夫人效劳……。”

索瓦热太太也毫不示弱：“先生如果有太太，请替我问候她。”

“你在和谁讲话。”康迪纳太太突然插话问。

“康迪纳太太，你先在这房里守一会儿，我要去律师家里办点事，晚饭等一会儿再开吧。”

“他在茜博太太家，茜博太太好像很伤心的样子。”康迪纳太太说。

索瓦热太太咚咚咚地跑下楼梯，边跑边喊：

“先生，有要紧的事。”她在离茜博太太几步远的地方停下脚步对律师说。

托比那凭着自己的小聪明使得施穆克远离了一场灾难。没有被别人的圈套套住。这使得在后台当差多年的托比那很兴奋，这多亏了自己天生的幽默和在后台的学习分不开。从此，心中暗下决心，一定要帮助自己恩人的朋友。

当他从门房出去的时候，肥女人指了指他对弗莱齐埃说：

“就是这个小丑，装腔作势，想骗施穆克先生的钱。”

“他是谁，我怎么不认识呢?”

“他是戏院里的当差，叫托比那，他没什么了不起的。”

“生意场上谁都是你的对手，好好干下去，你的小酒馆就快开张了。”

打发走了索瓦热，律师继续与茜博太太说：

“我是您的代理人，您却背着我去和别人做交易来欺骗我，那么，您今后的事与我无关了。”

茜博太太指着律师的脸道：

“不要以为你一脑袋坏主意，就能把我吓倒。我怎么骗你啦，你不能空口无凭。想不履行先前所说的话，你休想，满嘴的法律条文，谁不知道你是个混饭吃的律师，骗别人可以，想骗我不太容易。”

“早上到教堂前，我发现这本目录，上面清清楚楚地写着，是邦斯先生的亲笔，你想推卸责任同样也不太容易，你听听。”

接着他念道：

第七号藏品：塞巴斯蒂亚诺·德·比翁博，一九四六年作，精美肖像一幅，大理石底座，原存于特尔尼大教堂，由某世家从大教堂取回卖给了我。此画有姐妹作一副，为主教像，由一英国人买走，此藏品画的是一位祈祷的马尔特骑士，原存放于洛西家族基地，作画日期及作者无从考证，据传闻，是拉斐尔的手笔。据我浅析，此画较之美术馆所藏《巴乔·班迪内利》肖像，后者略欠柔和。而马尔特骑士像以石板为底座，保存完好，色泽鲜润。

“听见了吗？”弗莱齐埃说，“现在的第七号却是一幅夏尔作的少女肖像……在司仪找执绋人的时候，我把所有的画都看了一遍，邦斯先生重点收藏的八幅油画都被普通画取代了。还少了桌上的一幅小木版画，是梅佐的珍品，还用我说吗？太太。”

“我是门房，他的画又不是我保管的。”

“你是先生的女管家，却想推卸藏品被盗的责任……。”

“实话告诉你吧，画是施穆克卖的，是为了一家人吃饭才卖的。”

“卖给哪个收藏家了？”

“埃里·马古斯和旧货商了。”

“几幅？”

“不记得了……”

“你从中捞了一大笔，不用说，亲爱的，结果怎样，那就要看你以后怎样配合了，你要聪明点，我就不往外讲，否则，如果庭长先生得了那份遗产，你还想不想要你那份了。”

“我早料到，事情到我头上什么都会落空。”

“卖画的事与她无关，您在这儿和一个寡妇要威风算什么男人。”突然，背后雷莫南克插话进来，“是邦斯先生生前与我、马古斯谈了三天才成交的，我们有字据，茜博太太得四十法郎佣金，难道不应该吗？我们和主人做生意，给她一点辛苦费而已。先生，您要是欺负一个刚死去丈夫的女人，您就不算一个男人。这笔生意您可以去找马古斯，对太太的许诺您最好兑现，我和马古斯先生会在拍卖所恭候您，到那时候别说一百万，就连二十万，也要看我高兴不高兴了。”

“我可以到伦敦索斯比拍卖行去卖。”

“马古斯先生是犹太人，伦敦就像他的故乡一样熟。”

弗莱齐埃临走时说："不管怎么说，太太，你可要想好，聪明些，回头见。"

"您还不知道吧，我不是什么骗子，而是要当治安法官了。"他回身补充道。

他们就这样互相恫吓着，欣赏着对方的骗术，道声再见。

"能得到您的保护，太好了，雷莫南克先生。"

晚上演出结束后，戈迪萨尔把乐队召集在办公室，他站在壁炉前，右手插在背心里，左手抓住吊带，眯着眼睛审视着在座的各位，俨然一副上等人的样子，这是他自从当上剧院的经理慢慢地模仿着的样子。

"托比那，你的年薪有多少？"他突然发问。

"我不享受年薪，先生。"

"你是不是已找到了一个比目前更好的职务啦？"他又问。

托比那这回害怕了连忙说："不……不。"

"你在我这干活，先是擦舞台灯，后来又让你分乐谱，让你的太太来做引位员，你明白不明白，这完全是出于对我前任的友谊，每次扮演个小角色，我还要给你另加钱，还让你的儿子演个小孩童挣几个钱，全院的临时工，谁不知道我偏袒你，可你却去妨碍人家打官司，你可明白，那些都是有权有势的人，除掉你，像踩死一条小虫。你知道我的保护人是谁，是博比诺伯爵，他连国王的内宫都可以随便出入，他的儿媳就是玛维尔庭长的小姐，玛维尔是法律界的泰斗，我们乐队的前指挥邦斯是他舅舅。这回你明白这层层关系了吧。你去给咱们的老朋友邦斯先生送葬，这很不错，可怜的人没什么朋友……可是你怎么会搅到施穆克先生的事里呢？施穆克先生是个好人，我和他也是朋友，可不能仅仅是朋友，同情他就可以帮他打官司，你难道不知道他的对手是哪一个？你管得也太出格了。这施穆克先生，只有上帝能够帮助他，你还是安安稳稳地做你的临时工更现实些。明白吗？"

"是的，戈迪萨尔先生。"托比那说。

第二天，施穆克望眼欲穿，等待着邦斯先生唯一的朋友来陪伴他，可是到晚饭时，他仍然没有来。又过了一天，房子里仍然只有他一个人，他更感到失落了。前两天，办手续、送葬分散了他的注意力，再加上无限的痛苦，使他没有精力想其他的事。但随着邦斯进入墓地，孤寂便伴随着他，像寒气一样袭人。他被一股无形的引力拉回邦斯的房间，但他忍受不了没有朋友的空洞，又退回到饭厅。索瓦热太太端上了早餐，他却没有胃口。

三声急促的铃声，闯进来三个穿黑衣服的法官，原来是维代尔先生和他的秘书，还有弗莱齐埃律师，他们像撒旦一样，因为他们手中有偷来的法律之剑。

“我们是来查封财产的。”治安法官说。

“我们是玛代尔先生的代理人，死者是他的舅舅……”秘书补充道。

死者的藏品均放在客厅和卧室中。

治安法官命令两个人执行命令。三个黑色的撒旦把施穆克吓得说不出话来。

弗莱齐埃用毒蛇般的目光看着施穆克说：

“先生，您既然能请公证人为自己立一个非常完美的遗嘱，轻松地弄到一笔本不该属于自己的财富，就应做好准备，如何与法官继承人做出最合情理的解释。难道您就没有想过，谁会毫无抗争地让别人把自己盘中的面包拿走，更何况是上百万法郎的财产呢。作为合法继承人的代理人，我们有权封存财产并合理地加以保护，绝不能出现意外。”

“上帝啊，难道我真的应该遭此不幸吗？”

“我还没有告诉您。”索瓦热太太说，“在您睡觉的时候，来了一位自称是昂纳肯的首席书记的年轻绅士，有要事要亲自和您面谈，但您刚参加过葬礼，已经筋疲力尽了，我说有事请找代理人维勒莫先生。他说，‘可以，商量妥当，便把遗嘱送交法院院长。’我还请他转告维勒莫到您这儿来。您就放心吧。”索瓦热太太继续说：“维勒莫是一个能干的代理人，他绝不允许别人虎视眈眈您的财产，他会为您进行得力的辩护。像女门房那样的卑鄙小人，我就可以替您对付了。她居然敢说您抢了她的财产，把邦斯先生关闭起来，不许任何人接近，把他逼疯，为的就是早日继承财产。我警告她再造谣，就把她告上法庭，告她污辱他人名誉罪。”

“先生，您是否来看一看，我们要往死者房上贴封条了。”

“随便贴吧，我只求安安静静地追随我的朋友去见上帝。”施穆克说。

“维勒莫先生，您可来了。”索瓦热太太高声招呼。

施穆克接着说：“您就全权代表我吧。”

“不要急，施穆克先生，法院断定由您来继承遗产是合法的。”

“什么一大笔财产？”施穆克淡淡地问。

“他们还在贴封条，您应该在现场去监督。这儿也是您的家。”索瓦热太太催促着。

“这并不是先生的家，而是邦斯的家，即便要接受遗产，也要等法院来宣布执行时才生效。如果亲属提出上诉，那还要打官司，究竟属于谁就很难说了。清点遗产要双方当事人和公证人共同进行。”

听着治安法官和维勒莫的谈话，施穆克又瘫坐在椅子上，实在是太沉重了。他们在继承人不在的时候，便对查封的物品评论一番，说点风凉话。最后他们封上客厅的门，坐在饭厅里签着各种登记的表格，履行各自的职责，盖章签名。施穆克毫无反映地看着他们向自己的卧室走去。

索瓦热太太说：“这是先生的卧室。”

“不，财产登记册上只有邦斯的名字，整个房子都是遗产。”

当他们打开施穆克的卧室门，看到了琳琅满目的都是珍贵的藏品，不由得会心地一笑，准备继续清点查封。

[三十]

律师的收获

“你们没有权利这样做。”维勒莫说，“先生的继承人资格还没有被取消，怎么可以让他搬走呢？”

“我们有权利，我们反对馈赠。”

“理由是什么？”维勒莫又问。

弗莱齐埃用取笑的口吻说：“你还年轻，你可以不带走你的东西，但房间要封起来，请你暂时到别处去委屈几天吧！”

“不，他有权住在这儿。”维勒莫说，“我们要申请法院紧急判决，宣布我们是合法住户……至于这些画，要分清哪些是施穆克的，哪些是死者的，但我的顾主一定要住在这里。”

“我走，为了结束你们的争吵。”施穆克突然高声说。

“算您聪明，这样您还可以省了强制执行费，租约上写得很清楚。”弗莱齐埃得意地说。

“这不是租约问题，而是信义，是道德。”

“您还是快去请证人鉴定吧。”律师说。

“我立刻就搬走。请不要再争了。”

施穆克一切都很简单，简单得像个僧侣。他只带随身穿的衣服和一只精致的烟斗，还有就是邦斯送他的一个烟盒，他把所有的东西堆放在椅子上说：“还有钢琴是我的。”

“索瓦热太太，请把钢琴抬出去。”律师命令道。

“太过分了，要下命令也应该治安法官来下，你有什么权利！”维勒莫说。

治安法官冷冷地说：“先生自愿搬走。”

“从来没有给像你这样无能的人作代理。”

“我是一个要死的人了，死在哪儿都一样。”施穆克超然忘我地说。

“先生准备去哪儿，一定要让人通知我。”

“上帝会安排好的。”施穆克又一次超然地说。

先生自己走了，一切变得简单了。他们委派康迪纳太太看管遗产，并取出五十法郎做酬金。

“现在是否谈一谈您辞职的问题，玛维尔庭长太太会把一切细节问题都跟您谈妥的。”施穆克一走，弗莱齐埃就对维代尔说。

“算你运气，遇上了一个傻瓜。”法官看了看施穆克，只见他正在向他朋友邦斯的卧室看了最后一眼。

“事情进展到这个程度，您也可以满意地将您的孙女嫁给医生了。他就要到巴黎的眼科医院去做主任医生了。”

“过几天我们再谈这件事，再见吧。”法官很亲热地与律师告别。

“只有心狠手辣的人，才可能做法官。”年轻的书记员记住了这一幕。

已经是晚上十点半了，施穆克走在过去与邦斯每天必走的道路，他像梦游一样走着，心里想着邦斯，他看见了邦斯，仿佛还是俩人在同行，来到了剧院门口。刚刚擦完剧院各处的灯，托比那心里想着刚才经理对自己的不满从剧院里走出来。

“亲爱的托比那。”施穆克高兴地和托比那拥抱，“这样就好了，你家有住的地方吗？”

“有，有住的地方。”

“我可以到你家去住吗？我可以付给你钱，我每年有九百法郎的退休金……再说，我很快就会去找邦斯，是不是给你添麻烦了，我不在乎吃些什么？只是要抽烟斗……只要你和我怀念邦斯，所以我就来找你。”

“我很乐意接待您，可是刚刚戈迪萨尔把我骂了一顿……。”

“为什么？”

“他说我不该管您的闲事，你到我家来住千万要小心。另外，我家里很穷，您是否能习惯我家的条件……。”

“我告诉你，刚才一群豺狼拥到邦斯的家，他们把所有的东西都要吞下肚子。你家很穷，但你心肠好，你是唯一和我一起想念邦斯的人，别人就是有宫殿我也不会去。”

“好吧，您就跟我来吧，我让妻子把小阁楼给您收拾干净。”

施穆克好像又找到了精神寄托。

巴黎的波尔当村，就全巴黎来说是最肮脏的地方，一条狭窄的小巷两边盖满了低矮的房屋，小巷通往篷迪街，街口矗立着高大的圣马丁戏剧的后门，看不见大剧院的灯火辉煌，只有剧院最丑陋、最肮脏的一面留给了波尔当村的人们。转过小巷要比大路低了许多，顺着斜坡走到坦普尔街是一条横向的小路，又是一个T字形挡住了波尔当村的视线。在那低洼的小巷里，共有几十幢四五层的房子，一个个的小院子就是各式各样的货栈、加工厂：做家具的，刻铜器的，做裁缝，做戏装的，还有玻璃匠等等。只要巴黎有的上等货，这儿就有仿造的。这儿虽然偏僻、污秽不堪，却也热闹兴旺，车来人往。小巷挤得水泄不通，住在这儿的人们与环境在精神上的默契，使他们倒也觉得安心、自在。他们的聪明才智都集中在灵巧的双手上，一件件器皿精巧得足以乱真。

托比那就在这街的中心有套顶楼的房间，倒也视野宽阔，可看到远远的地方有座花园。两间卧室住着他们夫妇和三个孩子，吃饭就在厨房，顶上有间小阁楼，顶上开个天窗，一个又窄又陡的木梯可以爬上去。原本是给佣人准备的。一进门有一个小小的过厅。房子里没有木地板，墙壁上贴着低劣的壁纸。托比那一家人便住在这儿，几件简单的家具维持着一家的生计。屋子里拉起了一道道绳子，上面挂满被单、衣服等。孩子们的屋子里贴满了剧院的招贴画和海报，屋角的一张桌子上放着大孩子的课本，父母每天晚上都要去剧院上班，照顾弟妹的事情就由老大来代替。

托比那的家简单、清贫。四十出头的托比那和漂亮的妻子洛洛特带着孩子们艰难地生活。但她们却没有有钱人的烦恼。洛洛特原是剧院合唱队的领唱，是戈迪萨尔的前任经理的情妇。她长得很漂亮，但当经理倒台后她也就风光不再。最后，善良的托比那和她一起生活，他们虽然已经有了三个孩子，但是由于没有固定的收入，他们不能履行合法的结婚手续。所以他们为了让孩子们有一个合法的身份而忍辱负重，早日挣够钱而辛苦奔波。清晨起来，托比那太太为戏装商店缝制戏装。

"还有一层台阶。"托比那对施穆克说。疲倦的施穆克根本不觉得是在上楼，只知道不停地移动，当房门打开，只听妈妈在喊：

"快，安静下来，爸爸回来了。"

孩子们一见到亲爱的爸爸就蜂拥而上，像马戏团中的一群小猴子。妈妈依然平静地缝着演出服。

"孩子们，客人来了，快点规矩些。"托比那用严厉的声音把他们吓退。他低声对施穆克说：

"不这样，他们是不会安静的。"

"亲爱的，这是邦斯先生的朋友——施穆克先生，今晚他准备住在我们家。"

洛洛特连忙端过一把椅子请客人坐下，孩子们也安静地挤作一团像小狗一样嗅来嗅去，没有一会儿的老实，便又都活跃起来。小姑娘五岁了，一头金发，非常漂亮，就是带头冲向爸爸的那一个。

"美丽的小姑娘，你像个德国女孩，走近些好吗？"施穆克和孩子们很快熟悉了。

"我们这儿实在是让先生委屈了。"洛洛特说。

"本应把好一点的卧室让给您，可是孩子太小，离不开我。"

"不，千万不要过于客气，我只要有个栖身之地，等待着和邦斯会面就可以了。

爬上小阁楼，施穆克便高兴地说：

"啊，就是这儿了，等待与邦斯会面，这儿最理想了，寂静肃穆。好了，明天去买一套卧具和桌椅就可以了，现在只需要有五十个埃居这对于托比那也是不小的开销。”幸好这儿离剧院很近，他决定去找经理支薪金。

戈迪萨尔听了施穆克的要求，做出一副惊奇的样子，不过看过账目，确实如此，他便放下了那种对艺术特有的很苛刻的谈话方式，换了轻松的口吻说：

“噢，老朋友，您在最伤心的时候也没有忘记薪水的事。当初我奖给您一千法郎时，我以为您会永远感激我呢。这是最后一年的薪水，也要开个收据吧，老朋友。”

“我从来没有收到过您的奖金，我今天来找您，就是因为我已流落街头，”善良的施穆克说，“如果有奖金，我就不急于找您了。”

“难道您的女门房没有给您吗？”

“茜博太太吗？她是个女妖，她折磨邦斯先生，偷他的东西，还想烧他的遗嘱，她怎么会把一千法郎给我呢？”

“可很难让人相信，您是遗产继承人，怎么会到今天这个样子呢？”

“庭长先生的代理人来抗诉封了邦斯的门，我现在无处可安身了。”

一席话，戈迪萨尔已经明白了较量的结果了，“你现在打算怎么办了呢？”

“我请了一个代理人维勒莫全权处理。”

“我给您一个忠告，您考虑；马上和邦斯的亲戚和解，这样您保证可以得到终身养老金，以安度晚年。”

“我并没有其他要求。”施穆克说。

“那好，我可以给你帮忙。”施穆克哪儿知道弗莱齐埃已和戈迪萨尔谈妥了。事成之后，他就可以使博比诺子爵夫人和母亲欢心，打通了这个关节，将来至少也可以当个议员了。

想了想，他痛快地从口袋里拿出十五个金币递给施穆克：“这是您半年的薪水，你先拿去用，您需要多少钱，就能使您感觉像萨丹纳帕路斯[1]一样快活了。”

“我只需要买几套衣服，衬衫……”

“那好，再加买领带、袜子等一共给您六百法郎好吧，每天的开销……噢，三法郎总该差不多了吧?”

“不，我不需要这么奢侈。”

“不多，再加上房租，我想我一定能为您争取到两千四百法郎的年薪。哦，还忘了您的烟斗，一定需要两千四百法郎。”

“可是，戈迪萨尔先生，我很想要一笔现金。

“您说什么? 还说自己要求很低，很善良，”戈迪萨尔问道，“您不要乱提要求啊?”

“我和邦斯还有一个真正的朋友，他有一个可爱的小女儿，长着一头美丽的金发，看见她我就像看见了我德国的小天使，我很后悔，我不该离开德国，离开德国的小天使。法国不欢迎我，不欢迎我的存在……”他说话的时候头微微摇着，充满伤感的眼睛望着窗外很远很远的地方。

“他这是怎么了?”戈迪萨尔心想。

“啊，亲爱的戈迪萨尔先生，您知道，小姑娘的父亲就是乐团发乐谱、管灯光的托比那，邦斯生前很喜欢他，经常接济他，他是个知恩图报的人。就是他和我，陪伴着邦斯先生走到了墓地。为了感谢他的忠诚，我想送他三千法郎，另外就是他那可爱的小女儿，我想再送她三千法郎……”

谁听了这番请求，都会对面前这位善良的老人产生怜悯之心，多么令人心酸的话语。不止这些，施穆克高尚的情操，把这个投机商的心打动了，这些在他的眼里不值得提起的小事，在施穆克看来，却好似博舒哀所说的一杯水[2]，比赢得一块领地更为重要。

戈迪萨尔先生一心想着和博比诺伯爵比高低，利用一切可能的机

---

① 萨丹纳帕路斯：相传是最荒淫无度，豪华奢侈的亚述国王。

② 博舒哀说过：对穷人施舍一杯水，将在评判善恶的天平上起关键的作用。

会巴结上流人士，寻找可利用的阶梯，为自己找到一个可以抗衡的立足点。但在他的虚荣心的下面，却还有一颗善良的心在左右着他。使他重新看待施穆克先生，决心替施穆克老人做些事情。

“您所说到的，您一定会得到，我一定不遗余力地为您争取，况且那是个善良的人……”

“是的，我刚去过他家，他虽然很穷，但他和他的家人快乐地生活在一起。”

“您放心，我会关照他的，等博德朗老爹退休时，我会让他接替出纳的。”

“非常感谢您仁慈的心。”施穆克高声说。

“好吧，亲爱的施穆克，您晚上四点钟到公证人贝尔迪埃家里去；我将替您办好一切，保证您整个晚年幸福安宁。那六千法郎，您会如愿的，以后的指挥是加朗热先生，您会和他相处的，还像邦斯先生在世的时候一样，您的薪水不变。”

“我可能活不到那天了，我已经失去了生活的信心……我觉得自己在衰老……”

在他们互相道别的时候，戈迪萨尔想：“不论是谁，也要活下去。卓越非凡的贝朗瑞曾说：‘可怜的绵羊，总得让人剪光了毛。’”

他不禁大声吼叫，以发泄自己对世间的不满。

“准备好车。”他吩咐当差的。

“去汉诺威街。”坐上去后，他又吩咐。

此时他又恢复了野心家的面目，眼睛里仿佛看见了国务参议员的辉煌。

[三十一]

各得其所

这时，施穆克买了花，带了些食品，开心地给托比那的孩子送去。

“孩子们，快来看，我带什么礼物送给你们。”他微笑着说。

这是三个月来他的第一次笑容，无论是谁见了都会动心。

“您真是太好了。谢谢您。”

“小姑娘，你还有一个条件，我要你们亲亲我。把花插在头发里，编成小辫子就像德国人。”

“奥尔伽，听先生的话，按先生说的去做。”女引座员严肃地说。

“不，”施穆克的脸上洋溢着笑容，“不要勉强可爱的小姑娘。”他在小姑娘身上看见了德国影子。

“把所有的东西都搬上三楼。”托比那指挥着。

“这下好了，亲爱的，这两百法郎拿去买食品，你真是个好女人，将来您一定会娶她的。另外这一千埃居是我送给小姑娘的，将来作为她的陪嫁存起来。还有，我要告诉你，你马上就要接替博德朗老爷做出纳员了。”

“噢，是真的吗?”

“是的，不会错。是戈迪萨尔亲口告诉我的。”

“简直不敢相信，是真的吗?”

“这样就更不能让您睡在阁楼上了……。”

“不，我活不了几天了，这样很好。”施穆克说，“我现在要去公墓看一看他们装修得怎样了。我还要给坟墓订些花。”

此时，弗莱齐埃正处于紧要关头，他正在和戈代夏尔及贝尔迪埃进行磋商。戈代夏尔和贝尔迪埃认为有两个公证人在场的遗嘱是有效的，昂纳坎的立场是明确的，即使施穆克不懂法律，但是一定会有正直的律师帮助他的。两位司法助理认为弗莱齐埃行为卑劣，考虑到自己今后的前程，告诫庭长太太一定要提防弗莱齐埃的阴谋，不要把庭长牵扯进去，他们已摸清了弗莱齐埃的底牌，所以他们让三个代理人去书房谈话，免得交头接耳被狡猾的弗莱齐埃发现。

“那两位先生呢？太太。”代理人问

“刚离开，他们劝我放弃这件事。”

“放弃，”弗莱齐埃怒火中烧，“你听着。”

接着他念起了文件：

根据×××的请求……（从略）：

鉴于巴黎公证人昂纳坎与克洛塔会同定居巴黎的德籍人布鲁纳与施瓦布所立的遗嘱已送交初级法院院长办公室，据此遗嘱，已故邦斯先生的遗产赠与德国人施穆克，侵害了法定继承人的利益。

鉴于起诉人有充分的理由证明是邦斯先生处于昏迷状态时，采取了偷梁换柱的手段。将有意留给玛维尔先生的遗产进行改写，并有数名证人可旁证（名单略），起诉人坚决要求废此遗嘱！

为了遗嘱早日成为事实，施穆克阻止干扰邦斯先生的亲属探视，使邦斯先生生前处于与世隔绝的状况。邦斯先生死后不告之亲属、朋友前来吊唁、送葬，准备草率了事，引起邻里公愤。

另有更严重的侵害行为，证据正在收集过程中，日后向法官面陈。

故此法厅依法传施穆克到庭接受讯问，由于昂纳坎与克洛塔两律师在此案中涉嫌收受贿赂，所立遗嘱为作假行为，显然不具有法律效力，应宣判无效。

鉴于起诉人反对施穆克监管将被执行的遗产，故已将邦斯先生的财产予以封查并告之本法院院长。取消施穆克继承人资格。

本起诉书副本已送达施穆克先生，其他条款从略……

“太太，他那个人我了解，当他得知我们将要起诉时，他就会让步的。塔巴洛先生会劝他接受我们的条件，但您要付他三千埃居的终生年金。”“当然，我恨不得马上就付第一期。”“三天之内，一张传票就会让他坐卧不安，那个胆小的家伙，邦斯的死，使他心灰意怜，只想追随邦斯一起去坟墓了。”

“法院的传票可以收回吗？”

“随时可以，可为什么要收回呢，太太？”

“我已经和维代尔先生商量好，要他辞职，交换条件是六万法郎，要从遗产中支付。那么您就赶快抓紧时间去办吧，而且必须成功，不能出现差错，否则，您和我都会竹篮打水，空欢喜一场。”卡缪佐太太掷地有声地说。

“您能保证维代尔先生辞职吗？”

“放心吧，他和玛维尔先生不是一般的关系。”

“对，太太，您还不知道，我已经给您节省了六万法郎的遗产了，本来是应该留给女门房茜博太太的。但索瓦热的执照您还要费心过问一下才好。还有布朗医生的位置您也不要忘了。”

“放心吧，一切都会妥善安排的。”

“这就好，您看，好像整个巴黎都在为您服务，就连那个戈迪萨尔先生都在为您奔走，他昨天答应我要把他手下那个当差的好好教训一顿，免得节外生枝。”

“是的，她和博比诺伯爵是至交了。”

弗莱齐埃没有找到戈迪萨尔，那份关键的传票应该发出去了。

其实等弗莱齐埃走了二十分钟后，戈迪萨尔已经和卡缪佐太太谈上了，他把和施穆克的一番谈话讲给太太听。正直的人们所厌恶的行为正是他们这些人所津津乐道的。贪心的庭长太太心花怒放，对戈迪萨尔感激不尽，他的安排才正合她的心意。

“其实，庭长太太来得恰到好处，那时我正在想这家伙真有了那么多钱，他都不知道如何去花掉他，他天真得像个儿童。就像拥有一座金矿的印第安人酋长，依然会按古老的原始人的方式去打猎，真是白来一世。德国人本来就像他们故事中的‘稻草人’，像玻璃柜里面的小蜡人一样……我看给他三千五百法郎的年金，已经让他不会花了，还以为我们要鼓动他去寻花问柳呢，哈哈……”

“其实，我们也是因为怀念我们的舅舅，他是上帝的信徒，心地善良而崇高，我们给施穆克先生一笔养老金，地下有知的舅舅也就该放心了。至今想起前几年，为了一点不值得的小事惹得邦斯舅舅生气，我一直深深地感到内疚。当时如果舅舅稍微认识到一点错误的性质，那就不会有这么多年的误会了。您不知道，我丈夫是多么想念他。玛维尔先生见没有人向他来报丧，心里很难过，因为他一向最重亲情，哎！没有能够给舅舅去送葬，到教堂去，他说，以后每年我们家人都要为舅舅祈祷的。”

“您说得真好，漂亮善良的太太。”戈迪萨尔先生说。

停了一会儿，戈迪萨尔先生用最卑谦的声音说：“下午四点钟，我把德国人带来，……太太，请您向您美丽的女儿转达我的最良好的祝愿，请博比诺子爵夫人向她的公公转达我最诚挚的问候，转告我那杰出的朋友，我对他的无限忠心，希望他能够继续赐予我宝贵的教诲，并赐给我能够为他、为国家效力的机会和位置。他的叔叔是我的救命恩人，又给了我发财的机会，可现在，我要做有益于国家的人，以此来报答恩人的照顾，从此要做品德高尚的人。离开戏院到一个新环境中去生活。”

听完戈迪萨尔像演戏一样的表白，庭长太太说：“您正走在这条路上呢。”

“太太，多谢您的鼓励。”戈迪萨尔吻了吻她那干枯的手说。

下午四点钟，戈迪萨尔和施穆克，还有弗莱齐埃和施穆克的代理人塔巴洛一起来到了公证人贝尔迪埃的办公室，弗莱齐埃有意将施穆克要的六千法郎及第一年的养老金一起放在公证人的办公桌上，施穆克一见这么多钱，也真的不知所措了。根本没听清下面人家念给他听的文件究竟是什么内容。可怜的施穆公又去公墓看望老朋友了。整个人还沉浸在痛苦之中，心还在邦斯的墓前徘徊，听到人们读到：继承人施穆克亲自到场由代理人及法律顾问塔巴洛代理，因庭长的女儿受到侵害提出上诉等等条款，根本就没有听进去，他实在经不起为金钱所引发的官司，希望早些结束这可悲的角色。他如果在这协调书上签上自己的名字，就等于成全了弗莱齐埃的那些捏造的谎言成为事实，他却管不了这么多了，他一心只想让唯一思念邦斯的一家人能过上好日子，就了却了他现在活下去的唯一愿望。当事情进行到一半的时候，一个书记员进来通报，门外有人找施穆克先生说话。弗莱齐埃不耐烦地挥挥手，公证人便对手下说：

“签署文件过程中，任何当事人均不能离开现场，请留下来人的姓名、职务。”

书记员却坚持说：“如果不通报，他就要闯进来找施穆克先生了。”

“来人叫什么名字?”

“托比那先生。”

戈迪萨尔站起来对施穆克说：

“你放心听文件，我去看看，他找你到底有什么重要的事。”

此时此刻，在座的各位，施穆克除外，都生怕有人来干扰签字，一环扣一环的利益都在施穆克先生这支笔上呢。

“你到这里来有什么事。”经理对手下当差的说：“你难道不知道当出纳的首要条件吗？做事严谨、职责清楚。”

“先生，你……”

“不要说不该说的话，不要做不该做的事，否则，你想要做的事也做不成了。”

“卡在喉咙里的面包是咽不下去的，先生，我宁愿饿死……施穆克先生！”他不顾一切地大声喊叫着。

施穆克签好了自己的名字，拿着将要送给朋友的钱，听到托比那喊他就高兴地走过来：

“这是送给德国小天使和您的……”

“施穆克先生，这些人不但掠夺了您的财产还四处败坏您的名誉，可您却让他们拿走了您的财产，您看看这个，我请教了一个真正的法官，此人知道弗莱齐埃的底细，要我告诉您不要让这些贪心的人得逞，您可以去告他们。他们是不会打赢的……您快看看这。”

边说边把送到波尔当村的传票递给了施穆克。施穆克一念惊呆了：他们怎么能这样愚弄一个与世无争的人呢？法律难道就是要审判善良的吗？身心交瘁的施穆克先生如同被一粒子弹击中头颅，他再也无力接受这一沉重的打击了。

托比那抢先一步抱住倒下去的施穆克先生。一辆马车正好从公证人的办公室门口经过，托比那把可怜的德国老人送到了医院。

老人的视线已经模糊了，但神志很清醒，他用尽自己的力气，把手中的钱送给了自己的朋友。到医院后，施穆克再也没有清醒过来，虽然生命还没有结束，但已经不能进食，也不能做出有意识的动作，告诉人们他的思维。

十天后，他死了，没有一丝痛苦。十天来托比那太太精心地照料他，死后托比那把他悄悄地葬在邦斯先生的身边，给这位德国老人送葬的只剩下托比那一个人。他送走了一个死了比活着更幸福的人。

弗莱齐埃如愿以偿做了地方的治安法官，同时他成了庭长家的座上宾，阿梅莉劝他不要急于成家，一定帮他找一个更般配的小姐，她看中了弗莱齐埃的能力在于他帮助庭长竞选获胜和当选一八六四年的国会议员，购买牧场等已经办妥的事，今后他仍然是一个可靠的帮手。

如果这个真实的故事再写一个下集，那么书中交代的一系列人物便可以生动地再现了。让人们感到震撼的是：推动社会向前发展的，是人，是形形色色的人，现在的收藏家们、古董商们，可以想象得出邦斯先生的藏品如今的下落：

前不久，博比诺伯爵在府上招待几位外国客人，他向人们介绍他的藏品，价值连城使外国客人吃惊。

“噢，尊贵的客人，”伯爵礼貌地讲着，“在收藏油画方面，不仅是在巴黎，就是在整个欧洲谁也无法和一个不知名的犹太人相比，他是个收藏油画的魔鬼，是个画痴，他搜集的藏品，和我这儿相比，那这些画就要摆上地摊了。如果这位收藏家肯出手的话，没有几千万法郎是买不回来的。我只有在古董方面，可能还藏有一些值得观赏的小东西。”

“可像您这样的政界要人，家业又是按规矩继承下来的，靠什么……

“靠经营药材。”博比诺伯爵打断了对方刚要问出口的问题：“您会奇怪，经营药材怎么会兼顾这么多小玩意呢？”

“不，我是想知道，寻访这些小东西，可不是一两分钟就能够解决的，那么这些东西您是怎样搜集到的呢？”外国人同样礼貌地问。

“我家是个收藏世家，原有这些东西不足为奇。”年轻的子爵夫人插嘴道，“另外还有一些，是我结婚的陪嫁，我一向喜欢艺术，喜欢展示美，创造美。”

“您的陪嫁，啊，您这么年轻，就培养了这么高雅的爱好，真了不起。”

这是一位俄国亲王，在彼德堡，收藏古玩是时尚，尽管有时价格高得谁也收藏不成。这位从俄国来的亲王，就是专门到巴黎来寻宝的。

“尊敬的亲王，”子爵夫人说，“这些古董都是我的舅公留给我的，他用了一生的精力，倾其所有，搜集了所能找到的一切。”

“您的舅公怎么称呼？”亲王问。

“邦斯！”卡缪佐庭长说。

“邦斯先生是个受人尊敬的指挥。”庭长太太说，“他很富有，也很有个性。您刚才看到的扇子就是蓬巴杜夫人用过的，他将扇子送给我时还说了一句富有哲理的话……”

说完，她对女儿看了看。

“请讲给我们听，子爵夫人。”

“这话价值千金。”子爵夫人善于辞令。

“邪恶手中的珍品，应该早些归还给德善之人了。”子爵夫人即时卖弄着。

亲王看见玛维尔太太的脸上浮现着了不起的神色，实在是有些夸张。

“邦斯先生每星期来我家吃饭，我们非常欣赏老人那高雅的艺术气质。再者，邦斯先生只有我丈夫一门亲戚。当他把遗产留给我们时，我们也很惊奇：竟是这么多价值连城的藏品。这些精美的藏品是邦斯先生的全部生活。伯爵先生愿意保存这些藏品，我们就用牧场做交换了，这样藏品不全都在我们手中，以后请您到牧场小住。”

戈迪萨尔早在几个月前把经营权转让给一个朋友经营。托比那依然是剧院的出纳。可是他却失去了往日的幽默，变得循规蹈矩，终日没有了笑容。剧院里的同事打趣地说因为洛洛特太漂亮了，所以他才心事重重。每当人们谈起弗莱齐埃，就会和邦斯、施穆克联想在一起，诚实的托比那心中总有一个打不开的结。

最值得提起的主人翁还有雷莫南克夫妇，当时的茜博太太不愿去乡下过清淡的日子，如今守在玛德莱娜大街的一家漂亮的铺子里，却又当了寡妇。事情就是这样轮回复始。她与雷莫南克订立婚约时明确写有谁寿命长，谁就是继承者，俩人的财产便归一人所有。于是心术不正的雷莫南克将一杯毒药摆在他太太经常坐的桌旁，但阴错阳差，她的太太好心将水杯挪了个地方。他自己却一口喝了下去。结果大家都清楚了：恶棍，终于得到了报应。证明上帝还是公平的。社会风俗作家们应该善于捕捉每一个善良的闪光点，让各自的故事有不同的结局，他忽视了这一点，理应受到责备。

若有誊写的差错，尚请见谅。

一八四六年七月至一八四七年五月

于巴黎